E Viveram Felizes para Sempre

Título original: *The Bridgertons: Happily Ever After*

tradução: Viviane Diniz

preparo de originais: Marina Vargas

revisão: Melissa Lopes e Taís Monteiro

diagramação: Ilustrarte Design e Produção Editorial

capa: Raul Fernandes

imagens de capa: Mulher: Carmen Spitznagel/ Trevillion Images
Mansão: Raymond Llewellyn/ Shutterstock

impressão e acabamento: Lis Gráfica e Editora Ltda.

CIP-BRASIL. CATALOGAÇÃO NA PUBLICAÇÃO
SINDICATO NACIONAL DOS EDITORES DE LIVROS, RJ

Q64v Quinn, Julia
E viveram felizes para sempre/ Julia Quinn; tradução de Viviane Diniz.
São Paulo: Arqueiro, 2016.
256 p.; 16 x 23 cm (Bridgertons; 9)

Tradução de: Happily ever after
ISBN 978-85-8041-637-4

1. Ficção americana. I. Diniz, Viviane. II. Título. III. Série.

16-36560 CDD: 813
CDU: 821.111(73)-3

Todos os direitos reservados, no Brasil, por
Editora Arqueiro Ltda.
Rua Funchal, 538 – conjuntos 52 e 54 – Vila Olímpia
04551-060 – São Paulo – SP
Tel.: (11) 3868-4492 – Fax: (11) 3862-5818
E-mail: atendimento@editoraarqueiro.com.br
www.editoraarqueiro.com.br

Para os meus leitores,
que nunca deixaram de perguntar:
"E depois, o que aconteceu?"

E também para Paul,
que nunca deixou de dizer:
"Mas que ótima ideia!"

SUMÁRIO

Árvore genealógica da família Bridgerton

VIOLET LEDGER *c.* EDMUND BRIDGERTON
1766- 1764-1803

ANTHONY
1784-
O visconde que me amava
Livro 2

BENEDICT
1786-
Um perfeito cavalheiro
Livro 3

COLIN
1791-
Os segredos de Colin Bridgerton
Livro 4

DAPHNE
1792-
O duque e eu
Livro 1

ELOISE
1796-
Para Sir Phillip, com amor
Livro 5

FRANCESCA
1797-
O conde enfeitiçado
Livro 6

GREGORY
1801-
A caminho do altar
Livro 8

HYACINTH
1803-
Um beijo inesquecível
Livro 7

Caro leitor,

Você alguma vez já se perguntou o que aconteceu com seus personagens favoritos depois de virada a última página? Ficou querendo um pouco mais de seu romance preferido? Eu já e, pelas minhas conversas com os leitores, sei que não sou a única. Então, após inúmeros pedidos, revisitei os livros da série Os Bridgertons e dei a cada um deles um segundo epílogo – a história que vem *depois* da história.

Para aqueles que não leram os livros da série, devo avisar que alguns desses segundos epílogos podem não fazer muito sentido sem que se tenha lido antes o romance correspondente. Para aqueles que leram os romances originais, espero que gostem de conhecer estes contos tanto quanto gostei de escrevê-los.

Com carinho,
Julia Quinn

O DUQUE E EU

No meio de *O duque e eu*, Simon se recusa a aceitar um pacote de cartas escritas para ele por seu falecido pai, um homem que o tratava com indiferença. Daphne, prevendo que ele pudesse um dia mudar de ideia, pega as cartas e as esconde, mas, quando as oferece a Simon no final do livro, ele decide não abri-las. Inicialmente, eu não pretendia que ele fizesse isso – sempre imaginei que haveria algo muito importante nessas cartas. Mas, quando Daphne as entregou, ficou claro para mim que Simon não precisava ler as palavras do pai. Finalmente não importava mais o que o falecido duque pensava sobre ele.

Os leitores queriam saber o que havia nas cartas, mas devo confessar: eu, não. O que me interessava era o que seria necessário para fazer Simon *querer* lê-las...

O DUQUE E EU:

O segundo epílogo

Matemática nunca foi o forte de Daphne Basset, mas com certeza ela sabia contar até trinta e, como trinta era o número máximo de dias que normalmente transcorriam entre suas regras mensais, o fato de ela estar consultando o calendário em sua mesa e contando até 43 era motivo de alguma preocupação.

– Não é possível – disse ela ao calendário, meio esperando que ele respondesse.

Sentou-se devagar, tentando relembrar os acontecimentos das últimas seis semanas. Talvez tivesse contado errado. Tinha sangrado enquanto visitava a mãe, e isso havia sido nos dias 25 e 26 de março, o que significava que... Ela contou novamente, tocando com o indicador cada quadrinho do calendário.

Quarenta e três dias.

Ela estava grávida.

– Santo Deus.

Mais uma vez, o calendário tinha pouco a dizer sobre o assunto. Não. Não, não podia ser. Tinha 41 anos. Não que nenhuma mulher na história do mundo tivesse dado à luz aos 42 anos, mas já haviam se passado dezessete anos desde a sua última gravidez. Dezessete anos de prazerosas relações com o marido durante os quais eles não tinham feito nada – absolutamente nada – para impedir a concepção.

Daphne simplesmente acreditara que não era mais fértil. Tivera seus quatro filhos em rápida sucessão, um por ano durante os quatro primeiros anos do casamento. Então... nada.

Ficara surpresa ao perceber que o filho mais novo completara 1 ano e ela não estava grávida novamente. Então ele fizera 2 anos, depois 3, e sua barriga não mais crescera, e Daphne olhara para sua prole – Amelia, Belinda, Caroline e David – e concluíra que tinha sido abençoada além do que podia esperar. Quatro filhos saudáveis e fortes, entre os quais um garotinho robusto que um dia assumiria o lugar do pai como o duque de Hastings.

Além disso, Daphne não gostava particularmente de ficar grávida. Seus tornozelos inchavam e as bochechas ficavam cheias, e seu trato digestivo fazia coisas pelas quais ela não desejava passar mais uma vez. Pensou na cunhada Lucy, que ficava radiante durante a gestação – o que era ótimo, já que Lucy no momento estava no décimo quarto mês de gestação do quinto filho.

Ou nono mês, como era o caso. Mas Daphne a vira apenas alguns dias antes, e ela *parecia* estar grávida de catorze meses.

Enorme. Espantosamente enorme. Mas ainda assim radiante, e com os tornozelos incrivelmente graciosos.

– Eu não posso estar grávida – disse Daphne, colocando a mão na barriga plana.

Talvez estivesse passando pela mudança. Quarenta e um anos parecia um pouco cedo, mas essa era uma das coisas sobre as quais as pessoas nunca falavam. Talvez muitas mulheres deixassem de menstruar aos 41.

Ela devia estar feliz. Grata. Sangrar todo mês era mesmo um incômodo.

Ouviu passos vindo em sua direção no corredor e rapidamente deslizou um livro por sobre o calendário, embora não fizesse ideia do que pensava estar escondendo. Era apenas um calendário. Não havia um grande X vermelho, seguido da anotação "Sangrei hoje".

Seu marido entrou na sala.

– Ah, que bom, finalmente a encontrei. Amelia está procurando você.

– Está me procurando?

– Se existe um Deus misericordioso, ela não está procurando por *mim* – rebateu Simon.

– Ah, céus – murmurou Daphne.

Normalmente teria uma resposta mais inteligente, mas sua mente ainda estava envolta no conflito "talvez grávida, talvez velha".

– Algo sobre um vestido.

– O rosa ou o verde?

Simon a encarou.

– Sério?

– Não, é claro que você não saberia – respondeu ela distraidamente.

Ele pressionou os dedos nas têmporas e afundou em uma cadeira próxima.

– Quando ela vai se casar?

– Depois que ficar noiva.

– E quando vai ser isso?

Daphne sorriu.

– Ela teve cinco propostas no ano passado. Foi você quem insistiu para que ela esperasse para se casar por amor.

– Não ouvi você discordar.

– Eu não discordo.

Ele suspirou.

– Como foi que conseguimos ter três meninas na sociedade ao mesmo tempo?

– Diligência procriadora no início do nosso casamento – respondeu Daphne com atrevimento, então se lembrou do calendário em sua mesa.

Aquele com o X vermelho que ninguém podia ver, a não ser ela.

– Diligência, hein? – Ele olhou para a porta aberta. – Uma escolha interessante de palavras.

Ela viu a expressão no rosto dele e sentiu que estava corando.

– Simon, estamos no meio do dia!

Os lábios dele se abriram lentamente em um sorriso.

– Não me lembro de isso nos deter quando estávamos no auge da nossa diligência.

– Se as meninas subirem...

Ele ficou de pé num pulo.

– Vou trancar a porta.

– Ah, pelo amor de Deus, elas vão *saber*.

Ele trancou a porta com um clique decisivo e se virou para ela com uma das sobrancelhas arqueada.

– E de quem é a culpa?

Daphne recuou. Só um pouquinho.

– De jeito nenhum vou deixar que minhas filhas se casem tão irremediavelmente ignorantes como eu era.

– Encantadoramente ignorante – murmurou ele, cruzando o quarto para pegar a mão dela.

Ela deixou que ele a puxasse para ficar de pé.

– Você não achou tão encantador quando imaginei que você fosse impotente.

Ele fez uma careta.

– Muitas coisas na vida são mais encantadoras depois que passa algum tempo.

– Simon...

Ele roçou o nariz na orelha dela.

– Daphne...

A boca dele se moveu ao longo da linha do pescoço dela, e Daphne se sentiu derreter. Vinte e um anos de casamento e ainda...

– Pelo menos feche as cortinas – murmurou ela.

Não que alguém pudesse ver lá dentro com o sol brilhando tão forte, mas ela se sentiria mais confortável. Afinal, estavam no meio da Mayfair, com todo o seu círculo de amizades muito provavelmente passeando bem diante da janela.

Ele foi depressa até a janela, mas fechou apenas o fino forro.

– Gosto de ver você – disse ele com um sorriso travesso.

E então, com notável rapidez e agilidade, Simon cuidou de tudo a fim de vê-la *completamente*, e logo ela estava na cama, gemendo baixinho enquanto ele beijava a parte de dentro de seu joelho.

– Ah, Simon – suspirou Daphne.

Ela sabia exatamente o que ele ia fazer em seguida. Ia começar a subir, beijando e lambendo ao longo de sua coxa. E fazia isso *tão* bem.

– No que você está pensando? – murmurou ele.

– Agora? – perguntou ela, piscando para tentar despertar de seu estado de embriaguez.

Ele estava com a língua na sua virilha e achava que ela conseguia *pensar*?

– Você sabe no que estou pensando? – perguntou ele.

– Se não for em mim, vou ficar terrivelmente decepcionada.

Ele riu, moveu a cabeça para poder beijar de leve seu umbigo, então deslizou para cima até roçar os lábios suavemente nos dela.

– Eu estava pensando em como é maravilhoso conhecer tão completamente outra pessoa.

Ela o abraçou. Não pôde evitar. Enterrou o rosto na curva quente do pescoço dele, sentiu seu cheiro familiar e disse:

– Eu amo você.

– Eu adoro você.

Ah, então ele ia fazer daquilo uma competição? Ela se afastou, apenas o suficiente para dizer:

– Eu gosto de você.

Ele arqueou uma das sobrancelhas.

– Você *gosta* de mim?

– Foi o melhor que consegui fazer assim tão rápido. – Ela encolheu de leve os ombros. – E, além disso, gosto mesmo.

– Muito bem. – Os olhos dele escureceram. – Eu *venero* você.

Os lábios de Daphne se entreabriram. O coração dela bateu forte, depois pareceu dar um salto, e qualquer habilidade que pudesse ter para encontrar um sinônimo desapareceu de repente.

– Acho que você ganhou – disse ela, a voz tão rouca que mal conseguiu reconhecê-la.

Ele a beijou mais uma vez, de um jeito demorado, quente e extremamente doce.

– Ah, eu sei que sim.

A cabeça dela tombou para trás quando ele fez o caminho de volta para sua barriga.

– Você ainda tem que me venerar – disse ela.

Ele se moveu mais para baixo.

– Nisso, Vossa Graça, sou seu eterno servo.

E essa foi a última coisa que eles disseram por um bom tempo.

Alguns dias depois, Daphne se viu olhando para o calendário outra vez. Fazia 46 dias agora desde sua última regra, e ela ainda não tinha dito nada a Simon. Sabia que devia, mas parecia um pouco prematuro. Podia haver outra explicação para o atraso – ela só tinha de lembrar da última visita à mãe. Violet Bridgerton se abanava constantemente, insistindo que o ar estava sufocante, embora Daphne achasse que a temperatura estava perfeitamente agradável.

Na única vez em que Daphne pedira a alguém que acendesse uma das lareiras, Violet a contradissera com tal ferocidade que Daphne meio que esperara que ela partisse para proteger a lareira com um atiçador.

– Não acenda sequer um fósforo – rosnara Violet.

Ao que Daphne sabiamente respondera:

– Acho que vou buscar um xale. – Olhou para a criada da mãe, tremendo ao lado da lareira. – Hã, e talvez você devesse fazer o mesmo.

Mas ela não estava sentindo calor *agora*. Ela sentia...

Não sabia como se sentia. Perfeitamente normal, na verdade. O que era suspeito, já que nunca se sentira nem um pouco normal nas outras vezes em que estivera grávida.

– Mamãe!

Daphne virou depressa o calendário e ergueu os olhos da escrivaninha bem a tempo de ver sua segunda filha, Belinda, parada à entrada do cômodo.

– Entre – disse Daphne, feliz com a distração. – Por favor.

Belinda se sentou em uma cadeira confortável próxima, seus olhos azul-claros encontrando os da mãe com sua franqueza habitual.

– A senhora precisa fazer algo com relação a Caroline.

– *Eu* preciso? – perguntou Daphne, sua voz se demorando ligeiramente no "eu".

Belinda ignorou o sarcasmo.

– Se ela não parar de falar sobre Frederick Snowe-Mann-Formsby, vou enlouquecer.

– Não pode simplesmente ignorá-la?

– O *nome* dele é Frederick Snowe... Mann... *Formsby*!

Daphne piscou.

– Snowe Mann, mamãe! Boneco de neve!

– Realmente é uma falta de sorte – concedeu Daphne. – Mas, Lady Belinda Basset, não se esqueça de que você poderia ser comparada a um cão de caça de olhos caídos.

O olhar aborrecido de Belinda deixou claro que alguém de fato já a comparara a um basset hound.

– Ah – disse Daphne, um pouco surpresa pelo fato de a filha nunca ter lhe contado isso. – Eu sinto muito.

– Foi há muito tempo – disse Belinda, torcendo o nariz. – E eu lhe asseguro de que não foi dito mais de uma vez.

Daphne cerrou os lábios, tentando não rir. Definitivamente não era nada adequado encorajar brigas, mas como ela mesma tivera uma vida atribulada até chegar à idade adulta, dividindo a casa com sete irmãos, quatro deles meninos, não conseguiu deixar de dizer baixinho:

– Muito bem.

Belinda assentiu de forma régia, e em seguida disse:

– Vai conversar com Caroline?

– O que quer que eu diga?

– Não sei. Aquelas coisas que costuma falar. Sempre parecem funcionar.

Havia um elogio ali em algum lugar, Daphne tinha certeza, mas, antes que pudesse dissecar a frase, sentiu seu estômago revirar de um jeito horrível, em seguida se contrair de forma estranha e então...

– Com licença! – gritou ela, e correu para o banheiro bem a tempo de alcançar o urinol.

Ah, meu Deus. Aquilo não era a mudança. Ela estava grávida.

– Mamãe?

Daphne balançou a mão pra Belinda, tentando fazê-la ir embora.

– Mamãe? A senhora está bem?

Daphne vomitou de novo.

– Vou chamar o papai – anunciou Belinda.

– Não! – Daphne praticamente uivou.

– Foi o peixe? Porque achei que o peixe estava com um gosto um pouco duvidoso.

Daphne assentiu, esperando que aquilo encerrasse a conversa.

– Ah, espere um momento, a senhora não comeu peixe. Eu me lembro muito claramente.

Céus, a terrível Belinda e sua maldita atenção aos detalhes!

Não era o mais maternal dos sentimentos, Daphne pensou enquanto mais uma vez seu estômago se revirava, mas não estava se sentindo particularmente tolerante naquele momento.

– A senhora comeu pombo. Eu comi peixe, e David também, mas você e Caroline só comeram pombo, e acho que papai e Amelia comeram os dois, e todos nós tomamos a sopa, embora...

– Pare! – implorou Daphne.

Ela não queria falar sobre comida. Só de ouvir...

– Acho melhor eu chamar o papai – disse Belinda novamente.

– Não, estou bem – disse Daphne, sem ar, ainda agitando a mão atrás de si em um movimento para que Belinda ficasse quieta.

Não queria que Simon a visse daquele jeito. Ele saberia na mesma hora o que estava acontecendo.

Ou talvez, mais precisamente, o que ia acontecer. Em sete meses e meio, mais ou menos.

– Tudo bem – cedeu Belinda –, mas pelo menos me deixe buscar sua criada. A senhora deveria se deitar.

Daphne vomitou novamente.

– Depois que você terminar – corrigiu Belinda. – Deveria se deitar quando terminar com... hã... *isso*.

– Minha criada – Daphne finalmente concordou.

Maria deduziria a verdade na mesma hora, mas não diria uma palavra a ninguém, empregados ou familiares. E talvez o mais importante naquele momento: saberia exatamente o que levar para ela tomar. Teria um gosto horrível e um cheiro ainda pior, mas acalmaria seu estômago.

Belinda saiu correndo, e Daphne – quando estava convencida de que não poderia haver mais nada em seu estômago – cambaleou até a cama. Procurou ficar absolutamente imóvel; o menor movimento a fazia se sentir como se estivesse no mar.

– Estou velha demais para isso – gemeu Daphne, porque estava.

Com certeza estava.

Se tudo seguisse como o esperado – e por que essa gravidez seria diferente das quatro anteriores? –, ela continuaria tendo enjoos por pelo menos mais dois meses. A falta de comida a manteria esbelta, mas isso duraria apenas até meados do verão, quando ela dobraria de tamanho praticamente da noite para o dia. Seus dedos iam inchar até o ponto em que não poderia mais usar seus anéis, não conseguiria calçar nenhum de seus sapatos, e até mesmo um único lance de escadas a deixaria ofegante.

Ela ia virar um elefante. Um elefante de duas pernas e cabelos castanhos.

– Vossa Graça!

Daphne não conseguia levantar a cabeça, então ergueu a mão, cumprimentando Maria, que estava de pé ao lado da cama, olhando para ela com uma expressão de horror...

... que rapidamente se transformou em desconfiança.

– Vossa Graça – repetiu Maria, dessa vez com uma inflexão inconfundível.

Ela sorriu.

– Eu sei – disse Daphne. – Eu sei.

– O duque sabe?

– Ainda não.

– Bem, não vai conseguir esconder por muito tempo.

– Ele parte esta tarde para passar alguns dias em Clyvedon – disse Daphne. – Vou contar a ele quando voltar.

– Acho melhor a senhora contar a ele agora – retrucou Maria.

Vinte anos no emprego davam a uma criada alguma liberdade para falar de forma franca.

Daphne ergueu cuidadosamente o corpo, ficando em uma posição reclinada, parando uma vez para acalmar uma onda de náusea.

– Pode não vingar – argumentou ela. – Na minha idade, muitas vezes isso acontece.

– Ah, acho que já vingou – disse Maria. – Já se olhou no espelho?

Daphne balançou a cabeça.

– A senhora está verde.

– Pode não...

– A senhora não vai vomitar o bebê.

– Maria!

Maria cruzou os braços e encarou Daphne com um olhar penetrante.

– A senhora sabe a verdade, Vossa Graça. Só não quer admitir.

Daphne abriu a boca para falar, mas não tinha nada a dizer. Sabia que Maria estava certa.

– Se o bebê não tivesse vingado – disse a criada, de maneira um pouco mais gentil –, a senhora não estaria se sentindo tão mal. Minha mãe teve oito bebês depois de mim e perdeu quatro no início. Ela nunca passou mal assim, nem mesmo uma única vez, com aqueles que não vingaram.

Daphne suspirou e assentiu, reconhecendo que a criada tinha razão.

– Mas ainda assim vou esperar – insistiu ela. – Só um pouco mais.

Não sabia exatamente por que queria guardar aquilo para si por mais alguns dias, mas queria. E como era seu corpo que parecia querer se virar do avesso no momento, achava que a decisão de fato cabia a ela.

– Ah, quase esqueci – disse Maria. – Seu irmão mandou um recado. Ele virá à cidade na semana que vem.

– Colin? – perguntou Daphne.

Maria assentiu.

– Com a família.

– Eles devem ficar conosco – disse Daphne. Colin e Penelope não tinham casa na cidade e, para economizar, costumavam ficar ou com Daphne ou com seu irmão mais velho, Anthony, que herdara o título e tudo o que vinha com ele. – Por favor, peça a Belinda que escreva uma carta em meu nome, insistindo que fiquem na Casa Hastings.

Maria fez que sim com a cabeça e partiu.

Daphne gemeu e foi dormir.

Quando Colin e Penelope chegaram, com seus quatro filhos queridos a tiracolo, Daphne estava vomitando várias vezes ao dia. Simon ainda não sabia sobre sua condição; acabara se detendo por mais tempo no campo – algo relativo a uma área inundada – e agora só deveria estar de volta no fim da semana.

Mas Daphne não ia deixar um estômago nauseado impedi-la de cumprimentar seu irmão preferido.

– Colin! – exclamou, o sorriso eufórico ao ver os familiares olhos verdes e brilhantes. – Já fazia tempo de mais que não nos víamos.

– Concordo plenamente – disse ele, dando-lhe um rápido abraço enquanto Penelope tentava fazer seus filhos entrarem em casa.

– Não, você não pode perseguir aquele pombo! – falou ela com firmeza. – Sinto muito, Daphne, mas...

Ela correu de volta até os degraus da frente, agarrando o filho Thomas, de 7 anos, pelo colarinho.

– Agradeça por seus pestinhas já estarem crescidos – disse Colin com uma risada, enquanto dava um passo atrás. – Não conseguimos... Santo Deus, Daff, o que há de errado com você?

Nada como um irmão para dispensar o tato.

– Você está com um aspecto lamentável – continuou ele, como se já não tivesse deixado isso claro com sua primeira declaração.

– Só estou um pouco indisposta – murmurou ela. – Acho que foi o peixe.

– Tio Colin!

Colin felizmente voltou sua atenção para Belinda e Caroline, que desciam correndo as escadas com uma decidida falta de graça feminina.

– Venha cá, você! – disse ele com um sorriso, puxando uma delas para um abraço. – E você! – Ele olhou para cima. – Onde está a outra?

– Amelia saiu para fazer compras – respondeu Belinda, antes de voltar sua atenção para os primos pequenos.

Agatha tinha acabado de completar 9 anos, Thomas estava com 7 e Jane, com 6. O pequeno Georgie faria 3 no mês seguinte.

– Você está ficando tão grande! – disse Belinda para Jane, sorrindo para ela.

– Eu cresci 5 centímetros no último mês! – anunciou ela.

– No último ano – corrigiu Penelope gentilmente. Ela não conseguia alcançar Daphne para lhe dar um abraço, então se inclinou e apertou a mão dela. – Sei que suas meninas já estavam bem grandes na última vez em que as vi, mas juro que sempre me surpreendo.

– Eu também – admitiu Daphne.

Ainda acordava algumas manhãs esperando ver as filhas vestindo aqueles aventais de criança. O fato de já serem damas, totalmente crescidas...

Era desconcertante.

– Bem, você sabe o que dizem sobre a maternidade – comentou Penelope.

– O quê? – murmurou Daphne.

Penelope fez uma pausa apenas por tempo suficiente para abrir um sorriso irônico.

– Os anos voam, mas os dias são intermináveis.

– Isso é impossível – afirmou Thomas.

Agatha deixou escapar um suspiro aborrecido.

– Ele é tão literal...

Daphne estendeu a mão para afagar o cabelo castanho-claro de Agatha.

– Você só tem 9 anos mesmo?

Ela sempre gostara muito de Agatha. Havia algo naquela menininha tão séria e determinada que sempre tocara seu coração.

Agatha, sendo Agatha, imediatamente reconheceu se tratar de uma pergunta retórica e ficou nas pontas dos pés para beijar a tia.

Daphne retribuiu o gesto com um beijinho na bochecha, em seguida se voltou para a babá da jovem família, parada junto à porta, segurando o pequeno Georgie.

– E como está você, meu lindinho? – murmurou ela, estendendo os braços para pegar o menino no colo. Ele era louro e rechonchudo, com bochechas rosadas e um cheiro divino de bebê, apesar de não ser mais exatamente um bebê. – Você parece delicioso – disse ela, fingindo dar uma mordidinha no pescoço dele. Então testou seu peso, balançando-o um pouco de um lado para outro de um jeito instintivamente maternal. – Você não precisa mais ser embalado, não é mesmo? – murmurou, beijando-o novamente.

A pele dele era muito macia e a fez relembrar seus dias como uma jovem mãe. Ela tivera enfermeiras e babás, é claro, mas não podia contar o número de vezes que entrara no quarto das crianças para dar-lhes um beijo na bochecha e vê-los dormir.

Fazer o quê? Ela era sentimental. Isso não era novidade.

– Quantos anos você tem agora, Georgie? – perguntou ela, pensando que talvez *pudesse* fazer isso de novo.

Não que tivesse muita escolha, mas ainda assim se sentiu mais tranquila, ali de pé com aquele menino nos braços.

Agatha puxou sua manga e sussurrou:

– Ele não fala.

Daphne piscou.

– Como assim?

Agatha olhou para os pais, como se não tivesse certeza se devia ter dito alguma coisa. Eles estavam ocupados conversando com Belinda e Caroline e não notaram.

– Ele não fala – disse ela novamente. – Nem uma palavra.

Daphne se afastou um pouco para olhar o rosto de Georgie de novo. Ele sorriu para ela, os olhos franzindo nos cantos exatamente como os de Colin.

Daphne olhou de volta para Agatha.

– Ele entende o que as pessoas dizem?

Agatha assentiu.

– Cada palavra. Tenho certeza. – Então baixou a voz para um sussurro. – Acho que minha mãe e meu pai estão preocupados.

Uma criança perto do terceiro aniversário sem dizer uma palavra? Daphne tinha *certeza* de que eles estavam preocupados. De repente, a razão para a viagem inesperada de Colin e Penelope à cidade ficou clara. Eles estavam em busca de orientação. Simon passara pelo mesmo problema quando criança. Não dissera uma palavra até os 4 anos. E então sofrera de uma gagueira debilitante por anos. Mesmo agora, quando estava chateado com alguma coisa, a gagueira voltava a se insinuar, e ela podia notá-la em sua voz. Uma pausa estranha, um som repetido, uma parada hesitante. Ele ainda ficava constrangido com isso, embora não tanto quanto na época em que eles se conheceram.

Mas podia ver isso nos olhos dele. Um vislumbre de sofrimento. Ou talvez raiva. De si mesmo, de sua fraqueza. Daphne supunha que havia algumas coisas que as pessoas nunca superavam, não completamente.

Relutante, entregou Georgie de volta para a babá e apressou Agatha em direção às escadas.

– Venha, querida – disse ela. – O quarto das crianças está pronto. Tiramos todos os brinquedos antigos das meninas dos armários.

Ela observou com orgulho Belinda pegar Agatha pela mão.

– Você pode brincar com minha boneca preferida – disse Belinda, com ar de grande importância.

Agatha olhou para a prima com uma expressão que só poderia ser descrita como reverência e então subiu a escada atrás dela.

Daphne esperou todas as crianças saírem e então virou-se para o irmão e a mulher.

– Chá? – perguntou. – Ou querem trocar de roupa primeiro?

– Chá – disse Penelope, com o suspiro de uma mãe exausta. – Por favor.

Colin assentiu, e juntos foram para a sala de visitas. Quando se sentaram, Daphne concluiu que não havia razão para não ser direta. Afinal, aquele era o seu irmão, e ele sabia que podia falar sobre qualquer coisa com ela.

– Vocês estão preocupados com o Georgie – começou.

Era uma afirmação, não uma pergunta.

– Ele ainda não falou uma palavra – confirmou Penelope em voz baixa.

Sua voz parecia tranquila, mas ela engoliu em seco de maneira desconfortável.

– Ele nos entende – disse Colin. – Tenho certeza disso. Outro dia mesmo, pedi a ele que recolhesse seus brinquedos e ele obedeceu. Na mesma hora.

– Simon também era assim – falou Daphne. Ela olhou de Colin para Penelope e depois de volta. – Foi por isso que vieram? Para falar com Simon?

– Esperávamos que ele pudesse nos dar alguma luz – disse Penelope.

Daphne assentiu lentamente.

– Tenho certeza de que poderá. Ele ficou preso no campo, mas deve voltar antes do fim da semana.

– Não há pressa – disse Colin.

Pelo canto do olho, Daphne viu os ombros de Penelope afundarem. Era um pequeno movimento, mas que qualquer mãe reconheceria. Penelope sabia que não havia pressa. Eles já tinham esperado quase três anos para que Georgie falasse; mais alguns dias não fariam diferença. Mas ainda assim queria muito fazer *alguma* coisa. Tomar alguma atitude, ajudar o filho a se recuperar.

Ir até lá, vindo de tão longe, e descobrir que Simon não estava... Devia ser desanimador.

– Acho que o fato de ele entender vocês é um ótimo sinal – disse Daphne. – Eu ficaria muito mais preocupada se ele não entendesse.

– Fora isso, ele é completamente normal – disse Penelope fervorosamente. – Ele corre, pula, come. Acho até mesmo que lê.

Colin se virou para ela, surpreso.

– Ele lê?

– Acho que sim – disse Penelope. – Eu o vi com a cartilha do William na semana passada.

– Ele provavelmente estava apenas vendo as ilustrações – disse Colin, com delicadeza.

– Foi o que pensei, mas depois observei seus olhos! Eles se moviam de um lado para outro, seguindo as palavras.

Os dois se viraram para Daphne, como se ela pudesse ter todas as respostas.

– Imagino que ele pudesse estar lendo – disse Daphne, sentindo-se bastante despreparada.

Ela queria ter todas as respostas. Queria poder lhes dizer algo além de *imagino* ou *talvez*.

– É muito novinho, mas não há razão para que não possa estar lendo.

– Ele é muito inteligente – disse Penelope.

Colin lhe lançou um olhar sobretudo indulgente.

– Querida...

– Ele é! E William aprendeu a ler quando tinha 4 anos. Agatha também.

– Na verdade – admitiu Colin, pensativo –, Agatha começou a ler aos 3. Nada muito complexo, mas sei que ela lia palavras curtas. Lembro-me muito bem.

– Georgie está lendo – disse Penelope com firmeza. – Tenho certeza disso.

– Bem, então isso significa que temos ainda menos com que nos preocupar – disse Daphne com um entusiasmo determinado. – Qualquer criança que já leia antes do terceiro aniversário não terá problemas para falar quando estiver pronta.

Ela não tinha ideia se esse era realmente o caso. Mas achava que devia ser. E *parecia* razoável. E se Georgie acabasse por ter uma gagueira, assim como Simon, sua família ainda iria amá-lo e dar-lhe todo o apoio para se tornar a pessoa maravilhosa que ela sabia que ele ia ser.

Ele teria tudo o que Simon não tivera quando criança.

– Vai dar tudo certo – disse Daphne, inclinando-se para pegar a mão de Penelope. – Você vai ver.

Penelope comprimiu os lábios e Daphne notou que ela estava com um nó na garganta. Ela se virou, a fim de dar à cunhada um momento para se recompor. Colin estava comendo seu terceiro biscoito e estendendo a mão para pegar uma xícara de chá, então Daphne decidiu direcionar sua próxima pergunta a ele.

– Está tudo bem com as outras crianças? – perguntou.

Ele engoliu o chá.

– Tudo bem. E com as suas?

– David andou aprontando algumas travessuras na escola, mas parece estar tomando juízo.

Ele pegou outro biscoito.

– E as meninas não estão lhe dando dor de cabeça?

Daphne piscou, surpresa.

– Não, é claro que não. Por que pergunta?

– Você está com um aspecto horrível – disse ele.

– Colin! – interveio Penelope.

Ele deu de ombros.

– Ela está. Falei sobre isso quando chegamos.

– Não importa – censurou sua mulher –, você não deveria...

– Se eu não posso dizer isso a ela, quem pode? – indagou ele com franqueza. – Ou, mais precisamente, quem *vai*?

Penelope baixou a voz para um sussurro aflito.

– Não é o tipo de coisa sobre a qual se fale.

Ele olhou para ela por um instante. Então olhou para Daphne. Em seguida, voltou a olhar para a mulher.

– Não tenho ideia do que você está falando – retrucou.

Os lábios de Penelope se entreabriram e suas bochechas ficaram um pouco rosadas. Ela olhou para Daphne como se dissesse: *E agora?*

Daphne apenas suspirou. Sua condição era assim *tão* óbvia?

Penelope olhou para Colin com impaciência.

– Ela está... – Então virou-se de volta para Daphne. – Você está, não está?

Daphne acenou ligeiramente a cabeça, confirmando.

Penelope olhou para o marido com um leve ar de presunção.

– Ela está grávida.

Colin congelou por cerca de meio segundo antes de continuar com seu jeito imperturbável de costume.

– Não, não está.

– Está – replicou Penelope.

Daphne resolveu não dizer nada. Estava se sentindo enjoada.

– O filho mais novo dela tem 17 anos – ressaltou Colin. Então olhou para Daphne. – Não é?

– Dezesseis – murmurou Daphne.

– Dezesseis – repetiu ele, dirigindo-se Penelope. – Ainda assim.

– Ainda assim?

– Ainda assim.

Daphne bocejou. Não podia evitar. Andava se sentindo *exausta*.

– Colin – disse Penelope, com aquele tom paciente, ainda que um pouco condescendente, que Daphne *adorava* ouvi-la usar com seu irmão –, a idade do David não tem nada a ver com...

– Eu sei – interrompeu ele, encarando-a com um olhar ligeiramente irritado. – Mas você não acha que, se ela estivesse... – Ele fez um gesto com a mão na direção de Daphne, fazendo com que ela se perguntasse se ele não conseguia pronunciar a palavra *grávida* para se referir à irmã. Limpou a garganta. – Bem, não haveria um intervalo de dezesseis anos.

Daphne fechou os olhos por um momento, em seguida apoiou a cabeça no encosto do sofá. Ela realmente *devia* se sentir envergonhada. Aquele era seu irmão. E mesmo que estivesse usando termos bastante vagos, falava sobre os aspectos mais íntimos de seu casamento.

Ela deixou escapar um som baixo de quem estava cansada, algo entre um suspiro e um gemido. Estava com muito sono para ficar constrangida. E talvez muito velha também. As mulheres deviam poder dispensar os arroubos de recato quando passavam dos 40 anos.

Além disso, Colin e Penelope estavam discordando, e isso era bom. Fazia com que não pensassem em Georgie.

Na verdade, Daphne achava aquilo bastante divertido. Era ótimo ver um de seus irmãos em um impasse com a esposa.

Ter 41 anos definitivamente não a tornava velha demais para ter um pouquinho de prazer com o desconforto dos irmãos. Embora – ela bocejou de novo – fosse mais divertido se ela estivesse um pouco mais alerta para apreciar a cena. Ainda assim...

– Ela dormiu?

Colin olhou para a irmã, incrédulo.

– Acho que sim – respondeu Penelope.

Ele se curvou na direção dela, esticando o pescoço para ver melhor.

– Há tantas coisas que eu poderia fazer com ela agora – ponderou ele. – Sapos, gafanhotos, rios que viram sangue.

– Colin!

– É tão tentador.

– É também uma prova – disse Penelope com um discreto sorriso.

– Prova?

– De que ela está grávida! Como eu disse. – Como ele não concordou rápido o suficiente, ela acrescentou: – Você alguma vez já a viu pegar no sono no meio de uma conversa?

– Não desde... – Ele se interrompeu.

O sorriso de Penelope ficou significativamente menos sutil.

– Exatamente.

– Odeio quando você está certa – resmungou ele.

– Eu sei. Pena para você que isso aconteça com tanta frequência.

Ele olhou de volta para Daphne, que começava a roncar.

– Imagino que tenhamos que lhe fazer companhia – disse ele, com alguma relutância.

– Vou chamar a criada dela – disse Penelope.

– Você acha que Simon sabe?

Penelope olhou por cima do ombro quando chegou ao cordão da campainha.

– Não faço ideia.

Colin se limitou a balançar a cabeça.

– O pobre homem deve estar prestes a ter a maior surpresa da vida dele.

Quando finalmente retornou a Londres, com uma semana de atraso, Simon estava exausto. Ele sempre fora um proprietário de terras mais comprometido do que a maioria de seus pares – mesmo que já estivesse se aproximando dos 50 anos. Assim, quando vários de seus campos foram inundados, incluindo um que provia a única renda de uma família de inquilinos, ele arregaçou as mangas e começou a trabalhar ao lado de seus homens.

Figurativamente, é claro. As mangas com certeza tinham ficado no lugar. Fazia um frio terrível em Sussex. Pior quando se estava molhado. O que, naturalmente, todos estavam, já que houvera uma inundação.

Então ele estava cansado, ainda sentia frio – não tinha certeza se seus dedos algum dia recuperariam a temperatura anterior – e estava com saudade da família. Teria pedido que se juntassem a ele no campo, mas as garotas estavam se preparando para a temporada, e Daphne parecera um pouco abatida quando ele viajara.

Esperava que não fosse ficar resfriada. Quando ela ficava doente, a casa inteira sofria com isso.

Ela se achava estoica. Uma vez ele tentara argumentar que uma pessoa realmente estoica não ficava pela casa dizendo repetidamente "Não, não, estou bem" enquanto se afundava em uma cadeira.

Na verdade, ele tentara salientar isso duas vezes. Na primeira vez em que dissera algo assim, ela não respondera. Na época, ele achara que ela não tinha escutado. Parando para pensar, no entanto, era muito mais provável que tivesse *decidido* não escutá-lo, porque, na segunda vez em que ele dissera algo sobre a verdadeira natureza de uma pessoa estoica, a reação dela tinha sido...

Bem, digamos apenas que, quando se tratava de sua mulher e um resfriado comum, os lábios dele nunca mais pronunciariam outras palavras que não "Pobrezinha" e "Quer que eu lhe traga um pouco de chá?".

Depois de duas décadas de casamento, um homem aprendia algumas coisas.

Quando ele chegou ao salão da frente, o mordomo estava à sua espera, o rosto da maneira habitual, isto é, completamente inexpressivo.

– Obrigado, Jeffries – murmurou Simon, entregando-lhe o chapéu.

– Seu cunhado está aqui – disse Jeffries.

Simon fez uma pausa.

– Qual deles? – Ele tinha sete.

– O Sr. Colin Bridgerton, Vossa Graça. Com a família.

Simon inclinou a cabeça.

– É mesmo? – Ele não ouvia caos nem tumulto.

– Eles saíram, Vossa Graça.

– E a duquesa?

– Está descansando.

Simon não conseguiu conter um gemido.

– Ela não está doente, está?

Jeffries, de uma maneira nada característica, corou.

– Eu não saberia dizer, Vossa Graça.

Simon encarou Jeffries com um olhar curioso.

– Ela está doente ou não está?

Jeffries engoliu em seco, pigarreou, e então disse:

– Acredito que ela esteja cansada, Vossa Graça.

– Cansada – repetiu Simon, mais para si mesmo, uma vez que ficara claro que Jeffries morreria de um constrangimento inexplicável se ele insistisse naquela conversa.

Balançando a cabeça, subiu as escadas, acrescentando:

– É claro que ela está cansada. Colin tem quatro filhos com menos de 10 anos, e ela provavelmente pensa que tem de bancar a mãe de todos eles enquanto estão aqui.

Talvez ele pudesse se deitar com ela. Estava exausto também e sempre dormia melhor quando ela estava perto.

A porta do quarto deles estava fechada, e ele quase bateu – era um hábito fazer isso diante de uma porta fechada, mesmo que levasse ao seu próprio quarto –, mas, no último momento, pegou a maçaneta e abriu a porta devagar. Ela podia estar dormindo. Se estava realmente cansada, devia deixá-la descansar.

Então entrou no quarto sem fazer barulho. As cortinas estavam parcialmente cerradas, e ele podia ver Daphne deitada na cama, completamente imóvel. Aproximou-se na ponta dos pés. Ela parecia *mesmo* pálida, embora fosse difícil dizer em meio à penumbra.

Ele bocejou e se sentou no lado oposto da cama, inclinando-se para tirar as botas. Afrouxou a gravata e em seguida a tirou, deitando-se perto dela. Não ia acordá-la, apenas se aconchegar para se aquecer um pouco.

Sentira sua falta.

Acomodando-se com um suspiro de satisfação, ele passou o braço em volta dela, descansando o peso logo abaixo das suas costelas e...

– Grughargh!

Daphne se levantou de repente e praticamente deu um salto da cama.

– Daphne?

Simon também se sentou, bem a tempo de vê-la correr para o urinol.

O urinol????

– Ah, querida – disse ele, fazendo uma careta enquanto ela vomitava. – Você comeu peixe?

– Não diga essa palavra – retrucou ela, arfando.

Devia ter sido o peixe. Eles realmente precisavam arrumar um novo peixeiro na cidade.

Ele se arrastou para fora da cama para pegar uma toalha.

– Quer alguma coisa?

Ela não respondeu. Ele não esperava que respondesse. Ainda assim, estendeu a toalha, tentando não se encolher quando ela vomitou pelo que devia ser a quarta vez.

– Pobrezinha! – murmurou ele. – Sinto muito que esteja assim. Não vejo você desse jeito desde...

Desde...

Ah, Deus do céu.

– Daphne?

Sua voz saiu trêmula. Mas que diabos, seu corpo todo tremia.

Ela assentiu.

– Mas... como...?

– Da maneira usual, imagino – disse ela, pegando a toalha, agradecida.

– Mas já faz... Já faz...

Ele tentou pensar. Não conseguia pensar. Seu cérebro tinha parado completamente de funcionar.

– Acho que terminei – disse ela. Parecia exausta. – Você poderia pegar um pouco de água?

– Tem certeza?

Se ele lembrava bem, a água iria toda direto para dentro do urinol.

– Está ali – disse ela, apontando fracamente para um jarro na mesa. – Não vou engolir.

Ele serviu um copo e a esperou bochechar.

– Bem – disse ele, limpando a garganta várias vezes –, eu... hã...

Ele tossiu novamente. Não conseguia dizer uma palavra. E não podia culpar sua gagueira dessa vez.

– Todo mundo sabe – disse Daphne, colocando a mão no braço dele para se apoiar enquanto voltava para a cama.

– Todo mundo?

– Eu não planejava dizer nada até você voltar, mas eles adivinharam.

Ele balançou a cabeça lentamente, ainda tentando absorver aquilo tudo. Um bebê. Na sua idade. Na idade *dela*.

Era...

Era...

Era *incrível*.

Era estranho receber uma notícia daquelas assim tão de repente. Mas, depois do choque inicial, ele foi tomado pela mais pura alegria.

– É uma notícia maravilhosa! – exclamou. Então estendeu as mãos para abraçá-la, mas pensou melhor quando viu seu rosto pálido. – Você nunca deixa de me surpreender – disse, dando-lhe um tapinha desajeitado no ombro em vez do abraço.

Ela estremeceu e fechou os olhos.

– Não balance a cama – gemeu. – Você está me deixando mareada.

– Você não fica mareada – lembrou ele.

– Fico quando estou grávida.

– Você é bastante peculiar, Daphne Basset – murmurou ele, e em seguida recuou para parar de balançar a cama e sair de perto, caso ela ficasse chateada por ele ter dito que era peculiar.

(Havia um histórico. Quando estava no fim da gravidez de Amelia, ela lhe perguntara se estava radiante ou se estava andando feito uma pata. Ele respondera que ela parecia uma pata radiante. Não fora a resposta correta.)

Ele limpou a garganta e disse:

– Pobrezinha!

Em seguida, fugiu.

Várias horas depois, Simon estava sentado à mesa de carvalho maciço, os cotovelos apoiados na madeira lisa, correndo o dedo indicador pela borda do copo de brandy, que já voltara a encher duas vezes.

Tinha sido um dia grandioso.

Cerca de uma hora depois de deixar Daphne descansar, Colin e Penelope voltaram com sua prole, e todos eles tomaram chá e biscoitos na sala de café da manhã. Simon tinha começado a se encaminhar para a sala de estar, mas Penelope perguntara se não havia outra opção, algum lugar sem "tecidos e estofados caros".

O pequeno Georgie sorrira para ele nessa hora, o rosto ainda sujo com uma substância que Simon esperava que fosse chocolate.

Enquanto Simon observava as migalhas que caíam da mesa no chão e o guardanapo molhado que usaram para absorver o chá que Agatha derrubara, lembrou-se de que ele e Daphne sempre tomavam o chá ali quando as crianças eram pequenas.

É engraçado como costumamos esquecer esses detalhes.

Quando as pessoas à mesa do chá se dispersaram, no entanto, Colin pedira para conversar com ele em particular. Eles se dirigiram ao escritório de Simon, e fora lá que Colin lhe confidenciara sua preocupação em relação a Georgie.

Ele não falava.

Seus olhos eram inteligentes. Colin achava que ele estava lendo.

Mas ele não falava.

Colin lhe pedira um conselho, e Simon se dera conta de que não tinha nenhum. Já tinha pensado nisso, é claro. Essa possibilidade o assombrara todas as vezes que Daphne engravidava e até que cada um de seus filhos começasse a formar frases.

E imaginava que iria voltar a assombrá-lo agora. Haveria outro bebê, outra alma para amar desesperadamente... e com quem se preocupar.

Tudo o que ele conseguiu dizer a Colin foi para que amasse o menino. Conversasse com ele, o elogiasse e o levasse para andar a cavalo e pescar, e todas aquelas coisas que um pai deve fazer com um filho.

Todas aquelas coisas que seu pai nunca fizera com ele.

Não pensava mais no pai com muita frequência. E agradecia a Daphne por isso. Antes de se conhecerem, Simon era obcecado por vingança. Queria muito ferir o pai, fazê-lo sofrer como sofrera quando criança, com toda a dor e a angústia de saber que tinha sido rejeitado e considerado inferior.

Não importava que seu pai estivesse morto. Simon ansiara por vingança mesmo assim, e fora preciso amor, primeiro de Daphne e depois de seus filhos, para expulsar aquele fantasma. Ele finalmente percebeu que estava livre quando Daphne lhe entregou um maço de cartas de seu pai que havia sido deixado aos cuidados dela. Ele não quis queimá-las; não quis fazê-las em pedaços.

Tampouco quis lê-las.

Olhara para a pilha de envelopes, cuidadosamente amarrados com uma fita vermelha e dourada, e percebera que não sentia nada. Nem raiva, nem tristeza, nem mesmo pesar. Fora a maior vitória que ele poderia ter imaginado.

Não sabia direito quanto tempo as cartas tinham ficado na escrivaninha de Daphne. Sabia que ela as guardara na gaveta de baixo e de vez em quando dava uma espiada para ver se ainda estavam lá.

Mas, com o tempo, até mesmo isso fora diminuindo gradualmente. Ele não esquecera as cartas – de vez em quando alguma coisa fazia com que se lembrasse delas –, mas não pensava nelas com tanta frequência. E provavelmente estavam longe de sua mente havia meses quando um dia abriu a gaveta de baixo da própria escrivaninha e viu que Daphne as colocara lá.

Isso tinha sido vinte anos antes.

E, embora continuasse não sentindo vontade de queimá-las ou rasgá-las, tampouco sentira necessidade de abri-las.

Até aquele momento.

Bem, não.

Talvez?

Olhou para as cartas novamente, ainda amarradas. *Queria* abri-las? Poderia haver alguma coisa nas cartas de seu pai que talvez ajudasse Colin e Penelope enquanto guiavam Georgie pelo que poderia ser uma infância difícil?

Não. Era impossível. Seu pai tinha sido um homem duro, insensível e implacável. Era tão obcecado com sua herança e seu título que virara as costas para o único filho. Nada do que ele tivesse escrito – nada – poderia ajudar Georgie de alguma forma.

Simon pegou as cartas. Os papéis estavam ressecados. Cheiravam a coisa antiga.

O fogo na lareira parecia novo. Quente, forte e redentor. Olhou fixamente para as chamas até a visão se turvar, ficou ali sentado por minutos intermináveis, agarrado às palavras finais do pai para ele. Eles não se falavam havia mais de cinco anos quando o pai morreu. Se o velho duque tinha alguma coisa a lhe dizer, estava ali.

– Simon?

Ele levantou os olhos lentamente, mal conseguindo sair de seu torpor. Daphne estava parada à entrada, a mão pousada de leve na beirada da porta. Usava sua camisola azul-clara preferida. Tinha aquela camisola havia anos; toda vez que ele perguntava se queria substituí-la, ela recusava. Algumas coisas são melhores macias e confortáveis.

– Você vem deitar? – perguntou ela.

Ele assentiu, ficando de pé.

– Daqui a pouco. Eu só estava... – Limpou a garganta, porque a verdade era que... não sabia bem o que estava fazendo. Não sabia ao certo nem mesmo o que estava pensando. – Como você está? – perguntou a ela.

– Melhor. É sempre melhor à noite. – Ela deu alguns passos para a frente. – Comi algumas torradas, até um pouco de geleia, e...

Ela parou, o único movimento em seu rosto o rápido piscar dos olhos. Estava olhando para as cartas. Ele não tinha percebido que ainda as segurava quando se levantou.

– Você vai ler a cartas? – perguntou ela em voz baixa.

– Eu pensei... talvez... – Ele engoliu em seco. – Não sei.

– Mas por que agora?

– Colin me contou sobre Georgie. Pensei que poderia haver alguma coisa aqui. – Ele moveu ligeiramente a mão, levantando um pouco a pilha de cartas. – Algo que pudesse ajudá-lo.

Os lábios de Daphne se entreabriram, mas vários segundos se passaram antes que conseguisse falar.

– Acho que você deve ser um dos homens mais amáveis e generosos que eu conheço.

Ele olhou para ela, confuso.

– Sei que não quer ler as cartas – disse ela.

– Realmente não me importo...

– Não, você se importa, sim – interrompeu ela gentilmente. – Não o suficiente para destruí-las, mas ainda assim significam alguma coisa para você.

– Quase não penso mais nelas – disse ele.

Era verdade.

– Eu sei. – Ela estendeu o braço e pegou a mão dele, passando o polegar suavemente pelos nós de seus dedos. – Mas só porque conseguiu se libertar do seu pai, isso não significa que ele nunca teve importância.

Simon ficou em silêncio. Não sabia o que dizer.

– Não me surpreende que, se você finalmente decidir lê-las, seja para ajudar alguém.

Ele engoliu em seco, então agarrou a mão dela como uma tábua de salvação.

– Você quer que eu abra? – perguntou Daphne.

Ele fez que sim, entregando-lhe a pilha sem dizer uma palavra.

Ela se sentou em uma cadeira próxima, puxando a fita para abrir o laço.

– Estão em ordem? – perguntou.

– Não sei – admitiu ele.

Então se sentou de novo atrás da mesa. Era longe o suficiente para que não visse as páginas.

Ela acenou com a cabeça, em seguida rompeu cuidadosamente o selo do primeiro envelope. Seus olhos se moviam ao longo das linhas – ou pelo menos ele achava que sim. A luz era muito fraca para que Simon visse a expressão no rosto de Daphne de forma clara, mas já a vira lendo cartas antes tantas vezes que sabia exatamente como ela devia estar.

– Ele tinha uma letra terrível – murmurou Daphne.

– Tinha?

Agora que parava para pensar, Simon não tinha certeza se já vira a letra do pai. Devia ter visto, em algum momento. Mas não era algo de que se lembrasse.

Ele esperou um pouco mais, tentando não prender a respiração quando ela virou a página.

– Ele não escreveu no verso – disse ela, com alguma surpresa.

– Ele não faria isso – falou Simon. – Ele nunca faria nada que desse a impressão de que estava economizando.

Ela levantou os olhos, as sobrancelhas arqueadas.

– O duque de Hastings não precisa economizar – disse Simon friamente.

– Sério? – Ela passou para a próxima página, murmurando: – Vou me lembrar disso na próxima vez em que for à modista.

Simon sorriu. Adorava o fato de ela conseguir fazê-lo sorrir em um momento como aquele.

Depois de mais alguns instantes, ela dobrou novamente os papéis e ergueu os olhos. Em seguida fez uma breve pausa, talvez para o caso de ele querer dizer alguma coisa, e então, quando viu que ele não ia falar nada, começou:

– Na verdade, é um pouco maçante.

– Maçante?

Ele não tinha certeza do que esperava, mas não era isso.

Daphne deu de ombros.

– É sobre a colheita, uma reforma na ala leste da casa e vários colonos que ele desconfiava que o enganavam. – Ela contraiu os lábios de maneira reprovadora. – Não estavam fazendo isso, é claro. Eram o Sr. Miller e o Sr. Bethum. Eles nunca enganariam ninguém.

Simon piscou. Pensara que nas cartas do pai poderia haver algum pedido de desculpas. Ou, se não isso, então mais acusações de inadequação. Nunca lhe ocorrera que ele poderia simplesmente ter lhe mandado um relatório sobre a propriedade.

– Seu pai era um homem muito desconfiado – murmurou Daphne.

– Ah, sim.

– Devo ler a próxima?

– Por favor.

Ela leu e era mais ou menos a mesma coisa, só que dessa vez a carta tratava de uma ponte que precisava de reparos e de uma janela que não tinha sido feita de acordo com suas especificações.

E assim ia. Aluguéis, prestação de contas, consertos, reclamações... Havia uma ou outra coisa diferente, mas nada mais pessoal do que *Estou pensando em organizar uma caçada mês que vem. Depois me diga se deseja participar*. Era impressionante. O pai dele não só negara sua existência quando o considerava um idiota gago, mas também conseguira negar sua própria negação quando Simon passara a falar claramente, atendendo às expectativas. Ele agira como se nada tivesse acontecido, como se nunca tivesse desejado que o próprio filho estivesse morto.

– Santo Deus – disse Simon, porque *alguma* coisa tinha de ser dita.

Daphne ergueu os olhos.

– Hum?

– Nada – murmurou ele.

– Esta é a última – disse ela, segurando a carta.

Ele suspirou.

– Você quer que eu leia?

– É claro – respondeu ele com sarcasmo. – Pode ser sobre aluguéis. Ou prestação de contas.

– Ou uma colheita ruim – brincou Daphne, obviamente tentando não rir.

– Ou isso.

– Aluguéis – disse ela quando terminou de ler. – E prestação de contas.

– E a colheita?

Ela abriu um sorriso discreto.

– Foi boa naquela temporada.

Simon fechou os olhos por um instante, enquanto uma estranha tensão deixava seu corpo.

– É estranho – disse Daphne. – Eu me pergunto por que ele nunca mandou essas cartas para você.

– O que você quer dizer?

– Bem, ele não enviou. Você não se lembra? Ele guardou todas elas, depois as entregou a lorde Middlethorpe antes de morrer.

– Imagino que tenha sido porque eu estava fora do país. Ele não devia saber para onde mandá-las.

– Ah, sim, é claro. – Ela franziu a testa. – Ainda assim, acho interessante que ele tenha dedicado tempo para lhe escrever essas cartas quando não tinha esperança de enviá-las. Se eu fosse escrever cartas para alguém a quem não pudesse enviá-las, seria por ter algo a dizer, algo importante que eu gostaria que a pessoa soubesse, mesmo depois que eu tivesse partido.

– Uma das muitas coisas em que você difere bastante do meu pai – disse Simon.

Ela sorriu com tristeza.

– Bem, creio que sim.

E se levantou, colocando as cartas em uma mesinha.

– Vamos para a cama?

Ele assentiu e caminhou até ela. Mas, antes de lhe dar o braço, se abaixou, pegou as cartas e atirou-as no fogo. Daphne ofegou um pouco ao se virar a tempo de vê-las escurecerem e se encolherem.

– Não há nada que valha a pena guardar – disse ele. Então se inclinou e a beijou, no nariz, depois na boca. – Vamos para a cama.

– O que você vai dizer a Colin e Penelope? – perguntou ela, enquanto caminhavam de braços dados em direção às escadas.

– Sobre Georgie? A mesma coisa que lhes disse esta tarde. – Ele a beijou novamente, dessa vez na testa. – Que apenas o amem. É tudo o que podem fazer. Se ele falar, falou. Se não falar, não falou. Mas, de qualquer forma, tudo vai ficar bem, desde que eles o amem.

– Você, Simon Arthur Fitzranulph Basset, é um ótimo pai.

Ele tentou não se inflar de orgulho.

– Você esqueceu Henry.

– O quê?

– Simon Arthur *Henry* Fitzranulph Basset.

Ela deixou escapar um *pfttt*.

– Você tem nomes de mais.

– Mas não filhos de mais.

Ele parou de andar e puxou-a para junto de si até ficarem frente a frente. Então pousou uma das mãos suavemente na barriga dela.

– Acha que conseguimos fazer tudo isso de novo?

Ela assentiu.

– Desde que eu tenha você.

– Não – disse ele amorosamente. – Desde que *eu* tenha *você*.

O VISCONDE QUE ME AMAVA

Sem dúvida, a cena preferida dos leitores de *O visconde que me amava* (e talvez de todos os meus livros) é quando os Bridgertons se reúnem para jogar *Pall Mall*, a versão do século XIX do croquet. Eles são ferozmente competitivos e desprezam as regras por completo, tendo há muito tempo chegado à conclusão de que a única coisa melhor do que ganhar é garantir que seus irmãos percam. Quando chegou a hora de revisitar os personagens deste livro, eu sabia que tinha de ser em uma partida de *Pall Mall*.

O VISCONDE QUE ME AMAVA:

O segundo epílogo

Dois dias antes...

Kate atravessou o gramado depressa, olhando por cima do ombro para se certificar de que o marido não a seguia. Quinze anos de casamento haviam lhe ensinado uma ou duas coisas e ela sabia que ele estaria observando cada movimento seu.

Mas ela era inteligente. E determinada. E sabia que, por uma libra, o criado de Anthony poderia fingir alguma grande calamidade com suas roupas. Algo envolvendo geleia no ferro de passar ou talvez uma infestação no armário – aranhas, ratos, realmente não importava o quê. Kate ficava mais do que feliz em deixar os detalhes para o criado desde que Anthony fosse devidamente distraído por tempo suficiente para que ela desse uma escapada.

– É meu, todo meu – disse ela, rindo alto, no mesmo tom que usara durante a produção de *Macbeth* da família Bridgerton no mês anterior.

Seu filho mais velho tinha distribuído os papéis; ela fora a Primeira Bruxa.

Kate fingira não perceber quando Anthony o recompensara com um cavalo novo.

Ele ia pagar por isso agora. As camisas dele ficariam manchadas de rosa com geleia de framboesa, e ela...

Sorria tanto que já tinha começado a rir.

– Meu, meu, meu, *meeeeeeuuu* – cantarolou, empurrando com força a porta do galpão na última sílaba, que por acaso era exatamente a nota grave da *Quinta* de Beethoven.

– Meu, meu, meu, *meeeeeeuuu*.

Ela o teria. Era dela. Podia praticamente sentir seu gosto. Teria sentido seu gosto até se isso de alguma forma tivesse garantido que ele ficasse com ela. É claro que não gostava tanto assim de madeira, mas aquele não era um instrumento de destruição comum. Aquele era...

O taco da morte.

– Meu, meu, meu, *meu*, meu, meu, meu, *meu*, meu, meu, meu, *meeeeuuu* – continuou, passando para a parte rápida que se seguia ao familiar refrão.

Mal podia se conter quando atirou um cobertor de lado. O conjunto de *Pall Mall* estaria ali no canto, como sempre, e em apenas um instante...

– Procurando isto?

Kate se virou. Era Anthony, de pé junto à porta, com um sorriso diabólico enquanto girava o taco preto de *Pall Mall* nas mãos.

Sua camisa estava ofuscantemente branca.

– Você... Você...

Uma das sobrancelhas dele se ergueu perigosamente.

– Você nunca foi boa em encontrar as palavras quando fica irritada.

– Como você... Como você...

Ele se inclinou para a frente, estreitando os olhos.

– Paguei a ele *5 libras*.

– Você deu 5 libras ao Milton?

Santo Deus, esse era praticamente o salário anual dele.

– Foi muito mais barato do que substituir todas as minhas camisas – disse ele, fechando a cara. – Geleia de framboesa? Sério? Você não pensa nas despesas?

Kate olhou para o taco, ansiosa.

– O jogo é em três dias – disse Anthony, com um suspiro satisfeito –, e eu já ganhei.

Kate não o contradisse. Os outros Bridgertons podiam pensar que a disputa anual de *Pall Mall* começava e terminava no mesmo dia, mas ela e Anthony sabiam que não era bem assim.

Ela o derrotara na disputa pelo taco durante três anos consecutivos. Não ia deixar que ele levasse a melhor dessa vez, de jeito nenhum.

– Desista agora, querida esposa – provocou Anthony. – Admita a derrota, e todos seremos mais felizes.

Kate suspirou baixinho, quase como se aquiescesse.

Anthony estreitou os olhos.

Kate tocou indolentemente o decote do vestido.

Os olhos de Anthony se arregalaram.

– Está quente aqui, não acha? – perguntou ela, a voz suave, doce e terrivelmente ofegante.

– Sua atrevida – murmurou ele.

Ela deslizou o tecido pelos ombros. Não estava usando nada por baixo.

– Sem botões? – sussurrou ele.

Ela balançou a cabeça. Não era estúpida. Até mesmo os melhores planos podiam dar errado. É preciso sempre se vestir para a ocasião. O ar ainda estava um pouco frio, e ela sentiu seus mamilos se enrijecerem como pequenos botões de rosa ofendidos.

Kate estremeceu, então tentou disfarçar, arfando, como se estivesse incrivelmente excitada.

O que poderia ser verdade, se não estivesse obstinadamente focada em tentar *não* parecer focada no taco na mão do marido.

Isso sem falar do frio.

– Adorável – murmurou Anthony, estendendo a mão e acariciando a lateral de seu seio.

Kate gemeu. Ele nunca resistia a isso.

Anthony sorriu lentamente, em seguida deslizou a mão para a frente, até poder rolar o mamilo dela entre os dedos.

Kate ficou sem ar, e seus olhos correram para os dele. Anthony parecia... não exatamente calculista, mas, ainda assim, muito no controle. E então lhe ocorreu: ele sabia exatamente ao que *ela* nunca conseguia resistir.

– Ah, esposa – murmurou ele, envolvendo o seio dela por baixo e levantando-o até ficar todo em sua mão.

Ele sorriu.

Kate parou de respirar.

Anthony se inclinou para a frente e tomou o mamilo na boca.

– *Ah!*

Ela não estava fingindo mais nada naquele momento. Ele repetiu a tortura do outro lado.

Então deu um passo atrás.

Outro.

Kate ficou parada, ofegante.

– Ah, se eu tivesse uma pintura dessa cena – disse ele. – Eu a penduraria no meu escritório.

Kate ficou boquiaberta.

Ele levantou o taco, vitorioso.

– Adeus, querida esposa.

E saiu do galpão, mas em seguida colocou a cabeça para dentro de volta.

– Tente não pegar um resfriado. Você odiaria perder a revanche, não é?

Ele teve sorte, concluiu Kate mais tarde, por ela não ter pensado em pegar uma das bolas de *Pall Mall* quando estava procurando o conjunto do jogo. Se bem que, pensando melhor, a cabeça dele provavelmente era dura demais para que ela conseguisse rachá-la.

Um dia antes...

Anthony concluiu que havia poucos momentos tão deliciosos quanto levar a melhor, completa e absolutamente, sobre a esposa. Isso dependia da esposa, é claro, mas, como ele tinha escolhido se casar com uma mulher de intelecto e sagacidade incríveis, seus momentos, ele tinha certeza, eram mais deliciosos do que os da maioria.

Saboreou aquela vitória com chá em seu escritório, suspirando de prazer enquanto contemplava o taco negro, exposto em sua mesa como um estimado troféu. Era lindo, reluzente sob a luz da manhã – ou pelo menos reluzente onde não estava arranhado e desgastado por décadas de jogo duro.

Não importava. Anthony adorava cada amassado e cada arranhão. Talvez fosse infantil, imaturo mesmo, mas ele o *adorava*.

Adorava mais do que tudo o fato de tê-lo em seu poder, mas ainda assim gostava muito do taco. Quando conseguiu esquecer que o havia arrancado de maneira brilhante, bem debaixo do nariz de Kate, lembrou que o objeto marcava outra coisa...

O dia em que se apaixonara.

Não que tivesse percebido isso na época. Nem Kate, ele imaginava, mas tinha certeza de que aquele havia sido o dia em que o destino decidira que deveriam ficar juntos – o dia da infame partida de *Pall Mall*.

Ela o deixara com o taco rosa. E jogara a bola dele no lago.

Deus, mas que mulher!

Tinham sido quinze anos maravilhosos.

Ele sorriu, satisfeito, em seguida voltou a olhar para o taco preto. Todo ano eles disputavam uma nova partida. Todos os jogadores originais –

Kate, Anthony, seu irmão Colin, sua irmã Daphne e o marido dela, Simon, e Edwina, irmã de Kate – se dirigiam diligentemente para Aubrey Hall toda primavera e assumiam seus lugares no percurso em constante mudança. Alguns concordavam em participar com entusiasmo, outros, por mera diversão, mas todos estavam lá a cada ano.

E naquele ano...

Anthony riu alto de felicidade. Ele tinha o taco, e Kate não.

A vida era boa. A vida era muito, muito boa.

– Kaaaaaaaaaaate!

Kate levantou os olhos do livro.

– Kaaaaaaaaaaate!

Ela tentou avaliar a distância dele. Depois de quinze anos ouvindo seu nome ser berrado mais ou menos da mesma forma, ela se tornara uma especialista em calcular o tempo entre o primeiro berro e a chegada do marido.

Não era um cálculo tão simples quando podia parecer. Tinha de considerar o local em que estava – no andar de cima ou no de baixo, se podia ser vista da porta, etc., etc.

Então, era preciso levar em conta as crianças. Elas estavam em casa? Provavelmente no caminho dele? Iriam detê-lo, com certeza, talvez até mesmo por um minuto inteiro, e...

– *Você!*

Kate piscou, espantada. Anthony estava parado à porta, ofegante de cansaço e fuzilando-a com uma surpreendente ferocidade no olhar.

– Onde está? – perguntou.

Bem, talvez não tão surpreendente.

Ela piscou, impassível.

– Gostaria de se sentar? Você parece um pouco extenuado.

– Kate...

– Você já não é mais tão jovem – disse ela, com um suspiro.

– Kate... – O volume da voz dele estava aumentando.

– Posso pedir um chá – sugeriu ela com doçura.

– Estava trancado – rosnou ele. – Meu escritório estava trancado.

– Estava? – murmurou ela.

– Eu tenho a única chave.

– Tem?

Os olhos dele se arregalaram.

– O que você fez?

Ela virou uma página, embora não estivesse olhando para o livro.

– Quando?

– O que quer dizer com quando?

– Quero dizer...

Ela fez uma pausa, porque aquele não era um momento para se deixar passar sem uma devida comemoração íntima.

– Quando? Hoje de manhã? Ou no mês passado?

Ele levou um instante para perceber. Não mais do que um ou dois segundos, mas apenas tempo suficiente para que Kate visse sua expressão passar de confusa para desconfiada e depois, indignada.

Foi glorioso. Encantador. Delicioso. Ela teria gargalhado, até, mas isso só encorajaria outro mês de brincadeiras e provocações, e tinha acabado de conseguir fazê-lo parar.

– Você fez uma cópia da chave do meu escritório?

– Eu sou sua mulher – disse ela, olhando para as unhas. – Não deve haver segredos entre nós, não acha?

– Você fez uma cópia da chave?

– Você não ia gostar se eu guardasse segredos, ia?

Ele agarrou a moldura da porta até os nós dos dedos ficarem brancos.

– Pare de se comportar como se estivesse gostando disso – grunhiu ele.

– Ah, mas isso seria uma mentira, e é pecado mentir para o marido.

Sons estranhos começaram a vir da garganta de Anthony, que parecia engasgado.

Kate sorriu.

– Eu não prometi sinceridade em algum momento?

– Era *obediência* – rosnou ele.

– Obediência? Certamente que não.

– Onde está?

Ela deu de ombros.

– Não vou dizer.

– Kate!

Ela, então, cantarolou.

– *Não vou dizeeeer.*

– Mulher...

Ele deu um passo. Ameaçadoramente.

Kate engoliu em seco. Havia uma pequena chance, bem pequena mesmo, mas ainda assim muito real, de que ela pudesse ter ido um pouquinho longe demais.

– Vou amarrá-la à cama – alertou ele.

– Siiiimm – disse ela, enquanto calculava a distância até a porta. – Mas posso não me *importar* com isso, para ser sincera.

Os olhos de Anthony se iluminaram, não exatamente de desejo – ele ainda estava muito concentrado no taco de *Pall Mall* para isso –, mas ela pensou ter visto um brilho de... *interesse* neles.

– Amarrá-la, não é? – murmurou ele, se aproximando. – E você ia gostar, hã?

Kate entendeu o que ele queria dizer e engasgou.

– Você não faria isso!

– Ah, eu faria.

Ele estava pensando em repetir a performance. Ia amarrá-la e *deixá-la* ali enquanto procurava o taco.

Não no que dependesse dela.

Kate passou por cima do braço da cadeira e, em seguida, correu para trás dela. É sempre bom ter uma barreira física em situações como essa.

– Ah, Kaaaaate – provocou ele, movendo-se na direção dela.

– É meu. Era meu quinze anos atrás, e ainda é.

– Era meu antes de ser seu.

– Mas você se casou comigo!

– E isso o torna seu?

Kate não disse nada, apenas olhou nos olhos dele. Ela estava sem ar, ofegante, tomada pela agitação do momento.

E então, rápido como um raio, ele pulou para a frente, estendendo o braço sobre a cadeira e agarrando o ombro dela por um breve instante antes que Kate conseguisse se desvencilhar.

– Você nunca vai encontrá-lo – ela praticamente gritou, fugindo para trás do sofá.

– Não pense que vai escapar agora – alertou ele, correndo para o lado e se colocando entre ela e a porta.

Kate olhou para a janela.

– A queda iria matá-la – disse ele.

– Ah, pelo amor de Deus – falou uma voz vinda da porta.

Kate e Anthony se viraram. Colin, irmão de Anthony, estava parado lá, encarando os dois com um ar de profundo desgosto.

– Colin – disse Anthony, sério. – Que bom ver você.

Colin apenas arqueou uma das sobrancelhas.

– Creio que esteja procurando *isto*.

Kate arfou. Ele segurava o taco preto.

– Como você...

Colin passou a mão pela ponta cilíndrica de maneira quase carinhosa.

– Só posso falar por mim, é claro – respondeu ele, com um suspiro feliz –, mas, até onde sei, eu já ganhei.

Dia da partida

– Não consigo entender – comentou Daphne, irmã de Anthony – por que é você quem define o percurso.

– Porque sou o dono deste maldito gramado – disparou ele.

Então ergueu a mão para proteger os olhos do sol enquanto inspecionava sua obra. Tinha feito um trabalho brilhante dessa vez, modéstia à parte. Era diabólico.

Pura genialidade.

– Alguma chance de você moderar o vocabulário na presença das damas? – disse o marido de Daphne, Simon, duque de Hastings.

– Ela não é uma dama – resmungou Anthony. – É minha irmã.

– Ela é *minha* mulher.

Anthony sorriu.

– Ela já era minha irmã antes.

Simon se virou para Kate, que batia seu taco – verde, com o qual se declarara satisfeita, embora Anthony soubesse a verdade – contra a grama.

– Como você o aguenta?

Ela deu de ombros.

– É um talento que poucos possuem.

Colin se aproximou, segurando o taco negro como se fosse o Santo Graal.

– Podemos começar? – perguntou, com ar grandioso.

Os lábios de Simon se entreabriram de surpresa.

– O taco da morte?

– Eu sou muito inteligente – confirmou Colin.

– Ele subornou a empregada – resmungou Kate.

– Você subornou meu criado – ressaltou Anthony, dirigindo-se a Kate.

– Você também!

– Eu não subornei ninguém – disse Simon, para ninguém em particular.

Daphne deu um tapinha em seu braço de maneira condescendente.

– Você não nasceu nesta família.

– Nem ela – rebateu ele, apontando para Kate.

Daphne pensou a respeito.

– Ela é uma aberração – finalmente concluiu.

– Uma aberração? – questionou Kate.

– É o maior dos elogios – informou Daphne. Fez uma pausa, depois acrescentou: – Neste contexto. – Então virou-se para Colin. – Quanto?

– Quanto o quê?

– Quanto você deu à empregada?

Ele deu de ombros.

– Dez libras.

– Dez *libras*? – Daphne praticamente gritou.

– Ficou louco? – disse Anthony.

– Você deu cinco ao criado – lembrou Kate.

– Espero que não tenha sido para uma das *boas* empregadas – resmungou Anthony –, porque ela com certeza vai pedir demissão até o fim do dia com todo esse dinheiro no bolso.

– Todas as nossas empregadas são boas – disse Kate, com certa irritação.

– Dez libras – repetiu Daphne, balançando a cabeça. – Vou contar para sua mulher.

– Vá em frente – disse Colin, acenando a cabeça com indiferença na direção da colina que descia até o percurso de *Pall Mall*. – Ela está bem ali.

Daphne levantou os olhos.

– Penelope está aqui?

– Penelope está aqui? – bradou Anthony. – Por quê?

– Ela é minha mulher – rebateu Colin.

– Mas ela nunca veio às partidas antes.

– Ela queria me ver ganhar – disparou Colin, premiando o irmão com um sorriso provocador.

Anthony resistiu à vontade de estrangulá-lo. Por pouco.

– E como você sabe que vai ganhar?

Colin balançou o taco negro diante dele.

– Eu já ganhei.

– Bom dia a todos! – disse Penelope, aproximando-se lentamente do grupo.

– Nada de ficar torcendo – advertiu Anthony.

Penelope piscou, confusa.

– Perdão?

– E em nenhuma circunstância – continuou ele, porque alguém precisava garantir que o jogo preservasse alguma integridade – fique a menos de dez passos de seu marido.

Penelope olhou para Colin, balançou a cabeça nove vezes enquanto calculava os passos entre eles e então deu um passo atrás.

– Nada de trapaça – alertou Anthony.

– Pelo menos nenhuma *nova* forma de trapaça – acrescentou Simon. – Técnicas de trapaça previamente estabelecidas são permitidas.

– Posso falar com meu marido durante o jogo? – perguntou Penelope tranquilamente.

– Não! – respondeu um coro retumbante de três vozes enérgicas.

– Você pode notar que eu não fiz nenhuma objeção – disse Simon.

– Como eu disse, você não nasceu nesta família – rebateu Daphne, passando pelo marido no caminho para inspecionar um arco.

– Cadê Edwina? – perguntou Colin bruscamente, estreitando os olhos em direção à casa.

– Ela vai descer daqui a pouco – respondeu Kate. – Estava terminando de tomar café da manhã.

– Ela está atrasando a partida.

Kate se virou para Daphne.

– Minha irmã não compartilha da nossa devoção pelo jogo.

– Ela pensa que somos todos loucos? – perguntou Daphne.

– Completamente.

– Bem, é gentil da parte dela vir todos os anos – disse Daphne.

– É uma tradição – rosnou Anthony.

Ele tinha conseguido pegar o taco laranja e o balançava contra uma bola imaginária, estreitando os olhos enquanto praticava a mira.

– Ele não tem praticado o percurso, não é? – perguntou Colin.

– Como poderia? – disse Simon. – Acabou de prepará-lo hoje de manhã. Nós todos vimos.

Colin o ignorou e se virou para Kate.

– Ele desapareceu à noite, de maneira estranha, alguma vez nos últimos dias?

Ela ficou boquiaberta.

– Você acha que ele tem saído de fininho à noite para jogar *Pall Mall* à luz da lua?

– Eu não ficaria surpreso – resmungou Colin.

– Nem eu – respondeu Kate –, mas lhe asseguro que ele tem dormido em sua cama.

– Não é uma questão de *camas* – informou Colin. – É uma questão de competição.

– Isso não é uma conversa apropriada para se ter diante de uma dama – disse Simon, mas era óbvio que estava se divertindo.

Anthony lançou um olhar irritado para Colin e em seguida para Simon, por via das dúvidas. Aquela conversa estava ficando ridícula e já estava passando da hora de começarem a jogar.

– *Cadê* Edwina? – perguntou ele.

– Está descendo a colina – respondeu Kate.

Ele olhou para cima e viu Edwina Bagwell, irmã mais nova de Kate, descendo com cuidado o terreno. Ela nunca tinha sido muito fã de atividades ao ar livre, e ele podia imaginá-la suspirando e revirando os olhos.

– Rosa para mim este ano – declarou Daphne, pegando um dos tacos restantes da pilha. – Estou me sentindo feminina e delicada. – Então lançou aos irmãos um olhar travesso. – Para não dizer o contrário.

Simon estendeu a mão por trás dela e pegou o taco amarelo.

– Azul para Edwina, é claro.

– A Edwina sempre fica com o azul – disse Kate a Penelope.

– Por quê?

Kate fez uma pausa.

– Não sei.

– E quanto ao roxo? – perguntou Penelope.

– Ah, nós nunca usamos *esse.*

– Por quê?

Kate fez outra pausa.

– Não sei.

– Tradição – interveio Anthony.

– Então por que o restante de vocês troca de cor todo ano? – continuou Penelope.

Anthony virou-se para o irmão.

– Ela sempre faz tantas perguntas?

– Sempre.

Então voltou a olhar para Penelope e disse:

– Nós gostamos assim.

– Estou aqui! – gritou Edwina alegremente enquanto se aproximava dos jogadores. – Ah, azul novamente. Que atencioso!

Ela pegou seu equipamento e se voltou para Anthony.

– Vamos jogar?

Ele fez que sim, em seguida olhou para Simon.

– Você começa, Hastings.

– Como sempre – murmurou ele, colocando a bola na posição inicial. – Afastem-se – advertiu, embora ninguém estivesse ao seu alcance. Ele ergueu o taco para trás e, em seguida, moveu-o para a frente com uma magnífica batida. A bola saiu rolando com perfeição pelo gramado, parando a poucos metros do próximo arco.

– Ah, muito bem! – comemorou Penelope, batendo palmas.

– Eu disse para não torcer – resmungou Anthony. – Ninguém mais sabe seguir instruções?

– Nem mesmo para Simon? – rebateu Penelope. – Pensei que fosse só para Colin.

Anthony colocou sua bola no chão com cuidado.

– Tira a concentração.

– Como se o restante de nós já não estivesse fazendo isso – comentou Colin. – Torça à vontade, querida.

Mas ela ficou em silêncio enquanto Anthony fazia pontaria. Sua tacada foi ainda mais forte do que a do duque, e sua bola rolou ainda mais longe.

– Hum, que azar – disse Kate.

Anthony se virou para ela, desconfiado.

– O que quer dizer com isso? Foi uma tacada brilhante.

– Bem, sim, mas...

– Saia do meu caminho – ordenou Colin, marchando para a posição inicial.

Anthony olhou nos olhos da mulher.

– O que você quer *dizer*?

– Nada – respondeu ela casualmente, – só que está um pouco lamacento naquela direção.

– Lamacento? – Anthony olhou em direção à sua bola, depois para a mulher, em seguida de volta para a bola. – Não chove há dias.

– Hum, não.

Ele olhou de volta para ela– sua mulher enlouquecedora, diabólica e que em breve seria trancafiada em um calabouço.

– Como aquela área ficou lamacenta?

– Bem, talvez não *lamacenta*...

– Talvez não lamacenta – repetiu ele, com muito mais paciência do que ela merecia.

– *Empocenta* pode ser mais apropriado.

Ele ficou sem palavras.

– Empoçada? – Ela franziu um pouco a testa.

Ele deu um passo na direção da mulher, que correu para trás de Daphne.

– O que está acontecendo? – perguntou Daphne, virando-se.

Kate esticou o pescoço para espiar e sorriu, triunfante.

– Acho que ele vai me matar.

– Com tantas testemunhas? – perguntou Simon.

– E como se formou uma poça no meio da primavera mais seca de que tenho lembrança?

Kate abriu outro de seus sorrisos irritantes.

– Derramei meu chá.

– Uma poça inteira de chá?

Ela deu de ombros.

– Eu estava com frio.

– Frio.

– E sede.

– E aparentemente desastrada também – acrescentou Simon.

Anthony fuzilou-o com o olhar.

– Bem, se for mesmo matá-la, será que se importaria de esperar que minha mulher não esteja mais entre vocês dois? – perguntou Simon. Então virou-se para Kate. – Como sabia onde fazer a poça?

– Ele é muito previsível – respondeu ela.

Anthony esticou os dedos e calculou o tamanho do pescoço dela.

– Todos os anos, você sempre coloca o primeiro arco no mesmo lugar e acerta a bola exatamente da mesma maneira – disse ela, sorrindo diretamente para ele.

Colin escolheu esse momento para voltar.

– Sua vez, Kate.

Ela saiu depressa de trás de Daphne e correu para o ponto de partida.

– No amor e na guerra, vale tudo, querido marido – gritou ela alegremente.

E então se inclinou para a frente, mirou e fez a bola verde voar.

Direto para a poça.

Anthony suspirou de alegria. Havia justiça no mundo, afinal.

Trinta minutos depois, Kate esperava junto à sua bola, perto do terceiro arco.

– Que pena essa lama... – disse Colin, passando por lá.

Ela o encarou irritada.

Daphne passou logo depois.

– Você está com um pouco de... – E apontou para o cabelo de Kate. – Sim, aí – acrescentou, enquanto Kate esfregava furiosamente a têmpora. – Embora tenha um pouco mais, bem... – Ela limpou a garganta. – Hã, por toda parte.

Kate olhou para ela, furiosa.

Simon se juntou às duas. Deus do céu, todo mundo tinha que passar pelo terceiro arco para chegar ao sexto?

– Você está um pouco suja de lama – disse ele, prestativo.

Os dedos de Kate agarraram mais firmemente o taco. A cabeça dele estava muito, muito perto.

– Mas pelo menos é lama misturada com chá – acrescentou ele.

– O que isso tem a ver? – perguntou Daphne.

– Não tenho certeza – Kate o ouviu dizer enquanto ele e Daphne caminhavam em direção ao quinto arco –, mas achei que devia dizer *alguma* coisa.

Kate contou até dez mentalmente e então, como era de esperar, Edwina passou por ela, Penelope chegando três passos atrás. As duas pareciam ter formado uma espécie de equipe – Edwina fazia as jogadas e Penelope opinava sobre a estratégia.

– Ah, Kate – disse Edwina com um suspiro de pena.

– Não diga nada – resmungou Kate.

– Foi você quem fez a poça – ressaltou Edwina.

– Você é irmã de quem *mesmo*? – perguntou Kate.

Edwina abriu um sorriso travesso.

– A devoção fraternal não obscurece meu espírito esportivo.

– Isso aqui é *Pall Mall*. Não *existe* espírito esportivo.

– Aparentemente não – observou Penelope.

– Dez passos – alertou Kate.

– De Colin, não de você – rebateu Penelope. – Embora eu ache prudente ficar a pelo menos um taco de distância sempre.

– Vamos? – perguntou Edwina. Ela se virou para Kate. – Acabamos de terminar o quarto arco.

– E precisavam dar a volta pelo caminho mais longo? – murmurou Kate.

– Pareceu próprio do espírito esportivo vir lhe fazer uma visita – objetou Edwina.

Ela e Penelope se viraram para ir embora, então Kate deixou escapar, sem conseguir se conter:

– Onde está Anthony?

Edwina e Penelope olharam de volta.

– Você quer realmente saber? – perguntou Penelope.

Kate se forçou a fazer que sim com a cabeça.

– Receio que no último arco – respondeu Penelope.

– Antes ou depois? – grunhiu Kate.

– Perdão?

– Ele está antes ou depois do arco? – repetiu ela com impaciência. E então, quando Penelope não respondeu de imediato, acrescentou: – Ele já passou pelo maldito arco?

Penelope piscou, surpresa.

– Hã, não. Ele ainda tem mais duas tacadas, acho. Talvez três.

Kate observou-as sair, estreitando os olhos. Não ia ganhar – não havia a menor chance disso agora. Mas, se não podia vencer, então, por Deus, Anthony também não venceria. Ele não merecia nenhuma glória naquele dia, não depois de fazê-la tropeçar e cair na poça de lama.

Ah, ele tinha alegado que fora um acidente, mas Kate achou altamente suspeito a bola dele sair espirrando da poça no exato momento em que ela dera um passo à frente para alcançar sua própria bola. Teve de dar um pulinho para evitá-la, e estava se felicitando por ter escapado por pouco quando Anthony se virou com um claramente falso:

– Você está bem?

O taco girou com ele, convenientemente à altura do tornozelo. Kate não conseguiu pular esse e voou direto para a lama.

De cara.

E, então, Anthony tivera a ousadia de lhe oferecer um lenço.

Ela ia matá-lo.

Matá-lo.

Matá-lo, matá-lo, matá-lo.

Mas primeiro ia cuidar para que ele não ganhasse.

Anthony exibia um largo sorriso – assobiava, até – enquanto esperava sua vez. Demorava um tempo absurdo para voltar a ser sua vez de jogar, com Kate tão para trás que alguém tinha de correr até lá para avisá-la que era hora de fazer uma jogada, isso para não falar em Edwina, que nunca parecia entender a importância de jogar rápido. Os últimos catorze anos com ela andando sem pressa como se tivesse o dia inteiro já tinham sido ruins o suficiente, mas agora, para piorar, ainda tinha Penelope, que não a deixava acertar a bola sem antes ouvir sua análise e seus conselhos.

Mas, dessa vez, Anthony não se importava. Ele estava na liderança, tão à frente que ninguém ia conseguir alcançá-lo. E, para tornar sua vitória ainda mais doce, Kate estava em último lugar.

Tão para trás que não podia ter esperança de ultrapassar ninguém.

Quase compensava o fato de Colin ter pegado o taco da morte.

Ele se virou em direção ao último arco. Precisava de uma tacada para deixar sua bola na posição e mais uma para passá-la pelo arco. Depois disso, bastaria conduzi-la ao marcador final e terminar o jogo com apenas um toque.

Brincadeira de criança.

Olhou por cima do ombro. Podia ver Daphne parada junto ao velho carvalho. Ela estava no topo de uma colina e, portanto, podia ver onde a vista dele não alcançava.

– De quem é a vez? – gritou ele.

Ela esticou o pescoço, enquanto observava os outros jogarem na parte de baixo da colina.

– De Colin, acho – respondeu ela, virando-se de volta –, o que significa que Kate é a próxima.

Anthony riu.

Tinha montado o percurso um pouco diferente naquele ano, de forma meio circular. Os jogadores tinham de seguir um padrão em curva, o que significava que, em linha reta, ele estava mais perto de Kate do que dos outros. Na verdade, só precisava andar cerca de dez metros na direção sul e poderia vê-la seguir para o quarto arco.

Ou ainda seria o terceiro?

De qualquer maneira, não iria perder isso.

Assim, com um sorriso no rosto, ele correu. Deveria gritar? Ele a irritaria mais se gritasse.

Mas isso seria cruel. Por outro lado...

VUUSH!

Anthony parou de ponderar e levantou os olhos bem a tempo de ver a bola verde voando em sua direção.

Mas que diabo?

Kate soltou uma gargalhada triunfante, pegou suas saias e começou a correr até lá.

– O que em nome de Deus você está fazendo? – perguntou Anthony. – O quarto arco é para *lá.* – Ele apontou o dedo na direção certa, embora tivesse certeza de que ela sabia para que lado ficava.

– Ainda estou no terceiro arco – respondeu ela, travessa –, e, de qualquer forma, já desisti de ganhar. É impossível a esta altura, não acha?

Anthony olhou para a mulher, depois para sua bola, parada tranquilamente perto do último arco.

Então olhou para Kate novamente.

– Ah, não, você não vai fazer isso – rosnou ele.

Ela sorriu lentamente.

Diabolicamente.

Como uma bruxa.

– Quer apostar?

Bem nessa hora, Colin chegou, subindo correndo a colina.

– Sua vez, Anthony!

– Como é possível? – perguntou ele. – Kate acabou de jogar, então ainda faltam Daphne, Edwina e Simon.

– Nós jogamos muito rápido – disse Simon, aproximando-se. – Com certeza não queremos perder *isso*.

– Ah, pelo amor de Deus – murmurou ele, vendo os outros chegarem, apressados.

Então caminhou até a sua bola, estreitando os olhos enquanto fazia mira.

– Tenha cuidado com a raiz da árvore! – gritou Penelope.

Anthony rangeu os dentes.

– Eu não estava torcendo – disse ela, o rosto magnificamente sereno. – Com certeza um aviso não pode ser considerado tor...

– *Cale a boca* – grunhiu Anthony.

– Todos nós temos o nosso lugar neste jogo – disse ela, os lábios se contraindo.

Anthony se virou.

– Colin! – bradou. – Se não deseja ficar viúvo, faça o favor de amordaçar a sua mulher.

Colin se aproximou de Penelope.

– Eu amo você – disse ele, beijando-a na bochecha.

– E eu...

– Parem! – explodiu Anthony. Quando todos os olhos se voltaram para ele, acrescentou em um grunhido: – Estou tentando me concentrar.

Kate se aproximou um pouco mais.

– Fique longe de mim, mulher.

– Eu só quero *ver* – disse ela. – Quase não tive a chance de *ver* nada neste jogo, ficando tão para trás o tempo todo.

Ele estreitou os olhos.

– Eu *posso* ter sido responsável por você cair na lama, e por favor note minha ênfase na palavra *posso*, que não implica nenhum tipo de confirmação da minha parte.

Ele fez uma pausa, claramente ignorando o restante do grupo, todos boquiabertos.

– No entanto – continuou –, não consigo ver como posso ser culpado por você estar em último lugar.

– A lama deixou minhas mãos escorregadias – grunhiu ela. – Eu não conseguia segurar o taco direito.

Ao lado deles, Colin fez uma careta.

– Receio que esse argumento tenha sido muito fraco, Kate. Dessa vez vou ter que concordar com o Anthony, por mais que me doa.

– Está bem – disse ela, depois de lançar a Colin um olhar fulminante. – A culpa é só minha. No entanto...

E se calou.

– Hã, no entanto o quê? – Edwina finalmente perguntou.

Kate parecia uma rainha com seu cetro, parada ali, toda coberta de lama.

– No entanto – continuou ela regiamente –, não tenho que gostar disso. E como estamos jogando *Pall Mall*, e somos Bridgertons, não tenho que jogar limpo.

Anthony balançou a cabeça e se inclinou novamente para fazer mira.

– Ela tem razão dessa vez – disse Colin, irritante como era. – Espírito esportivo nunca foi algo muito valorizado neste jogo.

– Fique quieto – resmungou Anthony.

– Na verdade – continuou Colin –, poderíamos até dizer que...

– Eu disse para ficar quieto.

–... na verdade é o oposto, e a *falta* de espírito esportivo...

– Cale a *boca*, Colin.

–... de fato deve ser enaltecida e...

Anthony decidiu desistir e dar uma tacada. Se continuassem naquele ritmo, ficariam ali até a festa de São Miguel. Colin nunca iria parar de falar, não enquanto achasse que podia irritar o irmão.

Anthony se concentrou em não ouvir nada além do vento. Ou pelo menos tentou.

Então mirou.

Afastou o taco.

Bateu!

Não muito forte, não muito forte.

A bola rolou para a frente, infelizmente não longe o bastante. Ele não ia conseguir fazê-la passar pelo arco em sua próxima tentativa. Pelo menos não sem uma intervenção divina para fazer a bola contornar uma pedra do tamanho de um punho.

– Colin, você é o próximo – disse Daphne, mas ele já estava correndo de volta para a sua bola. Ele a acertou de qualquer jeito e em seguida gritou:

– Kate!

Ela deu um passo à frente, piscando enquanto avaliava o terreno. Sua bola estava a cerca de 30 centímetros da dele. A pedra, no entanto, estava do outro lado, o que significava que, se tentasse sabotá-lo, não conseguiria mandá-lo para muito longe – a pedra certamente ia parar a bola.

– Um dilema interessante – murmurou Anthony.

Kate deu a volta nas bolas.

– Seria um gesto romântico – ponderou ela –, se eu deixasse você ganhar.

– Ah, não é uma questão de você *deixar* – provocou ele.

– Resposta errada – disse ela, e mirou.

Anthony estreitou os olhos. O que ela estava fazendo?

Kate bateu na bola com força moderada, mirando não no meio da bola dele, mas sim para o lado esquerdo. Sua bola bateu na dele, lançando-a em um movimento giratório para a direita. Por causa do ângulo, ela não teve como arremessá-la tão longe quanto poderia se a acertasse em cheio, mas conseguiu fazê-la chegar ao topo da colina.

Bem no topo.

Bem no topo.

E, em seguida, colina abaixo.

Kate deixou escapar um grito de alegria que poderia muito bem ter sido dado em um campo de batalha.

– Você vai pagar por isso – disse Anthony.

Ela estava ocupada demais pulando para lhe dar atenção.

– Quem você acha que vai ganhar agora? – perguntou Penelope.

– Sabe – disse Anthony em voz baixa –, não me importo.

E então ele caminhou até a bola verde e mirou.

– Espere, não é a sua vez! – gritou Edwina.

– E não é a sua bola – acrescentou Penelope.

– É mesmo? – murmurou ele, e então bateu com força na bola de Kate, fazendo-a correr pelo gramado e descer até o lago.

Kate bufou de indignação.

– Isso não foi muito esportivo da sua parte!

Ele abriu um sorriso enlouquecedor.

– No amor e na guerra, vale tudo, esposa.

– Você vai pegar a bola – retrucou ela.

– É você que está precisando de um banho.

Daphne deixou escapar uma risadinha e então disse:

– Acho que deve ser a minha vez. Vamos continuar?

Ela saiu, com Simon, Edwina e Penelope logo atrás.

– Colin! – bradou Daphne.

– Ah, está bem – resmungou ele, e a seguiu também.

Kate olhou para o marido, os lábios começando a se contrair.

– Bem – falou, coçando um ponto da orelha que estava particularmente coberto de lama –, creio que seja o fim do jogo para nós dois.

– Eu diria que sim.

– Brilhante trabalho este ano.

– Você também – disse ele sorrindo. – A poça foi uma ideia inspirada.

– Eu também achei – concordou ela, sem um pingo de modéstia. – E, bem, quanto à lama...

– Não foi *exatamente* de propósito – murmurou ele.

– Eu teria feito o mesmo.

– Sim, eu sei.

– Estou imunda – constatou ela, olhando para o vestido.

– O lago está bem ali.

– Está tão frio...

– Um banho, então?

Ela sorriu sedutoramente.

– Quer se juntar a mim?

– Mas é claro.

Ele estendeu o braço e juntos começaram a caminhar de volta para casa.

– Deveríamos ter dito a eles que desistimos? – perguntou Kate.

– Não.

– Colin vai tentar roubar o taco preto, você sabe.

Ele olhou para ela com interesse.

– Você acha que ele vai tentar tirá-lo de Aubrey Hall?

– Você não faria isso?

– Com certeza – respondeu ele, com grande ênfase. – Temos que unir forças.

– Ah, de fato.

Eles caminharam mais alguns metros, então Kate disse:

– Mas quando o recuperarmos...

Ele olhou para ela, horrorizado.

– Ah, então é cada um por si. Você não achou...

– Não – ela se apressou em dizer. – De jeito nenhum.

– Então estamos de acordo – falou Anthony, com certo alívio.

Onde estaria a diversão se ele não pudesse derrotar Kate?

Caminharam por mais alguns segundos e, em seguida, ela disse:

– Ano que vem, eu vou ganhar.

– Sei que você acha que vai.

– Não, eu vou. Tenho ideias. Estratégias.

Anthony riu, depois se curvou para beijá-la, com lama e tudo.

– Eu tenho ideias também – disse ele com um sorriso. – E muitas, muitas estratégias.

Ela lambeu os lábios.

– Não estamos mais falando de *Pall Mall*, estamos?

Ele balançou a cabeça.

Kate passou os braços em torno de Anthony, puxando sua cabeça na direção dela. E então, um instante antes de seus lábios tomarem os dela, ele a ouviu suspirar...

– Ótimo!

Um perfeito cavalheiro

Um perfeito cavalheiro é minha homenagem a Cinderela, mas logo ficou claro que na história original havia um excesso de meias-irmãs perversas. Na minha versão, enquanto Rosamund era maliciosa e cruel, Posy tinha um coração de ouro e, quando a história chegou ao clímax, foi ela quem arriscou tudo para salvar nossa Cinderela. Parece mais do que justo, então, que ela também tenha seu final feliz...

UM PERFEITO CAVALHEIRO:

O segundo epílogo

Aos 25 anos, a Srta. Posy Reiling era considerada *quase* uma solteirona. Havia quem achasse que ela já havia cruzado o limite entre senhorita e solteirona; 23 anos era a idade com frequência citada como a cruel fronteira cronológica. Mas Posy era, como Lady Bridgerton (sua guardiã não oficial) muitas vezes observava, um caso único.

Durante as temporadas de debutantes, Lady Bridgerton insistia que Posy tinha apenas 20 anos, *talvez* 21.

Eloise Bridgerton, a mais velha filha solteira da casa, colocava as coisas de forma um pouco mais direta: os primeiros anos de Posy na sociedade tinham sido inúteis e não deviam ser contados contra ela.

A irmã mais nova de Eloise, Hyacinth, que nunca seria verbalmente superada, simplesmente declarava que os anos de Posy entre os 17 e os 22 tinham sido "um completo horror".

Fora nessa altura que Lady Bridgerton suspirara, servindo-se de uma bebida forte e afundando em uma cadeira. Eloise, cuja língua era tão afiada quanto a de Hyacinth (embora felizmente moderada por alguma prudência), comentara que era melhor que eles casassem Hyacinth rapidamente ou a mãe se tornaria uma alcoólatra. Lady Bridgerton não apreciara o comentário, embora intimamente tivesse pensado que talvez fosse verdade.

Hyacinth era assim.

Mas esta é uma história sobre Posy. E como Hyacinth tem uma tendência a tomar conta de qualquer coisa em que esteja envolvida... por favor, esqueça dela pelo resto do conto.

O fato era que os primeiros anos de Posy no mercado casamenteiro *tinham* sido um total horror. Era verdade que ela havia debutado em uma idade apropriada, aos 17 anos. E, de fato, era a enteada do falecido conde de Penwood, que prudentemente deixara o dote dela acertado antes de sua morte prematura, havia vários anos.

Ela era bem bonita – ainda que talvez um pouco rechonchuda, tinha todos os dentes e por vezes se comentava que tinha olhos excepcionalmente gentis.

Qualquer um que a avaliasse na teoria não entenderia por que ela passara tanto tempo sem nem sequer uma única proposta.

Mas qualquer um que a avaliasse na teoria poderia não saber sobre a mãe de Posy, Araminta Gunningworth, a viúva condessa de Penwood.

Araminta era magnificamente bonita, mais ainda do que a irmã mais velha de Posy, Rosamund, que havia sido abençoada com cabelos louros, lábios em forma de coração e olhos azul-celeste.

Araminta também era ambiciosa e tinha um imenso orgulhoso de sua ascensão da pequena nobreza à aristocracia. Ela passara de Srta. Winchesle a Sra. Reiling, e por fim Lady Penwood, embora quem a ouvisse falar pensasse que tinha nascido em berço de ouro.

Mas Araminta havia falhado em um aspecto: não fora capaz de dar ao conde um herdeiro. O que significava que, apesar do *Lady* antes do nome, ela não detinha grande poder. Nem tinha acesso ao tipo de fortuna a que achava ter direito.

Assim, concentrou suas esperanças em Rosamund. Rosamund, ela tinha certeza, faria um esplêndido casamento. Rosamund era belíssima. Rosamund sabia cantar e tocar piano e, embora não fosse talentosa com a agulha, sabia exatamente como espetar Posy, que era. E como Posy não gostava de repetidas marcas de agulha na pele, era o bordado de Rosamund que sempre parecia primoroso.

O de Posy, por outro lado, geralmente ficava mal-acabado.

Como o dinheiro não era tão abundante quanto Araminta gostaria que seus pares pensassem, ela gastava tudo o que tinham nas roupas de Rosamund, nas aulas de Rosamund e em *tudo* de Rosamund.

Não deixava que Posy parecesse embaraçosamente maltrapilha, mas não havia por que gastar mais do que o necessário com ela. Quem nasceu para vintém nunca chega a tostão, e com certeza uma Posy nunca se tornaria uma Rosamund.

Mas...

(E esse é um *mas* bem grande.)

As coisas não terminaram tão bem para Araminta. É uma história terrivelmente longa e que talvez mereça seu próprio livro, mas basta dizer que

Araminta roubou a herança de outra jovem, Sophia Beckett, que vinha a ser filha ilegítima do conde. Ela teria se safado dessa completamente, porque, afinal, ninguém se preocupa com uma bastarda, mas Sophie tivera a ousadia de se apaixonar por Benedict Bridgerton, o segundo filho da anteriormente mencionada (e extremamente bem-relacionada) família Bridgerton.

Isso não teria sido suficiente para selar o destino de Araminta, mas Benedict concluiu que também amava Sophie. Perdidamente. E, embora pudesse fazer vista grossa para o desfalque, com certeza não ia deixar Sophie ser presa (por acusações fradulentas, em sua maioria).

As coisas pareciam sombrias para a querida Sophie, mesmo com a intervenção de Benedict e de sua mãe, a também já mencionada Lady Bridgerton. Mas, então, quem apareceu para salvar o dia se não Posy?

Posy, que tinha sido ignorada a maior parte da vida.

Posy, que passara anos se sentindo culpada por não enfrentar a mãe.

Posy, que ainda era um pouco rechonchuda e nunca seria tão bonita quanto a irmã, mas que sempre teria os olhos mais *gentis*.

Araminta a renegara na hora, mas, antes que Posy tivesse sequer um instante para pensar se isso era sorte ou azar, Lady Bridgerton a convidara para morar em sua casa, pelo tempo que quisesse.

Posy podia ter passado 22 anos sendo diminuída pela irmã, mas não era tola. Aceitou de bom grado e nem sequer se preocupou em voltar em casa para recolher seus pertences.

Quanto a Araminta, bem, ela rapidamente concluiu que era melhor não fazer nenhum comentário público sobre aquela que em breve se tornaria Sophia Bridgerton, a menos que fosse para declarar que ela era um amor de pessoa.

O que ela não fez. Mas tampouco saiu por aí dizendo que era uma bastarda, que era o que todos esperavam.

Tudo isso explica (de forma confessadamente longa) por que Lady Bridgerton era a guardiã não oficial de Posy e por que a considerava um caso único. Em sua mente, Posy não debutara verdadeiramente até ir morar com ela. Com o dote de Penwood ou não, quem teria olhado duas vezes para uma garota com roupas sem um bom caimento, que andava sempre pelos cantos, fazendo o máximo para não ser notada pela própria mãe?

E se ela ainda estava solteira aos 25 anos, ora, isso com certeza equivalia a apenas 20 para qualquer outra pessoa. Ou pelo menos era o que Lady Bridgerton dizia.

E ninguém ousaria contradizê-la.

Quanto a Posy, ela costumava dizer que sua vida só tinha começado depois que fora para a cadeia.

Isso exigia alguma explicação, mas a maioria das declarações de Posy era assim.

Ela não se importava. Os Bridgertons *gostavam* de suas explicações. Eles gostavam *dela*.

Ainda melhor, *ela* gostava de si mesma.

O que era mais importante do que ela jamais percebera.

Sophie Bridgerton considerava sua vida quase perfeita. Amava o marido, adorava sua casa aconchegante e tinha certeza de que seus dois filhos eram as criaturas mais bonitas e mais brilhantes do mundo inteiro e que, bem... nunca haveria ninguém como eles.

Era verdade que eles *tinham* de morar no campo, porque, mesmo com a considerável influência da família Bridgerton, Sophie, em razão de seu nascimento, provavelmente não seria aceita por algumas das famílias mais exigentes de Londres.

(Sophie as chamava de exigentes. Benedict as chamava de algo completamente diferente.)

Mas isso não importava. Não de fato. Ela e Benedict preferiam a vida no campo, então não foi uma grande perda. E embora sempre fossem comentar aos sussurros que o nascimento de Sophie não fora como deveria ser, a história oficial era de que ela era uma parente distante – e completamente legítima – do falecido conde de Penwood. E embora ninguém tivesse *de fato* acreditado em Araminta quando ela confirmara a história, foi exatamente o que ela fez.

Sophie sabia que, quando seus filhos se tornassem adultos, os rumores já seriam antigos o bastante para que nenhuma porta se fechasse para eles caso quisessem assumir seus lugares na sociedade de Londres.

Tudo estava bem. Tudo estava perfeito.

Quase. Na verdade, ainda faltava encontrar um marido para Posy. Não qualquer um, é claro. Posy merecia o melhor.

– Nem todos se interessariam por ela – admitira Sophie a Benedict no dia anterior –, mas isso não significa que ela não seja um ótimo partido.

– É claro que não – murmurou ele.

Estava tentando ler o jornal. Era de três dias antes, mas para ele as notícias ainda eram novidade.

Sophie olhou para Benedict com ar severo.

– Quero dizer, é claro – continuou ele rapidamente. E então, quando ela não prosseguiu de imediato, ele corrigiu: – O que quis dizer é que ela vai ser uma excelente esposa.

Sophie deixou escapar um suspiro.

– O problema é que a maioria das pessoas não parece perceber como ela é adorável.

Benedict acenou com a cabeça, confirmando respeitosamente. Compreendia seu papel naquele quadro. Tratava-se do tipo de conversa que não era bem uma conversa. Sophie estava pensando alto, e cabia a ele apenas mostrar que a acompanhava com algum gesto ou palavra.

– Ou pelo menos é o que sua mãe diz – continuou Sophie.

– Aham.

– Não a chamam para dançar nem de longe tanto quanto deveriam.

– Os homens são umas bestas – concordou Benedict, virando para a próxima página.

– É verdade – disse Sophie com alguma emoção. – Fora a presente companhia, é claro.

– Ah, é claro.

– A maior parte do tempo – acrescentou ela, um pouco irritada.

Ele acenou com a cabeça.

– De nada.

– Você está me ouvindo? – perguntou ela, estreitando os olhos.

– Cada palavra – garantiu ele, abaixando o jornal apenas o suficiente para vê-la.

Não *vira* os olhos dela se estreitarem, mas a conhecia bem o suficiente para ouvir isso em sua voz.

– Precisamos encontrar um marido para Posy.

Ele pensou a respeito.

– Talvez ela não queira um.

– É claro que ela quer!

– Sempre ouvi que toda mulher quer um marido, mas, pela minha experiência, isso não é exatamente verdade – opinou Benedict.

Sophie limitou-se a olhar para ele, o que não o surpreendeu. Era um comentário bem longo, vindo de um homem com um jornal.

– Veja Eloise – disse ele. Então balançou a cabeça, o que costumava fazer quando pensava na irmã. – Quantos homens ela já recusou até agora?

– Pelo menos três – responde Sophie –, mas essa não é a questão.

– Qual é a questão, então?

– *Posy*.

– Certo – disse ele lentamente.

Sophie se inclinou para a frente, os olhos assumindo uma estranha mistura de perplexidade e determinação.

– Não sei por que os cavalheiros não veem como ela é maravilhosa.

– Ela não chama atenção à primeira vista – disse Benedict, esquecendo-se momentaneamente de que não deveria de fato dar sua opinião.

– *O quê?*

– *Você* disse que nem todos se interessariam por ela.

– Mas você não deveria... – Ela afundou um pouco no assento. – Não importa.

– O que você ia dizer?

– Nada.

– *Sophie* – insistiu ele.

– Só que você não deveria ter concordado comigo – murmurou ela. – Mas até eu admito que isso é ridículo.

Benedict já tinha percebido havia muito tempo que era maravilhoso ter uma mulher sensata.

Sophie ficou em silêncio por algum tempo, e Benedict teria retomado a leitura do jornal, mas era muito interessante observar o rosto dela. Sophie mordeu o lábio, depois deixou escapar um suspiro cansado, então se endireitou um pouco, como se houvesse tido uma boa ideia, em seguida franziu a testa.

Ele podia ter ficado ali olhando para ela a tarde toda.

– Você consegue pensar em alguém? – perguntou ela, de repente.

– Para Posy?

Ela lançou-lhe um olhar do tipo *de quem mais eu estaria falando*?

Ele suspirou. Devia ter esperado a pergunta, mas começara a pensar na pintura em que estava trabalhando em seu estúdio. Era um retrato de Sophie, o quarto que pintava em seus três anos de casamento. Começava a achar que não conseguira fazer sua boca direito. Não tanto os lábios, mas os cantos. Um bom retratista precisava entender sobre os músculos do corpo humano, mesmo os da face, e...

- Benedict!

- Que tal o Sr. Folsom? - disse ele rapidamente.

- O advogado?

Benedict assentiu.

- Ele não me parece muito confiável.

Ela estava certa, ele percebia agora que parava para pensar.

- Sir Reginald?

Sophie encarou-o outra vez, visivelmente decepcionada com sua seleção.

- Ele é *gordo*.

- Assim como...

- Ela *não é* gorda - interrompeu Sophie. - É um pouco rechonchuda.

- Na verdade, eu ia dizer *assim como o Sr. Folsom* - disse Benedict, sentindo a necessidade de se defender -, mas você preferiu falar sobre sua falta de confiabilidade.

- Ah.

Ele se permitiu um discreto sorriso.

- Falsidade é muito pior do que excesso de peso - murmurou ela.

- Eu não poderia estar mais de acordo - disse Benedict. - Que tal o Sr. Woodson?

- Quem?

- O novo vigário. Aquele que você disse...

-... que tem um sorriso radiante! - completou Sophie, animada. - Ah, Benedict, é perfeito! Ah, eu amo você, amo você, amo você!

Com isso, ela praticamente deu um salto sobre a mesa baixa entre eles e se jogou em seus braços.

- Bem, eu também amo você - disse ele, e se congratulou por ter tido a precaução de fechar a porta para a sala de visitas mais cedo.

O jornal voou por cima do ombro dele, e estava tudo certo com o mundo.

A temporada chegou ao fim algumas semanas mais tarde, e assim Posy decidiu aceitar o convite de Sophie para uma visita prolongada. Londres ficava quente, úmida e bastante malcheirosa no verão, e uma estadia no campo parecia algo perfeito. Além disso, não via seus afilhados havia vários meses e tinha ficado *espantada* quando Sophie escrevera para dizer que Alexander já havia começado a perder um pouco de seu jeito rechonchudo de bebê.

Ah, ele era tão fofinho e tão bom de apertar! Tinha de ir vê-lo antes que ficasse magrinho demais. Definitivamente precisava ir.

E seria ótimo ver Sophie também. Ela escrevera dizendo que ainda se sentia um pouco fraca, e Posy iria gostar de ajudá-la.

Poucos dias depois da chegada de Posy, ela e Sophie estavam tomando chá quando a conversa se voltou, como ocasionalmente acontecia, para Araminta e Rosamund, com quem Posy tinha esbarrado em Londres. Depois de mais de um ano de silêncio, a mãe finalmente falara com ela, mas, ainda assim, a conversa fora breve e formal. Posy, entretanto, concluíra que era melhor assim. A mãe podia não ter nada para lhe dizer, mas ela tampouco tinha o que dizer à mãe.

No que dizia respeito a epifanias, tinha sido bastante libertador.

– Eu a vi em frente ao chapeleiro – disse Posy, servindo seu chá do jeito que gostava, com bastante leite e sem açúcar. – Ela tinha acabado de descer a escada e não pude evitá-la, e foi então que percebi que não queria evitá-la. Não que eu quisesse falar com ela. – Ela tomou um gole. – Só não queria gastar a energia necessária para me esconder.

Sophie assentiu de maneira aprovadora.

– E então nos falamos e não dissemos nada de importante, embora ela tenha conseguido fazer um de seus pequenos insultos inteligentes.

– Odeio isso.

– Eu sei. Ela é *tão* boa nessas coisas.

– É um talento – comentou Sophie. – Não um bom talento, é claro, mas um talento de qualquer jeito.

– Bem – continuou Posy –, devo dizer que fui bastante madura com relação a todo o encontro. Deixei que ela dissesse o que queria e me despedi. E então percebi a coisa mais incrível.

– O que foi?

Posy abriu um sorriso.

– Eu gosto de mim mesma.

– Mas é claro que gosta – disse Sophie, piscando, confusa.

– Não, não, você não entendeu – rebateu Posy.

Era estranho porque Sophie deveria ter entendido perfeitamente. Ela era a única pessoa no mundo que sabia o que significava ser a filha não preferida de Araminta. Mas Sophie era tão radiante... Sempre fora. Mesmo quando Araminta a tratava praticamente como uma escrava, Sophie nunca parecia se deixar abater. Sempre tivera um espírito singular, um brilho. Não era provocação; Sophie era a pessoa menos insubordinada que Posy conhecia, exceto talvez por si mesma.

Não era subordinação... era resiliência. Sim, era exatamente isso.

De qualquer forma, Sophie deveria ter entendido o que Posy queria dizer, mas não entendera, então Posy explicou:

– Nem sempre gostei de mim mesma. E por que eu deveria? Minha própria mãe não gostava.

– Ah, Posy – disse Sophie, os olhos cheios de lágrimas –, você não deve...

– Não, não – interrompeu Posy, bem-humorada. – Não se preocupe. Isso não me incomoda.

Sophie apenas olhou para ela.

– Bem, não mais – corrigiu Posy.

Então virou-se para o prato de biscoitos na mesa entre as duas. Ela realmente não devia comer mais nenhum. Já comera três e *queria* mais três, então talvez, se comesse só mais um, isso na verdade significasse que tinha deixado de comer dois...

Apoiou as mãos entrelaçadas na perna, girando os polegares. Provavelmente não devia comer nenhum. Provavelmente devia deixá-los para Sophie, que tinha acabado de ter um bebê e precisava recuperar as forças. Embora Sophie parecesse perfeitamente recuperada e o pequeno Alexander já tivesse 4 meses...

– Posy?

Ela levantou os olhos.

– Há algo errado?

Posy deu de ombros.

– Não consigo decidir se como um biscoito.

Sophie piscou.

– Um biscoito? Sério?

– Há pelo menos duas razões, provavelmente até mais do que isso, pelas quais eu não deveria. – Ela fez uma pausa, franzindo a testa.

– Você parecia muito séria – comentou Sophie. – Quase como se estivesse conjugando verbos em latim.

– Ah, não, eu pareceria muito mais em paz se estivesse conjugando verbos em latim – declarou Posy. – Seria bastante simples, já que não sei nada a respeito. Biscoitos, por outro lado, me fazem ponderar indefinidamente. – Ela suspirou e olhou para a barriga. – Para a minha tristeza.

– Não seja boba, Posy – repreendeu Sophie. – Você é a mulher mais adorável que eu conheço.

Posy sorriu e pegou o biscoito. O que era maravilhoso em Sophie era que ela não estava mentindo. Realmente achava que ela era a mulher mais adorável que conhecia. Por outro lado, Sophie sempre fora esse tipo de pessoa. Ela via bondade onde outros viam... Bem, para onde os outros nem sequer se preocupavam em olhar, para ser sincera.

Posy deu uma mordida e mastigou, concluindo que valia muito a pena. Manteiga, açúcar e farinha. O que poderia ser melhor?

– Recebi uma carta de "Lady Bridgerton" hoje – comentou Sophie.

Posy ergueu os olhos, interessada. Tecnicamente, "Lady Bridgerton" poderia ser a cunhada de Sophie, a esposa do atual visconde. Mas as duas sabiam que ela se referia à mãe de Benedict. Para elas, ela sempre seria Lady Bridgerton. A outra era Kate. E era melhor desse jeito, já que Kate preferia ser chamada assim pela família.

– Ela disse que o Sr. Fibberly foi visitá-la.

Como Posy não disse nada, Sophie acrescentou:

– Ele estava procurando você.

– Bem, é claro que estava – falou Posy, resolvendo por fim comer o quarto biscoito. – Hyacinth é muito jovem e Eloise o apavora.

– Eloise *me* apavora – admitiu Sophie. – Ou pelo menos me apavorava. E tenho certeza de que Hyacinth vai me apavorar até o túmulo.

– Você só precisa saber como lidar com ela – disse Posy com um aceno.

Era verdade: Hyacinth Bridgerton *era* aterrorizante, mas as duas sempre tinham se dado muito bem. Provavelmente em razão do firme (alguns poderiam dizer inflexível) senso de justiça de Hyacinth. Quando ela descobrira que a mãe de Posy nunca a amara tanto quanto a Rosamund...

Bem, Posy nunca fora de contar histórias, e não ia começar agora... Basta dizer que, graças a uma ideia de Hyacinth, Araminta nunca mais comera peixe.

Nem frango.

Posy ficara sabendo disso pelos empregados, e eles sempre estavam mais a par das fofocas.

– Mas você ia me falar do Sr. Fibberly – disse Sophie, ainda tomando seu chá.

Posy deu de ombros, embora não estivesse prestes a fazer nada do tipo.

– Ele é tão maçante...

– Bonito?

Posy deu de ombros novamente.

– Não sei dizer.

– Geralmente basta olhar para o rosto da pessoa.

– Não consigo tolerar seu jeito maçante. Não creio que ele ria.

– Não pode ser assim tão ruim.

– Ah, pode sim, eu lhe garanto. – Ela estendeu a mão e pegou outro biscoito antes de perceber que não pretendera fazer isso. Ah, bem, já estava em sua mão agora, então não podia colocá-lo de volta. Ela acenava com o biscoito no ar enquanto falava, tentando provar seu ponto de vista. – Ele às vezes faz um barulho terrível assim "erm, erm, erm", e acho que pensa que está rindo, mas claramente não está.

Sophie riu, embora aparentasse achar que não deveria.

– E ele nem sequer olha para os meus seios!

– Posy!

– É meu único atributo.

– Não é! – Sophie olhou ao redor da sala de visitas, embora não houvesse ninguém por perto. – Não acredito que você disse isso.

Posy soltou um suspiro frustrado.

– Não posso dizer *seios* em Londres e agora não posso em Wiltshire também?

– Não quando estou à espera do novo vigário – disse Sophie.

Um pedaço do biscoito de Posy caiu em seu colo.

– O quê?

– Eu não lhe falei?

Posy olhou para ela desconfiada. A maioria das pessoas achava que Sophie era uma péssima mentirosa, mas isso era apenas por causa de seu olhar angelical. E ela raramente mentia. Então todos achavam que, se mentisse, seria péssima nisso.

Posy, no entanto, sabia que não era bem assim.

– Não – disse ela, limpando as saias –, você não me falou.

– Que curioso, não costumo esquecer – murmurou Sophie.

Ela pegou um biscoito e deu uma mordida.

Posy olhou para ela.

– Você sabe o que não estou fazendo agora?

Sophie fez que não.

– Não estou revirando os olhos porque estou tentando agir de maneira adequada à minha idade e maturidade.

– Você parece mesmo bem séria.

Posy encarou-a um pouco mais.

– Ele é solteiro, imagino.

– Hã, sim.

Posy ergueu a sobrancelha esquerda, a expressão astuta provavelmente a única coisa útil que herdara da mãe.

– Quantos anos tem esse vigário?

– Não sei – admitiu Sophie –, mas ele ainda tem cabelo na cabeça toda.

– E chegamos a esse ponto – murmurou Posy.

– Pensei em você quando o conheci – disse Sophie –, porque ele sorri.

Porque ele *sorri*? Posy estava começando a achar que Sophie era um pouco maluca.

– Como assim?

– Ele sorri tanto... E tão bem... – Ao dizer isso, *Sophie* sorriu. – Não pude deixar de pensar em você.

Posy revirou os olhos dessa vez e em seguida falou:

– Resolvi deixar a maturidade de lado.

– Sem dúvida.

– Vou conhecer seu vigário – disse Posy –, mas você precisa saber que decidi aspirar à excentricidade.

– Boa sorte com isso – retrucou Sophie, com sarcasmo.

– Acha que não consigo?

– Você é a pessoa menos excêntrica que eu conheço.

Era verdade, é claro, mas se Posy fosse passar a vida como uma solteirona, queria ser aquela excêntrica com o chapéu grande, e não a desesperada com os lábios apertados.

– Qual é o nome dele? – perguntou ela.

Mas antes que Sophie pudesse dizer alguma coisa, ouviram a porta da frente se abrir, e foi o mordomo quem respondeu ao anunciar:

– O Sr. Woodson está aqui para vê-la, Sra. Bridgerton.

Posy escondeu o biscoito meio comido sob um guardanapo e cruzou as mãos elegantemente sobre o colo. Estava um pouco irritada com Sophie por convidar um homem solteiro para o chá sem avisá-la, mas, ainda assim, isso não parecia razão para não causar uma boa impressão. Olhou cheia de expectativa para a porta, esperando pacientemente enquanto os passos do Sr. Woodson se aproximavam.

E então...

E então...

Sinceramente, não adiantaria tentar contar o que houve, porque ela não se lembrava de quase nada do que aconteceu em seguida.

Ela o viu e foi como se, depois de 25 anos de vida, seu coração finalmente tivesse começado a bater.

Hugh Woodson nunca tinha sido o menino mais admirado da escola. Nunca fora o mais bonito ou o mais atlético. Nem fora o mais inteligente, ou o mais esnobe, ou o mais tolo. O que ele tinha sido, e que fora a vida inteira, era o mais querido.

As pessoas gostavam dele. Sempre tinham gostado. Ele imaginava que era porque, por sua vez, ele também gostava da maioria das pessoas. Sua mãe jurava que ele saíra do ventre sorrindo. E dizia isso com muita frequência, embora Hugh suspeitasse que fazia isso só para dar a deixa para que seu pai dissesse:

– Ah, Georgette, você sabe que eram apenas gases...

O que nunca deixava de provocar acessos de risos nos dois.

O fato de Hugh geralmente também rir era uma prova tanto de seu amor pelos pais quanto de que estava bem à vontade consigo mesmo.

No entanto, apesar de toda a sua simpatia, nunca parecera atrair as mulheres. Elas o adoravam, é claro, e lhe confiavam seus maiores segredos, mas sempre faziam isso de um jeito que levava Hugh a acreditar que era visto como uma espécie de criatura divertida e confiável.

A pior parte era que cada uma dessas mulheres parecia ter absoluta certeza de que conhecia a mulher *perfeita* para ele ou, se não, então tinha convicção de que essa mulher perfeita realmente existia.

Que nenhuma mulher *se* achasse a mulher perfeita não passara despercebido. Não para Hugh, pelo menos. Todos os outros pareciam não notar.

Mas ele seguia adiante, porque não havia razão para ser diferente. E, como sempre suspeitara de que as mulheres eram o sexo mais inteligente, ainda tinha esperanças de que o espécime perfeito estivesse por aí, em algum lugar.

Afinal, praticamente cinquenta mulheres tinham dito isso. Elas não podiam estar todas erradas.

Mas Hugh tinha quase 30 anos, e a Srta. Perfeição ainda não achara prudente se revelar. Hugh começava a achar que devia tomar as rédeas do problema, mas não tinha a menor ideia de como fazer isso, principalmente porque acabara de assumir um trabalho em um recanto tranquilo de Wiltshire e não parecia haver uma única moça solteira com a idade adequada em sua paróquia.

Incrível, mas era verdade.

Talvez devesse ir até Gloucestershire no domingo seguinte. Havia uma vaga lá, e ele fora convidado a ajudar e fazer um sermão ou dois até que encontrassem um novo vigário. Tinha de haver pelo menos uma moça solteira por lá. Não era possível que não houvesse nenhuma em toda a área das Cotswolds.

Mas aquela não era a hora de pensar nessas coisas. Estava chegando para tomar chá com a Sra. Bridgerton, um convite pelo qual ficou enormemente grato. Ainda estava se familiarizando com a área e seus moradores, mas bastara um serviço religioso para saber que a Sra. Bridgerton era querida e admirada por todos. E ela também parecia muito inteligente e gentil.

Esperava que ela gostasse de fofocar. Precisava de alguém que lhe contasse o que se passava na vizinhança. Não se pode cuidar de um rebanho sem conhecer a sua história.

Também ouvira dizer que a cozinheira dela preparava um maravilhoso chá. E tinham mencionado especificamente os biscoitos.

– O Sr. Woodson está aqui para vê-la, Sra. Bridgerton.

Hugh entrou na sala de visitas quando o mordomo anunciou seu nome. Ficara feliz por ter se esquecido de almoçar, porque a casa tinha um aroma celestial e...

E então ele se esqueceu de praticamente tudo.

Por que fora até lá.

Quem era.

A cor do céu, até, e o cheiro da grama.

Na verdade, enquanto estava parado à porta em arco da sala de visitas dos Bridgertons, só sabia de uma coisa e uma coisa apenas.

A mulher no sofá, aquela com os olhos extraordinários e que não era a Sra. Bridgerton, era a Srta. Perfeição.

Sophie Bridgerton sabia uma ou duas coisas sobre o amor à primeira vista. Um dia, ela mesma fora atingida por seu famoso raio e tomada por uma paixão de tirar o fôlego, uma felicidade inebriante e um formigamento estranho por todo o corpo.

Ou pelo menos era assim que se lembrava.

Também se lembrava de que, embora a flecha do Cupido tivesse se mostrado notavelmente precisa em seu caso, levara algum tempo para que ela e Benedict chegassem a seu "felizes para sempre". Assim, embora quisesse saltar de alegria no assento enquanto observava Posy e o Sr. Woodson olharem um para o outro como dois pombinhos apaixonados, outra parte dela – a parte extremamente prática que sabia que o mundo não era feito de anjos e arco-íris – tentava conter a empolgação.

Mas no fundo Sophie, apesar da sua infância horrível (e partes dela tinham sido terrivelmente ruins), das crueldades e indignidades que enfrentara na vida (e nisso também não tivera sorte), era uma romântica incurável.

O que a levava a Posy.

Era verdade que Posy a visitava várias vezes ao ano e era também verdade que uma dessas visitas quase sempre coincidia com o final da temporada, mas talvez Sophie tivesse acrescentado um pouco de súplica extra ao convite mais recente. Talvez houvesse exagerado um pouco ao descrever como as crianças estavam crescendo rapidamente, e havia uma chance de ter de fato mentido quando dissera que estava se sentindo fraca.

Mas, nesse caso, os fins com certeza justificavam os meios. Ah, Posy tinha lhe dito que estava perfeitamente satisfeita em continuar solteira, mas Sophie não acreditara nela nem por um segundo. Ou, para ser mais precisa, acreditava que Posy achava estar perfeitamente satisfeita. Mas bastava olhar para ela aconchegando os pequenos William e Alexander para ver que nascera para ser mãe e que o mundo seria um lugar muito menos feliz se ela não tivesse filhos.

Era verdade que, diversas vezes, Sophie fizera questão de apresentar Posy a qualquer cavalheiro solteiro que estivesse em Wiltshire, mas daquela vez...

Daquela vez, Sophie sabia.

Daquela vez era amor.

– Sr. Woodson – disse ela, tentando não sorrir como uma louca –, gostaria de lhe apresentar minha querida irmã, a Srta. Posy Reiling.

O Sr. Woodson parecia achar que estava dizendo alguma coisa, mas a verdade era que olhava para Posy como se tivesse acabado de conhecer Afrodite.

– Posy – continuou Sophie –, este é o Sr. Woodson, nosso novo vigário. Ele chegou há pouco tempo. Quanto mesmo, três semanas?

Já ia fazer dois meses que ele estava ali. Sophie sabia disso perfeitamente, mas ansiava por ver se ele estava prestando atenção o suficiente para corrigi-la.

Ele apenas assentiu, sem tirar os olhos de Posy.

– Por favor, Sr. Woodson, sente-se – murmurou Sophie.

Ele conseguiu entender o que ela disse e sentou-se em uma cadeira.

– Chá, Sr. Woodson? – ofereceu Sophie.

Ele fez que sim com a cabeça.

– Posy, você pode servir?

Posy assentiu.

Sophie esperou e, então, quando ficou claro que Posy não faria muito além de sorrir para o Sr. Woodson, disse:

– *Posy.*

Posy se virou para olhar para Sophie, mas sua cabeça se moveu tão lentamente e com tanta relutância que era como se um ímã gigante estivesse exercendo sua força sobre ela.

– Você pode servir chá para o Sr. Woodson? – murmurou Sophie, tentando restringir seu sorriso aos olhos.

– Ah. É claro.

Posy se virou de novo para o vigário, o sorriso bobo voltando ao rosto.

– Aceitaria um pouco de chá?

Em condições normais, Sophie teria comentado que já perguntara ao Sr. Woodson se ele queria chá, mas não havia nada de normal com relação àquele encontro, então ela decidiu simplesmente se recostar e observar.

– Eu adoraria – respondeu ele. – Mais do que tudo.

Realmente era como se ela não estivesse ali, pensou Sophie.

– Como gosta do seu chá? – perguntou Posy.

– Do que jeito que a senhorita quiser.

Ah, isso já era de mais. Nenhum homem caía tão cegamente de amor que não tinha mais preferências em relação ao chá. Estavam na Inglaterra, Santo Deus. Na Inglaterra, falando de *chá*.

– Temos leite e açúcar – disse Sophie, incapaz de se controlar.

Pretendera simplesmente ficar sentada e assistir, mas nem mesmo o romântico mais incorrigível teria conseguido ficar em silêncio.

O Sr. Woodson não a ouviu.

– Qualquer um dos dois ficaria ótimo em seu chá – acrescentou.

– Seus olhos são extraordinários – disse ele, e sua voz parecia maravilhada, como se não pudesse acreditar que estava ali naquela sala, com Posy.

– Seu sorriso – falou Posy em resposta. – É... tão lindo.

Ele se inclinou para a frente.

– Gosta de rosas, Srta. Reiling?

Posy assentiu.

– Vou lhe trazer algumas.

Sophie desistiu de tentar parecer serena e finalmente se permitiu sorrir. Nenhum dos dois estava olhando para ela mesmo.

– Temos rosas – disse ela.

Nenhuma reação.

– No jardim dos fundos.

Mais uma vez, nada.

– Onde vocês podiam dar um passeio.

Foi como se alguém tivesse espetado um alfinete nos dois.

– Ah, vamos?

– Eu adoraria.

– Por favor, permita-me...

– Pegue meu braço.

– Eu adoraria...

– por favor...

Quando Posy e o Sr. Woodson chegaram à porta, Sophie já não sabia dizer quem estava dizendo o quê. E nem uma gota de chá tinha sido servida na xícara do Sr. Woodson.

Sophie esperou um minuto e então caiu na gargalhada, levando a mão à boca para abafar o som, embora não soubesse bem por que deveria fazer isso. Era uma risada de pura alegria. E de orgulho também, por ter orquestrado aquilo tudo.

– Do que você está rindo? – Era Benedict, entrando na sala, os dedos sujos de tinta. – Ah, biscoitos. Ótimo. Estou faminto. Acabei me esquecendo de comer hoje de manhã.

Ele pegou o último e franziu a testa.

– Você podia ter deixado mais para mim.

– É Posy – disse Sophie, sorrindo. – E o Sr. Woodson. Prevejo um noivado bem curto.

Os olhos de Benedict se arregalaram. Ele se virou para a porta, depois para a janela.

– Onde eles estão?

– Lá nos fundos. Não dá para vê-los daqui.

Ele mastigou, pensativo.

– Do meu estúdio, dá.

Por cerca de dois segundos nenhum dos dois se mexeu. Mas só por dois segundos.

Então eles correram para a porta, abrindo caminho às pressas pelo corredor até o estúdio de Benedict, que se projetava para fora da parte de trás da casa, recebendo luz de três direções diferentes. Sophie chegou primeiro, embora não por meios inteiramente justos, e arfou, chocada.

– O que foi? – perguntou Benedict da porta.

– Eles estão se beijando!

Benedict caminhou até ela.

– Não pode ser.

– Ah, estão sim.

Benedict se aproximou e ficou boquiaberto.

– Mas o que diabo...

E Sophie, que nunca praguejava, respondeu:

– Eu sei. Eu *sei*.

– E eles acabaram de se conhecer? Sério?

– Você me beijou na noite em que nos conhecemos – ressaltou ela.

– Aquilo foi diferente.

Sophie conseguiu desviar a atenção do casal se beijando no gramado apenas por tempo suficiente para perguntar:

– Como?

Ele pensou por um instante, então respondeu:
– Era um baile de máscaras.
– Ah, então não há problema em beijar alguém se você não sabe quem é?
– Isso não é justo, Sophie – disse ele, estalando a língua enquanto balançava a cabeça. – Eu perguntei, e você não quis me dizer.
Foi o suficiente para pôr fim àquele rumo particular da conversa. Ficaram parados ali por um mais momento, observando Posy e o vigário sem nenhum constrangimento. Eles tinham parado de se beijar e agora estavam conversando – pelo jeito, muito depressa. Posy falou, e então o Sr. Woodson concordou vigorosamente e a interrompeu, e então ela o interrompeu, e depois pareceu que ele, surpreendentemente, estava rindo, e então Posy começou a falar com tanta animação que agitava os braços em volta da cabeça.
– Mas sobre o que será que estão falando? – perguntou Sophie.
– Provavelmente sobre tudo o que deveriam ter dito antes que ele a beijasse. – Benedict franziu a testa, cruzando os braços. – Há quanto tempo eles estão nisso, afinal?
– Você está assistindo tudo há tanto tempo quanto eu.
– Não, quer dizer, quando foi que ele chegou? Eles falaram alguma coisa antes...?
Ele acenou em direção à janela, apontando para o casal, que parecia prestes a se beijar novamente.
– Sim, é claro, mas...
Sophie fez uma pausa, pensando. Nem Posy nem o Sr. Woodson tinham conseguido dizer muita coisa antes. Na verdade, ela não se lembrava de terem dito nada muito importante.
– Bem, não muito, eu receio.
Benedict balançou a cabeça lentamente.
– Você acha que eu deveria ir até lá?
Sophie olhou para ele, depois para a janela, e então de volta para ele.
– Ficou louco?
Ele deu de ombros.
– Ela é minha irmã agora, e é a minha casa...
– Não se atreva!
– Então não devo proteger a honra dela?
– É seu primeiro beijo!
Ele arqueou uma das sobrancelhas.

– E aqui estamos nós, espiando.

– É meu direito – disse Sophie, indignada. – Eu arranjei a coisa toda.

– Ah, você arranjou tudo, não foi? Acho que me lembro de ter sido *eu* quem sugeriu o Sr. Woodson.

– Mas você não *fez* nada a respeito.

– Esse é o seu trabalho, querida.

Sophie pensou em uma resposta, porque o tom de Benedict era bastante irritante, mas ele tinha razão. Ela gostara muito de tentar encontrar um bom partido para Posy e *com certeza* estava adorando seu óbvio sucesso.

– Sabe – disse Benedict, pensativo –, podemos ter uma filha algum dia.

Sophie se virou para ele. Ele não era de fazer comentários a troco de nada.

– O que quer dizer com isso?

Ele apontou para os pombinhos no gramado.

– Que essa pode ser uma excelente chance para eu praticar. Estou bastante certo de que gostaria de ser um pai superprotetor. Eu poderia irromper lá fora de repente e fazer picadinho dele.

Sophie estremeceu. O pobre Sr. Woodson não teria a menor chance.

– Desafiá-lo para um duelo?

Ela balançou a cabeça.

– Tudo bem, mas, se ele a deitar no chão, eu vou até lá.

– Ele não vai... Minha nossa!

Sophie se inclinou para a frente, o rosto quase colado ao vidro.

– Ah, meu Deus.

E nem sequer cobriu a boca, horrorizada por ter blasfemado.

Benedict suspirou, então flexionou os dedos.

– Eu realmente não queria ferir minhas mãos. Estou na metade do seu retrato, e está ficando muito bom.

Sophie estava com uma das mãos em seu braço, segurando-o, ainda que ele não fizesse força para se desvencilhar.

– Não – disse ela –, não... – Ela engasgou. – Ah, meu Deus. Talvez devêssemos fazer alguma coisa.

– Eles ainda não estão no chão.

– Benedict!

– Normalmente eu diria para chamarmos o padre, mas isso parece ter sido o que nos colocou nessa confusão, para começo de conversa – observou ele.

Sophie engoliu em seco.

– Talvez você pudesse conseguir uma licença especial para eles. Como presente de casamento.

Ele sorriu.

– Considere feito.

Foi um casamento maravilhoso. E aquele beijo no final...

Ninguém ficou surpreso quando Posy teve um bebê exatos nove meses depois e, então, outros em intervalos anuais depois disso. Ela escolhia com bastante cuidado os nomes de seus filhos, e o Sr. Woodson, que era tão amado como vigário como tinha sido em todas as outras fases de sua vida, a amava demais para argumentar contra qualquer uma das suas escolhas.

A primeira foi batizada de Sophia, por razões óbvias, depois veio Benedict. A próxima teria sido Violet, mas Sophie lhe pedira que não fizesse isso. Sempre quisera dar esse nome a sua filha, e seria muito confuso com as famílias morando tão perto. Então Posy escolheu Georgette, em homenagem à mãe de Hugh, que ela achava que tinha um sorriso *lindo*.

Depois veio John, em homenagem ao pai de Hugh. Por algum tempo, parecia que ele seria o caçula da família. Após dar à luz todo mês de junho durante quatro anos consecutivos, Posy parou de ficar grávida. Ela não estava fazendo nada diferente, confidenciou a Sophie; e ela e Hugh ainda estavam muito apaixonados. Parecia apenas que seu corpo tinha decidido não conceber mais.

O que estava ótimo também. Com duas meninas e dois meninos, todos ainda com menos de 10 anos, Posy tinha muito o que fazer.

Mas então, quando John estava com 5 anos, Posy se levantou da cama certa manhã e vomitou no chão. Isso só podia significar uma coisa e, no outono seguinte, ela deu à luz uma menina.

Sophie estava presente ao nascimento, como sempre.

– Como vai chamá-la? – perguntou.

Posy olhou para a pequena criatura perfeita em seus braços. O bebê dormia profundamente e, embora Posy soubesse que os recém-nascidos não sorriam, a pequena de fato parecia bastante satisfeita com alguma coisa.

Talvez com o fato de ter nascido. Talvez ela fosse encarar a vida com um sorriso nos lábios. O bom humor seria sua arma preferida.

Que ser humano esplêndido ela ia ser.

– Araminta – disse Posy de repente.

Sophie quase caiu com o choque.

– *O quê?*

– Quero que ela se chame Araminta. Estou certa disso.

Posy acariciou a bochecha da bebê, então tocou suavemente seu queixo.

Sophie parecia não conseguir parar de balançar a cabeça.

– Mas a sua mãe... Não posso acreditar que você iria...

– Não estou dando esse nome a ela *em homenagem* à minha mãe – interrompeu Posy gentilmente. – Estou dando esse nome a ela *por causa* da minha mãe. É diferente.

Sophie parecia hesitante, mas se inclinou para olhar a bebê mais de perto.

– Ela é realmente muito doce – murmurou.

Posy sorriu, sem tirar os olhos do rosto da menininha.

– Eu sei.

– Acho que posso me acostumar com isso – disse Sophie, assentindo.

Ela encaixou o dedo na mãozinha da bebê, fazendo um pouco de cócegas na palma da mão dela até os pequenos dedinhos se fecharem instintivamente ao redor dos seus. – Boa noite, Araminta – falou. – Muito prazer em conhecê-la.

– Minty – corrigiu Posy.

Sophie ergueu os olhos.

– O quê?

– Vou chamá-la de Minty. Araminta vai ficar bem na Bíblia da família, mas acho que ela tem mais cara de Minty.

Sophie comprimiu os lábios em um esforço para não rir.

– Sua mãe ia detestar isso.

– É verdade – murmurou Posy –, ela ia detestar, não ia?

– Minty – disse Sophie, testando o som. – Gostei. Não, acho que na verdade adorei. Combina com ela.

Posy beijou o alto da cabeça de Minty.

– Que tipo de garota você vai ser? – sussurrou ela. – Doce e meiga?

Sophie riu. Estivera presente em doze partos – quatro seus, cinco de Posy e três de Eloise, irmã de Benedict. E nunca tinha ouvido um bebê entrar neste mundo com um choro tão alto quanto o da pequena Minty.

– Essa aí – disse ela com firmeza – vai deixar você louca.

E ela deixou. Mas isso é outra história...

Os segredos de Colin Bridgerton

Dizer que um grande segredo foi revelado em *Os segredos de Colin Bridgerton* seria pouco. Mas Eloise Bridgerton – um dos mais importantes personagens secundários do livro – deixou a cidade antes que toda a Londres ficasse sabendo a verdade sobre Lady Whistledown. Muitos dos meus leitores esperavam uma cena no livro seguinte (*Para Sir Phillip, com amor*) que mostrasse Eloise "descobrindo", mas não havia como encaixar esse acontecimento na história. Uma hora, porém, Eloise teria de saber, e é aí que entra o segundo epílogo...

OS SEGREDOS DE COLIN BRIDGERTON:

O segundo epílogo

– V*ocê não contou a ela?*

Penelope Bridgerton teria dito mais, e de fato gostaria de ter dito mais, mas era difícil dizer alguma coisa com a boca aberta de espanto. Seu marido tinha acabado de voltar de uma corrida louca pelo sul da Inglaterra com os três irmãos em busca da irmã Eloise, que tinha, segundo todos achavam, fugido para se casar com...

Ah, meu Deus.

– Ela está casada? – perguntou Penelope ansiosa.

Colin jogou o chapéu em uma cadeira com um ligeiro e hábil movimento do pulso, erguendo um canto da boca em um sorriso de satisfação quando ele girou pelo ar em um eixo horizontal perfeito.

– Ainda não – respondeu ele.

Então ela não tinha fugido para se casar. Mas *havia* fugido. E fizera isso em segredo. Eloise, que era a melhor amiga de Penelope. Eloise, que contava tudo a Penelope. Eloise, que aparentemente *não contava* tudo a Penelope, tinha fugido para a casa de um homem que nenhum deles conhecia, deixando um bilhete no qual assegurava à família que tudo ficaria bem e que eles não deviam se preocupar.

Não deviam se preocupar????

Santo Deus, era de esperar que Eloise Bridgerton conhecesse melhor a própria família.

Todos tinham simplesmente enlouquecido. Penelope ficara com a sogra enquanto os homens procuravam Eloise. Violet Bridgerton parecia aguentar bem, mas sua pele estava pálida, e Penelope não podia deixar de notar como suas mãos tremiam a cada movimento.

E agora Colin estava de volta, agindo como se não houvesse nada de errado, sem responder a nenhuma de suas perguntas de maneira satisfatória e além de tudo isso...

– Como você pôde não contar a ela? – perguntou Penelope novamente, andando atrás dele.

Colin se esparramou em uma cadeira e deu de ombros.

– Não houve um momento apropriado.

– Você ficou fora cinco dias!

– Sim, bem, mas não estive com Eloise o tempo todo. Afinal, levei um dia para ir e outro para voltar.

– Mas... mas...

Colin reuniu energia suficiente apenas para olhar em volta da sala.

– Você não pediu chá?

– Pedi, é claro – disse Penelope automaticamente, porque sabia bem, e havia muito tempo, que, quando se tratava do marido, era melhor sempre ter comida pronta. – Mas, Colin...

– Eu me apressei em voltar, sabia?

– Estou vendo – disse ela, observando seu cabelo úmido e despenteado pelo vento. – Você veio a cavalo?

Ele assentiu.

– De Gloucestershire?

– Wiltshire, na verdade. Nós ficamos na casa de Benedict.

– Mas...

Ele sorriu de maneira irresistível.

– Senti sua falta.

E Penelope não estava tão acostumada assim à sua afeição para não corar.

– Senti sua falta também, mas...

– Venha se sentar comigo.

Onde?, quase perguntou Penelope. Porque a única superfície plana era o colo dele.

O sorriso de Colin, que era o charme personificado, ficou mais ardente.

– Estou sentindo sua falta bem agora – murmurou ele.

Para extremo embaraço de Penelope, seu olhar correu instantaneamente para a frente das calças dele. Colin deu uma gargalhada, e ela cruzou os braços.

– *Não*, Colin – falou.

– Não o quê? – perguntou ele, com inocência.

– Mesmo que não estivéssemos na sala de estar e mesmo que as cortinas não estivessem abertas...

– Um problema fácil de resolver – comentou ele, olhando para as janelas.

– E *mesmo* – grunhiu ela, a voz ficando mais grave, se não mais alta – que não estivéssemos esperando uma empregada entrar a qualquer momento, a pobre coitada cambaleando com o peso da bandeja de chá, a verdade é que...

Colin deixou escapar um suspiro.

–... você *não respondeu à minha pergunta!*

Ele piscou.

– Eu esqueci o que você perguntou.

Passaram-se dez segundos antes de Penelope falar. E então:

– Eu vou matar você.

– Disso eu tenho certeza – disse ele, espontaneamente. – Na verdade, a única questão é quando.

– Colin!

– Pode ser antes do que eu imaginava – murmurou ele. – Mas, na verdade, pensei que teria uma apoplexia, causada por mau comportamento.

Ela olhou para ele.

– *Seu* mau comportamento – esclareceu Colin.

– Eu não me comportava mal antes de conhecer você – respondeu ela.

– Ha, ha, ha. Essa é boa.

E Penelope foi forçada a calar a boca. Porque, maldição, ele estava certo. E era disso que tudo aquilo se tratava, aliás. Depois de entrar no salão, tirar o casaco e beijá-la com força nos lábios (na frente do mordomo!), Colin tinha casualmente lhe informado:

– Ah, e a propósito, não contei a ela que você era Lady Whistledown.

E, se havia alguma coisa que podia contar como mau comportamento, tinham de ser dez anos como a autora das agora infames *Crônicas da sociedade de Lady Whistledown*. Durante a última década, usando seu pseudônimo, Penelope conseguira insultar quase todo mundo na sociedade, até a si mesma. (As pessoas certamente teriam desconfiado se ela nunca zombasse de si mesma e, além disso, ela de fato parecia uma fruta cítrica estragada vestindo os terríveis tons de amarelo e laranja que sua mãe sempre a forçara a usar.)

Penelope tinha se "aposentado" pouco antes do casamento, mas uma tentativa de chantagem convencera Colin de que o melhor a fazer era revelarem o segredo com um gesto grandioso, então ele anunciara a identidade dela no baile de sua irmã Daphne. Tudo tinha sido muito romântico e muito, bem, *grandioso*, mas ao final da noite acabaram descobrindo que Eloise tinha desaparecido.

Eloise era a melhor amiga de Penelope havia anos, mas nem mesmo ela sabia do seu grande segredo. E continuava sem saber. Deixara a festa antes de Colin fazer o anúncio, e ele aparentemente não tinha achado apropriado lhe contar a verdade quando a encontrara.

– Sinceramente – disse Colin, a voz com um tom de irritação nada característico –, ela não merecia, depois do que nos fez passar.

– Bem, sim – murmurou Penelope, sentindo-se bastante desleal ao concordar.

Mas todo o clã Bridgerton tinha ficado louco de preocupação. Eloise deixara um bilhete, era verdade, mas de alguma forma ele se misturara à correspondência da mãe e um dia inteiro se passara até a família ter certeza de que ela não fora raptada. E, mesmo assim, ninguém ficou calmo; Eloise podia ter ido embora por vontade própria, mas fora preciso outro dia inteiro revirando o quarto dela de cabeça para baixo para encontrarem uma carta de Sir Phillip Crane que indicava para onde ela poderia ter fugido.

Considerando tudo isso, Colin tinha alguma razão.

– Temos que voltar em poucos dias para o casamento – disse ele. – Então contaremos a ela.

– Ah, não podemos!

Ele fez uma pausa. Então sorriu.

– E por que não? – perguntou, pousando os olhos nela com grande satisfação.

– Vai ser o dia do casamento dela – explicou Penelope, sabendo que ele esperava uma razão mais diabólica. – Ela deve ser o centro das atenções. Não posso lhe contar algo *assim*.

– Um pouco mais altruísta do que eu gostaria – ponderou ele, – mas o resultado final é o mesmo, então você tem minha aprovação...

– Não preciso da sua aprovação – cortou Penelope.

– Entretanto, apesar disso, você a tem – disse ele suavemente. – Mas ñao vamos contar a Eloise por enquanto. – Ele juntou as pontas dos dedos e suspirou alto de satisfação. – Vai ser um excelente casamento.

A empregada chegou naquele momento, trazendo uma bandeja de chá carregada. Penelope tentou fingir que não notou quando ela deixou escapar um pequeno grunhido ao finalmente pousá-la sobre a mesa.

– Pode fechar a porta ao sair – disse Colin quando a empregada se empertigou.

Os olhos de Penelope correram para a porta, depois para o marido, que tinha se levantado e estava fechando as cortinas.

– Colin! – gritou ela, porque ele a agarrara, seus lábios estavam no pescoço dela, e Penelope se sentia desmanchar em seu abraço. – Pensei que você quisesse comer alguma coisa – disse ela, arfando.

– Eu quero – murmurou ele, mexendo no corpete de seu vestido. – Mas primeiro quero você.

E quando se deitou nas almofadas que, de alguma forma, tinham encontrado o caminho até o tapete de veludo no chão, Penelope se sentiu realmente muito desejada.

Vários dias depois, estava sentada em uma carruagem, olhando pela janela, enquanto se repreendia.

Colin estava dormindo.

Era uma tola mesmo por ficar tão nervosa em ver Eloise novamente. Era Eloise, pelo amor de Deus. Elas eram próximas como irmãs havia mais de uma década. Mais próximas do que irmãs. Só que talvez... não tão próximas quanto qualquer uma das duas tinha pensado. Elas haviam guardado segredos, as duas. Penelope queria torcer o pescoço de Eloise por não ter lhe contado sobre seu pretendente, mas na verdade não tinha o menor direito de fazer isso. Quando Eloise descobrisse que ela era Lady Whistledown...

Penelope estremeceu. Colin podia estar ansioso por esse momento – sua alegria parecia definitivamente diabólica –, mas ela estava se sentindo muito mal, para falar a verdade. Não tinha comido o dia todo e *não* era do tipo que pulava o café da manhã.

Ela torceu as mãos e esticou o pescoço para ver melhor pela janela – achava que podiam ter virado na entrada para Romney Hall, mas não tinha certeza –, então olhou de volta para Colin.

Ele ainda estava dormindo.

Ela o chutou. Delicadamente, é claro, porque não se considerava muito violenta, mas não era justo ele estar dormindo como um bebê desde que a carruagem começara a andar. Ele havia se acomodado em seu lugar, perguntado se ela estava confortável e então, antes mesmo que ela pudesse dizer o *obrigada* de "Estou muito bem, obrigada", os olhos dele se fecharam.

Trinta segundos depois, estava roncando.

Realmente não era justo. Ele também sempre dormia antes dela à noite.

Penelope o chutou novamente, dessa vez com mais força.

Ele murmurou alguma coisa, mudou ligeiramente de posição e desabou em direção ao canto.

Penelope deslizou para o lado. Mais perto, mais perto...

Em seguida, apontou o cotovelo e acertou as costelas dele.

– O q...? – Colin acordou de repente, piscando e tossindo. – O que houve? O que houve? O que houve?

– Acho que chegamos.

Ele olhou pela janela, depois de volta para ela.

– E você tinha de dizer isso me cutucando com uma arma?

– Foi meu cotovelo.

Ele olhou para o braço dela.

– Você, minha querida, tem cotovelos muito ossudos.

Penelope tinha certeza de que seus cotovelos – ou qualquer outra parte dela, aliás – não eram nem um pouco ossudos, mas não achava que ganharia muito em contradizê-lo, então repetiu:

– Acho que chegamos.

Colin se inclinou na direção do vidro, piscando, ainda sonolento.

– Acho que você está certa.

– É lindo – disse Penelope, observando o terreno extremamente bem cuidado. – Por que me disse que o lugar parecia meio decadente?

– Porque parece – respondeu Colin, entregando-lhe o xale. – Tome – falou com um sorriso meio irritado, como se ainda não estivesse acostumado a cuidar do bem-estar de outra pessoa como fazia com ela. – Vai esfriar.

Ainda era bem cedo; a estalagem na qual tinham dormido ficava a apenas uma hora de distância. A maior parte da família tinha se hospedado com Benedict e Sophie, mas a casa deles não era grande o bastante para acomodar todos os Bridgertons. Além disso, como Colin explicara, eles eram recém-casados. Precisavam de privacidade.

Penelope cobriu o corpo com a lã macia e se inclinou sobre ele para ver melhor pela janela. E, para ser honesta, só porque gostava de se inclinar sobre ele.

– Pessoalmente, achei o lugar lindo – disse ela. – Nunca vi rosas assim.

– É mais bonito do lado de fora do que por dentro – explicou Colin enquanto a carruagem parava. – Mas espero que Eloise mude isso.

Ele mesmo abriu a porta e saltou, então ofereceu o braço para ajudá-la a descer.

– Venha comigo, Lady Whistledown...

– Sra. Bridgerton – corrigiu ela.

– Não importa como queira ser chamada – disse ele com um magnífico sorriso –, você ainda é minha. E este é o seu canto do cisne.

Quando Colin cruzou a soleira da porta do que viria a ser a nova casa da irmã, foi tomado por uma inesperada sensação de alívio. Apesar de toda a sua irritação, ele a amava. Não tinham sido muito chegados na infância; ele era muito mais próximo de Daphne em idade, e Eloise muitas vezes parecia basicamente um incômodo secundário. Mas o ano anterior aproximara mais os dois e, se não fosse por Eloise, ele poderia nunca ter descoberto Penelope.

E sem Penelope, ele seria...

Era engraçado. Não conseguia imaginar o que seria sem ela.

Olhou para a mulher com quem se casara havia pouco tempo. Ela observava o saguão, tentando não ser muito óbvia. Seu rosto parecia impassível, mas ele sabia que ela estava prestando atenção em tudo. E no dia seguinte, quando conversassem sobre o que acontecera, ela se lembraria de todos os detalhes.

Penelope tinha uma memória de elefante. E ele adorava isso.

– Sr. Bridgerton – disse o mordomo, cumprimentando-os com um aceno de cabeça. – Bem-vindo de volta a Romney Hall.

– É um prazer, Gunning – murmurou Colin. – Sinto muito pela última vez.

Penelope olhou para ele, desconfiada.

– Nós entramos... meio de repente – explicou Colin.

O mordomo devia ter visto a expressão de alarme no rosto de Penelope, porque rapidamente acrescentou:

– Eu saí do caminho.

– Ah – começou a dizer ela –, sinto...

– Sir Phillip não saiu – cortou Gunning.

– Ah. – Penelope tossiu, sem graça. – Ele vai ficar bem?

– O pescoço estava um pouco inchado – disse Colin, despreocupado. – Espero que tenha melhorado.

Ele a pegou olhando para suas mãos e deu uma risada.

– Ah, não fui eu – explicou, tomando-a pelo braço para conduzi-la pelo corredor. – Eu apenas assisti.

Ela fez uma careta.

– Acho que poderia ter sido pior.

– Provavelmente – concordou ele com grande alegria. – Mas tudo acabou bem. Até gosto do camarada agora e eu... Ah, mãe, você está aí.

E, de fato, Violet Bridgerton vinha apressada pelo corredor.

– Vocês estão atrasados – disse ela, embora Colin tivesse certeza de que não estavam.

Ele se curvou para beijar-lhe o rosto do lado que ela oferecia, em seguida deu um passo para o lado quando sua mãe se adiantou para pegar as mãos de Penelope.

– Minha cara, precisamos de você lá atrás. Você é a madrinha, afinal.

Colin teve uma súbita visão da cena – um bando de mulheres tagarelas, todas discutindo sobre minúcias com as quais ele não se importava nem um pouco e das quais entendia menos ainda. Elas contavam tudo umas às outras e...

Ele se virou bruscamente.

– Não diga uma palavra – advertiu.

– Me desculpe – falou Penelope bufando de justa indignação –, mas fui eu quem disse que não deveríamos contar nada a ela no dia do casamento.

– Eu estava falando com a minha mãe – disse ele.

Violet balançou a cabeça.

– Eloise vai nos matar.

– Ela já quase nos matou, fugindo como uma idiota – disse Colin, com uma nada característica falta de paciência. – Já instruí os outros a ficarem de boca fechada.

– Até mesmo Hyacinth? – perguntou Penelope, em dúvida.

– Principalmente Hyacinth.

– Você a subornou? – perguntou Violet. – Porque não vai funcionar a menos que você a suborne.

– Santo Deus – murmurou Colin. – Parece até que entrei para esta família ontem. É claro que a subornei. – Ele se virou para Penelope. – Sem ofensas a quem entrou para a família recentemente.

– Ah, não fiquei ofendida – disse ela. – O que deu a ela?

Ele pensou na sessão de barganha com a irmã mais nova e quase estremeceu.

– Vinte libras.

– Vinte libras! – exclamou Violet. – Ficou louco?

– Eu queria ver a senhora fazer melhor – retrucou ele. – E só dei a ela a metade. Não confio nem um pouco naquela garota. Mas se ela mantiver a boca fechada, ficarei 10 libras mais pobre depois.

Colin se virou para a mãe.

– Tentei por 10, mas ela não cedeu.

Violet suspirou.

– Eu deveria repreendê-lo por isso.

– Mas não vai. – Colin abriu um sorriso.

– Que Deus me ajude – foi sua única resposta.

– Que Deus ajude o homem louco o suficiente para se casar com ela – comentou ele.

– Acho que Hyacinth é capaz de muito mais do que vocês pensam – interpôs Penelope. – Não deviam subestimá-la.

– Santo Deus, nós não fazemos *isso* – respondeu Colin.

– Você é tão doce... – disse Violet, inclinando-se para dar um abraço repentino em Penelope.

– É apenas pura sorte ela ainda não ter dominado o mundo – resmungou Colin.

– Ignore-o – disse Violet para Penelope. – E você – acrescentou, virando-se para Colin – deve ir imediatamente para a igreja. O restante dos homens já foi para lá. É uma caminhada de apenas cinco minutos.

– Você planeja ir andando? – perguntou ele, incrédulo.

– Claro que não – respondeu a mãe, com desdém. – E nós certamente não podemos deixar uma carruagem apenas para você.

– Eu nem sonharia em pedir uma – respondeu Colin, concluindo que uma caminhada solitária ao ar fresco da manhã era decididamente preferível a uma carruagem fechada com as mulheres de sua família.

Ele se inclinou para beijar o rosto da mulher. Bem perto da orelha.

– Lembre-se – sussurrou –, não diga nada.

– Eu sei guardar segredo – respondeu ela.

– É muito mais fácil guardar um segredo de mil pessoas do que de apenas uma – disse ele. – Há muito menos culpa envolvida.

As bochechas dela coraram, e ele a beijou novamente perto da orelha.

– Conheço você bem demais – murmurou ele.

E praticamente podia ouvir os dentes dela rangendo quando saiu.

– Penelope!

Eloise fez menção de pular da cadeira para cumprimentá-la, mas Hyacinth, que supervisionava o penteado, colocou a mão no ombro dela e disse em voz baixa e quase ameaçadora:

– *Fique sentada.*

E Eloise, que normalmente teria fuzilado Hyacinth com o olhar, voltou obedientemente para a cadeira.

Penelope olhou para Daphne, que parecia supervisionar Hyacinth.

– Está sendo uma longa manhã – disse Daphne.

Penelope se aproximou, afastou gentilmente Hyacinth e abraçou Eloise com cuidado para não desarrumar seu penteado.

– Você está linda – disse ela.

– Obrigada – respondeu Eloise, mas seus lábios tremiam e seus olhos estavam úmidos, ameaçando transbordar a qualquer momento.

Mais do que qualquer coisa, Penelope queria levá-la para um canto e dizer que tudo ficaria bem, que ela não *tinha* que se casar com Sir Phillip se não quisesse, mas, no fim das contas, Penelope *não sabia* se ia ficar tudo bem e desconfiava de que Eloise tinha mesmo de se casar com Sir Phillip.

Tinha escutado algumas coisas. Eloise ficara em Romney Hall por mais de uma semana sem uma acompanhante. Sua reputação estaria arruinada se a notícia se espalhasse, o que com certeza aconteceria. Penelope conhecia melhor do que ninguém o poder e a tenacidade das fofocas. Além disso, ouvira dizer que Eloise e Anthony tinham tido *uma conversa*.

A questão do casamento, ao que parecia, estava decidida.

– Estou tão feliz por você estar aqui... – disse Eloise.

– Por Deus, você sabe que eu nunca perderia o seu casamento.

– Eu sei. – Os lábios de Eloise tremeram, e então seu rosto assumiu aquela expressão de alguém que está tentando parecer valente e realmente acha que está conseguindo. – Eu sei – repetiu ela, um pouco mais tranquila. – É claro que não. Mas isso não diminui o meu prazer em vê-la.

Era uma frase estranhamente formal para Eloise, e por um instante Penelope esqueceu seus segredos, medos e preocupações. Eloise era sua amiga mais querida. Colin era seu amor, sua paixão e sua alma, mas tinha sido Eloise, mais do que qualquer outra pessoa, que moldara a vida adulta de Penelope. Ela não podia imaginar como teria sido a última década sem o sorriso de Eloise e seu incansável bom humor.

Ainda mais do que sua própria família, Eloise a amara.

– Eloise – disse Penelope, agachando-se ao lado dela para passar o braço em volta dos seus ombros. Então limpou a garganta, em grande parte porque estava prestes a lhe fazer uma pergunta cuja resposta provavelmente não importava. – Eloise – repetiu, baixando a voz para quase um sussurro. – Você quer isso?

– É claro – respondeu Eloise.

Mas Penelope não tinha certeza se acreditava nela.

– Você o a... – Ela se conteve. E tentou esboçar um sorriso. Então perguntou: – Você gosta dele? Do seu Sir Phillip?

Eloise assentiu.

– Ele é... complexo.

E isso fez com que Penelope se sentasse.

– Você está brincando.

– Em um momento como este?

– Não era você que sempre dizia que os homens eram criaturas simples?

Eloise olhou para ela com uma expressão estranhamente desamparada.

– Eu achava que fossem.

Penelope se inclinou para perto, ciente de que as habilidades auditivas de Hyacinth eram definitivamente caninas.

– Ele gosta de você?

– Ele acha que eu falo demais.

– Você fala demais – replicou Penelope.

Eloise a encarou.

– Você podia pelo menos sorrir.

– É a verdade. Mas acho isso encantador.

– Acho que ele pensa assim também. – Eloise fez uma careta. – Às vezes.

– Eloise! – chamou Violet da porta. – Nós realmente temos que ir.

– Não vamos querer que o noivo pense que você fugiu – brincou Hyacinth.

Eloise se levantou e endireitou os ombros.

– Já fugi o bastante ultimamente, não acha? – Depois virou-se para Penelope com um sorriso sábio e melancólico. – Está na hora de começar a correr em direção às coisas e não para longe delas.

Penelope olhou para ela, curiosa.

– O que está dizendo?

Eloise se limitou a balançar a cabeça.

– É só algo que ouvi recentemente.

Era uma afirmação curiosa, mas aquele não era o momento de se aprofundarem nisso, então Penelope começou a seguir o restante da família. Depois de alguns passos, no entanto, foi interrompida pelo som da voz de Eloise.

– Penelope!

Ela se virou. Eloise ainda estava parada à porta, uns bons três metros para trás. Tinha um olhar estranho, que Penelope não conseguiu interpretar. Ela esperou, mas a amiga não disse nada.

– Eloise? – chamou Penelope em voz baixa, porque parecia que ela *queria* dizer alguma coisa, só não sabia bem como. Ou talvez o quê.

E então...

– *Eu sinto muito* – disparou Eloise, as palavras escapando de seus lábios a uma velocidade notável até mesmo para ela.

– Você sente muito – ecoou Penelope, principalmente em razão da surpresa. Ela não imaginava o que Eloise poderia dizer naquele momento, mas um pedido de desculpas não estava no topo da lista. – Pelo quê?

– Por guardar segredos. Não foi certo da minha parte.

Penelope engoliu em seco. *Santo Deus.*

– Você me perdoa?

A voz de Eloise era suave, mas em seus olhos havia urgência, e Penelope se sentiu uma péssima amiga.

– É claro – gaguejou ela. – Não foi nada.

E não *tinha sido* nada, pelo menos comparado aos seus próprios segredos.

– Eu devia ter contado a você sobre a minha correspondência com Sir Phillip. Não sei por que não fiz isso no início – continuou Eloise. – Mas então, mais tarde, quando você e Colin se apaixonaram... eu acho que foi... acho que foi só porque eu queria ter algo só *meu*.

Penelope assentiu. Ela sabia bem o que era querer que algo fosse só seu.

Eloise deu uma risada nervosa.

– E agora olhe para mim.

– Você está linda – disse Penelope.

Era verdade. Eloise não era uma noiva serena, mas uma noiva radiante, e Penelope sentiu as preocupações dela se suavizarem e por fim desaparecerem. Tudo ficaria bem. Não sabia se Eloise teria o mesmo arrebatamento que ela encontrara no casamento, mas pelo menos estaria feliz e satisfeita.

E quem era Penelope para dizer que o novo casal não ia se apaixonar perdidamente? Coisas mais estranhas já tinham acontecido.

Ela passou o braço pelo de Eloise e a conduziu para o corredor, onde Violet levantara a voz a um volume até então inimaginável.

– Acho que sua mãe quer que a gente se apresse – sussurrou Penelope.

– Eloiiiiiiiiiiise! – berrou Violet. – AGORA!

Eloise ergueu as sobrancelhas ao olhar de lado para Penelope.

– O que a faz achar uma coisa dessas?

Mas elas não se apressaram. De braços dados, deslizaram pelo corredor como se estivessem na nave da igreja.

– Quem teria imaginado que nós duas nos casaríamos com apenas alguns meses de diferença? – comentou Penelope. – Não planejávamos ficar juntas como duas velhas caducas?

– Ainda podemos ser velhas caducas – respondeu Eloise alegremente. – Mas seremos velhas caducas casadas.

– Vai ser grandioso.

– Magnífico!

– Estupendo!

– Seremos líderes da moda caduca!

– Mestras do gosto caduco.

– Do que vocês duas estão falando? – perguntou Hyacinth, as mãos nos quadris.

Eloise ergueu o queixo e olhou com desdém para ela.

– Você é muito nova para entender.

E ela e Penelope praticamente desmoronaram em um ataque de riso.

– Elas enlouqueceram, mãe – declarou Hyacinth.

Violet olhou amorosamente para a filha e a nora, as duas tendo chegado aos 28 anos antes de ficarem noivas.

– Deixa-as em paz, Hyacinth – disse ela, encaminhando-a para a carruagem à espera. – Elas virão logo. – E então acrescentou, quase como uma reflexão tardia: – Você é muito nova para entender.

Após a cerimônia, após a recepção e depois que Colin se certificou de uma vez por todas que Sir Phillip Crane daria um marido aceitável para a irmã, ele conseguiu encontrar um canto tranquilo para onde pôde levar a mulher a fim de terem uma conversa em particular.

– Ela desconfia de alguma coisa? – perguntou ele, sorrindo.

– Você é terrível – respondeu Penelope. – É o *casamento* dela.

O que não era nenhuma das duas respostas habituais a uma pergunta que pedia um sim ou um não. Colin resistiu ao impulso de suspirar, impaciente, e em vez disso se saiu com um gentil e educado:

– E com isso você quer dizer...?

Penelope encarou-o por dez segundos e, em seguida, murmurou:

– Não sei do que Eloise estava falando. Os homens são criaturas abissalmente simples.

– Bem... *sim* – concordou Colin, uma vez que havia muito tempo ficara óbvio para ele que a mente feminina era um completo e absoluto mistério. – Mas o que isso tem a ver com alguma coisa?

Penelope olhou sobre os ombros antes de baixar a voz até um sussurro.

– Por que ela estaria pensando em Lady Whistledown em um momento como este?

Penelope tinha razão, por menos que Colin quisesse admitir. Em sua mente, tudo aquilo tinha se desenrolado com Eloise de alguma forma ciente de que era a única pessoa que desconhecia o segredo sobre a identidade de Lady Whistledown.

O que era ridículo, com certeza, mas, ainda assim, um devaneio gratificante.

- Humm - disse Colin.

Penelope olhou para ele, desconfiada.

- No que você está pensando?

- Tem certeza de que não podemos contar a ela no dia do casamento?

- Colin...

- Porque *se não* contarmos, ela certamente vai ficar sabendo por meio de *outra pessoa*, e não parece justo não estarmos presentes para ver a cara dela.

- Colin, *não*.

- Depois de tudo pelo que você passou, não diria que merece ver a reação dela?

- Não - respondeu Penelope lentamente. - Não. Não, eu não diria.

- Ah, você se contenta com pouco, minha querida - disse ele, sorrindo para ela de maneira benevolente. - E, além disso, pense em Eloise.

- Não fiz outra coisa além disso a manhã inteira.

Ele balançou a cabeça.

- Ela ficaria devastada por ouvir a verdade terrível de um completo estranho.

- Não é uma verdade terrível - disparou Penelope de volta -, e como você sabe que seria um estranho?

- Fizemos toda a minha família jurar segredo. Quem mais a conhece neste lugar desolado?

- Eu gosto de Gloucestershire - disse Penelope, os dentes agora encantadoramente cerrados. - Acho encantador.

- Sim - disse ele sem emoção, observando enquanto ela franzia a testa, comprimia a boca e estreitava os olhos. - Você parece muito encantada.

- Não foi você que insistiu que não contássemos a ela pelo máximo de tempo humanamente possível?

- Exatamente, como eu disse, *humanamente possível* - respondeu Colin. - E *este* humano - explicou, gesticulando desnecessariamente em direção a si mesmo - acha impossível manter o silêncio.

- Não posso acreditar que você mudou de ideia.

Ele deu de ombros.

- Não é uma prerrogativa masculina?

Então os lábios dela se entreabriram, e ele desejou encontrar um canto reservado e tranquilo, porque Penelope estava praticamente implorando para ser beijada, soubesse disso ou não.

Mas ele era um homem paciente, eles tinham aquele quarto confortável na estalagem, e ainda havia muito que aprontar bem ali mesmo, no casamento.

– Ah, Penelope – disse ele com a voz rouca, curvando-se para cima dela mais do que era adequado, mesmo que fosse sua mulher –, você não quer se divertir um pouco?

O rosto dela ficou muito vermelho.

– Não *aqui*.

Ele riu alto.

– Eu não estava falando disso – murmurou ela.

– Nem eu, na verdade – respondeu ele, sem conseguir esconder que achava graça –, mas fico feliz que isso venha à mente assim de imediato. – Ele fingiu que olhava em volta da sala. – Quando acha que seria educado partir?

– Definitivamente é cedo demais.

Ele fingiu refletir.

– Hum, sim, você provavelmente está certa. Que pena. Mas... isso nos deixa com tempo para aprontar – disse, mostrando empolgação.

Mais uma vez, ela ficou sem fala. Ele gostava disso.

– Vamos? – murmurou ele.

– Eu não sei o que fazer com você.

– Precisamos trabalhar nisso – respondeu ele, balançando a cabeça. – Não tenho certeza se você compreende bem como funciona uma pergunta que demanda como resposta um sim ou um não.

– Acho que você deveria se sentar – disse ela, os olhos agora com aquele brilho de exaustão cautelosa geralmente reservado às crianças pequenas.

Ou aos adultos tolos.

– E, então – completou –, acho que deveria continuar em seu lugar.

– Indefinidamente?

– *Sim.*

Só para torturá-la, ele se sentou. E então...

– *Nããão*, acho que eu prefiro aprontar.

E estava de pé de novo, seguindo em direção a Eloise antes que Penelope pudesse segurá-lo.

– Colin, *não*! – gritou ela, sua voz ecoando nas paredes da sala da recepção.

Ela conseguira gritar – é claro – no exato momento em que todos os outros convidados do casamento fizeram uma pausa para respirar.

Uma sala cheia de Bridgertons. Quais eram as chances?

Penelope abriu um sorriso enquanto observava duas dezenas de cabeças se virarem em sua direção.

– Não foi nada – disse ela, a voz saindo alegre e sufocada. – Desculpem o incômodo.

E, aparentemente, a família de Colin estava acostumada a vê-lo envolvido em situações que exigiam a réplica "Colin, não!", porque todos retomaram suas conversas, mal olhando para ela de novo.

Menos Hyacinth.

– Ah, maldição – murmurou Penelope, e saiu correndo.

Mas Hyacinth era rápida.

– O que está acontecendo? – perguntou ela, acompanhando a cunhada com notável agilidade.

– Nada – respondeu Penelope, porque a última coisa que queria era Hyacinth se somando ao desastre.

– Ele vai contar a ela, não vai? – insistiu Hyacinth, soltando o ar e pedindo desculpas, ao abrir caminho, passando por um dos irmãos.

– Não, não vai – garantiu Penelope, desviando dos filhos de Daphne.

– Ele *vai.*

Penelope então parou por um instante e se virou.

– Algum de vocês ouve alguém?

– Não eu – respondeu Hyacinth alegremente.

Penelope balançou a cabeça e seguiu em frente, com Hyacinth colada a seus calcanhares. Quando alcançou Colin, ele estava parado ao lado dos recém-casados, de braços dados com Eloise, e sorria para ela como se nunca na vida tivesse pensado em:

a. Ensiná-la a nadar atirando-a em um lago.
b. Cortar meio palmo do cabelo dela enquanto ela dormia.
ou
c. Amarrá-la a uma árvore para que ela não o seguisse até uma estalagem local.

Coisas que ele naturalmente considerara, todas as três, e duas das quais chegara de fato a fazer. (Nem mesmo Colin ousaria fazer algo tão permanente quanto um corte de cabelo.)

– Eloise – disse Penelope, um pouco sem fôlego por tentar escapar de Hyacinth.

– Penelope.

A voz de Eloise soou curiosa. O que não surpreendeu Penelope; Eloise não era boba e sabia bem que o comportamento usual do irmão não incluía sorrisos beatíficos dirigidos a ela.

– Eloise – disse Hyacinth, por nenhuma razão que Penelope pudesse deduzir.

– Hyacinth.

Penelope se virou para o marido.

– Colin.

Ele parecia achar graça.

– Penelope. Hyacinth.

Hyacinth sorriu.

– Colin. – E então: – Sir Phillip.

– Senhoras. – Sir Phillip, ao que parecia, preferia ser conciso.

– Parem! – explodiu Eloise. – O que está acontecendo?

– A declamação dos nossos nomes, aparentemente – disse Hyacinth.

– Penelope tem algo a lhe contar – começou Colin.

– Não tenho.

– Tem, sim.

– Eu *tenho* – reiterou Penelope, pensando rápido. Então correu para a frente, pegando as mãos de Eloise. – Parabéns. Estou tão feliz por você!

– Era isso que você tinha a dizer? – perguntou Eloise.

– Sim.

– *Não.*

Então Hyacinth falou:

– Estou me divertindo muito.

– Hã, é muito gentil da sua parte dizer isso – comentou Sir Phillip, parecendo um pouco perplexo com aquela repentina necessidade de cumprimentar os anfitriões.

Penelope fechou os olhos por um breve momento e deixou escapar um suspiro cansado; teria que chamar o pobre homem de lado e orientá-lo sobre as peculiaridades de se casar com alguém da família Bridgerton.

E como conhecia tão bem seus novos parentes e sabia que não havia como deixar de revelar seu segredo, virou-se para Eloise e disse:

– Posso falar com você a sós?

– Comigo?

Foi o suficiente para fazer com que Penelope quisesse estrangular alguém. Qualquer um.

– Sim – disse ela pacientemente –, com você.

– E comigo – disse Colin.

– E comigo – acrescentou Hyacinth.

– Você *não* – disse Penelope, sem se preocupar em olhar para ela.

– Mas comigo sim – acrescentou Colin, passando o braço livre pelo de Penelope.

– Isso pode esperar? – perguntou Sir Phillip educadamente. – É o dia do nosso casamento, e imagino que ela não queira perdê-lo.

– Eu sei – disse Penelope, cansada. – Sinto muito.

– Tudo bem – falou Eloise, desviando de Colin e virando-se para o marido. Ela murmurou para ele algumas palavras que Penelope não conseguiu ouvir, então disse:

– Há uma sala depois daquela porta. Vamos?

Ela foi à frente, e Penelope aproveitou para dizer a Colin:

– Você não vai falar nada.

Ele a surpreendeu ao assentir e, então, mantendo o silêncio, Colin segurou a porta aberta para ela quando entrou na sala atrás de Eloise.

– Não vai demorar muito – disse Penelope, desculpando-se. – Pelo menos, espero que não.

Eloise não disse nada, apenas olhou para ela com uma expressão que era – Penelope teve presença de espírito suficiente para notar – estranhamente serena.

O casamento devia ter feito bem a ela, pensou Penelope, porque a Eloise que *ela* conhecia estaria roendo as unhas de ansiedade em uma ocasião como aquela. Um grande segredo, um mistério a ser revelado... Eloise amava esse tipo de coisa.

Mas limitou-se a ficar ali parada, esperando com calma, um discreto sorriso no rosto. Penelope olhou para Colin, confusa, mas ele, ao que parecia, seguia fielmente suas instruções e sua boca estava bem fechada.

– Eloise – começou Penelope.

Eloise sorriu. Um pouco. Só com os cantos da boca, como se estivesse prendendo o riso.

– Sim?

Penelope limpou a garganta.

– Eloise, tem algo que preciso lhe dizer.

– É mesmo?

Penelope estreitou os olhos. Com certeza o momento não pedia sarcasmo. Ela respirou fundo, contendo a vontade de disparar uma resposta igualmente seca, e disse:

– Eu não queria lhe contar no dia do seu casamento – nesse momento, ela fuzilou o marido com o olhar –, mas parece que não tenho escolha.

Eloise piscou algumas vezes, mas, fora isso, seu comportamento tranquilo não se alterou.

– Não consigo pensar em nenhuma outra maneira de dizer – continuou Penelope com dificuldade, sentindo-se definitivamente mal com aquilo –, mas enquanto você estava fora... Ou melhor, na noite em que você partiu, para falar a verdade...

Eloise se inclinou um tantinho para a frente. Foi um movimento sutil, mas Penelope o percebeu e por um momento pensou... bem, não chegou de fato a pensar nada claramente, ou pelo menos nada que pudesse ter expressado com uma frase. Mas sentiu certo desconforto – um incômodo de tipo diferente daquele que já estava sentindo. Era um desconforto de desconfiança e...

– Eu sou Lady Whistledown – disparou ela, porque se esperasse mais achava que seu cérebro poderia explodir.

E Eloise disse:

– Eu sei.

Penelope sentou-se no objeto sólido mais próximo, que por acaso era uma mesa.

– Você sabe.

Eloise deu de ombros.

– Sei.

– Como?

– Hyacinth me contou.

– O quê? – falou Colin, que parecia furioso e pronto para acertar as contas com Hyacinth.

– Tenho certeza de que ela está atrás da porta – murmurou Eloise, com um aceno de cabeça. – Caso você queira...

Mas Colin estava um passo à frente dela e já abria com força a porta do pequeno salão. Como era de esperar, Hyacinth quase caiu lá dentro.

– Hyacinth! – disse Penelope em tom de reprovação.

– Ah, por favor – replicou Hyacinth, alisando as saias. – Vocês não acharam que eu não ia escutar atrás da porta, não é? Vocês me conhecem.

– Eu vou torcer seu pescoço – grunhiu Colin. – Tínhamos feito um acordo.

Hyacinth deu de ombros.

– Acho que eu não preciso de 20 libras, no fim das contas.

– Eu já lhe *dei* 10.

– Eu sei – disse Hyacinth com um largo sorriso.

– Hyacinth! – exclamou Eloise.

– O que não quer dizer – continuou Hyacinth modestamente – que eu não *queira* os outros 10.

– Ela me contou ontem à noite – explicou Eloise, estreitando os olhos –, mas só depois de me informar que sabia quem era Lady Whistledown e que, na verdade, toda a sociedade sabia, mas que a informação me custaria 25 libras.

– Não lhe ocorreu que, se toda a sociedade sabia, você poderia simplesmente ter perguntado a outra pessoa? – indagou Penelope.

– Toda a sociedade não estava no meu quarto às duas da manhã – rebateu Eloise.

– Estou pensando em comprar um chapéu – ponderou Hyacinth. – Ou talvez um pônei.

Eloise lhe lançou um olhar furioso, em seguida virou-se para Penelope.

– Você é mesmo Lady Whistledown?

– Sou – admitiu Penelope. – Ou melhor...

Ela olhou para Colin, sem saber bem por que estava fazendo isso, além do fato de amá-lo muito e de ele conhecê-la tão bem que, quando visse o discreto sorriso vacilante dela, sorriria de volta, não importava quão furioso estivesse com Hyacinth.

E ele sorriu. De alguma forma, em meio a tudo aquilo, sabia do que ela precisava. Ele sempre sabia.

Penelope se virou para Eloise.

– *Era* – corrigiu ela. – Não sou mais. Eu me aposentei.

Mas era claro que Eloise já sabia disso. A carta de aposentadoria de Lady W. havia circulado muito antes de Eloise deixar a cidade.

– Para sempre – acrescentou Penelope. – As pessoas têm perguntado, mas não serei induzida a pegar minha pena novamente. – Ela fez uma pausa, pensando nas coisas que andara escrevendo em casa. – Pelo menos não como Lady Whistledown.

Olhou para Eloise, que se sentara ao lado dela na mesa. O rosto da amiga estava inexpressivo e ela não dizia nada havia *séculos*... bem, séculos para Eloise, pelo menos.

Penelope tentou sorrir.

– Estou pensando em escrever um romance, na verdade.

Eloise continuava sem dizer nada, embora piscasse rapidamente, franzindo a testa, como se estivesse muito concentrada em seus pensamentos.

E então Penelope pegou uma de suas mãos e disse aquilo que estava realmente sentindo.

– Eu lamento muito, Eloise.

Eloise olhava fixamente para uma mesinha lateral, mas, ao ouvir isso, virou-se e encarou a amiga.

– Você lamenta? – repetiu ela, e parecia hesitante, como se lamentar-se não pudesse ser a emoção correta, ou pelo menos não correta o *suficiente*.

Penelope sentiu um aperto no coração.

– Lamento muito mesmo – falou. – Eu devia ter lhe contado. Eu devia ter...

– Você ficou *louca*? – perguntou Eloise, parecendo finalmente acordar. – É *claro* que você não devia ter me contado. Eu nunca conseguiria guardar esse segredo.

Penelope achou admirável ela admitir isso.

– Estou tão *orgulhosa* de você! – continuou Eloise. – Esqueça a escrita por um momento... Não consigo sequer imaginar a logística de tudo isso e, um dia, quando não for o dia do meu casamento, vou querer ouvir todos os detalhes.

– Ficou surpresa então? – murmurou Penelope.

Eloise lhe lançou um olhar sarcástico.

– Para dizer o mínimo.

– Tive de pegar uma cadeira para ela – comentou Hyacinth.

– Eu já estava me sentando – grunhiu Eloise.

Hyacinth fez um aceno com a mão no ar.

– Ainda assim.

– Ignore-a – disse Eloise, concentrando-se em Penelope. – Sinceramente, não consigo dizer como estou impressionada... agora que me recuperei do choque, é claro.

– Sério?

Não ocorrera a Penelope até aquele momento quanto desejava a aprovação de Eloise.

– Conseguir esconder isso por todo esse tempo – disse Eloise, balançando a cabeça lentamente, com admiração. – De mim. *Dela.* – E apontou um dedo na direção de Hyacinth. – É realmente um feito e tanto. – E então se curvou para a frente e envolveu Penelope em um abraço carinhoso.

– Você não está com raiva de mim?

Eloise se afastou e abriu a boca, e Penelope pôde ver que ela estava prestes a dizer "Não", provavelmente seguido de "É claro que não".

Mas as palavras permaneceram na boca de Eloise, e ela ficou ali sentada, parecendo ligeiramente pensativa e surpresa, até que enfim disse:

– Não.

Penelope sentiu as sobrancelhas se erguerem.

– Tem certeza?

Porque Eloise não parecia segura. Nem parecia Eloise falando, para ser sincera.

– Seria diferente se eu ainda estivesse em Londres, sem mais nada para fazer – disse Eloise com tranquilidade. – Mas este lugar... – Ela olhou ao redor da sala, acenando vagamente para a janela. – *Aqui.* Não é a mesma coisa. É uma vida diferente – continuou de maneira serena. – Eu sou uma pessoa diferente. Um pouco, pelo menos.

– Lady Crane – lembrou Penelope.

Eloise sorriu.

– Que bom que me lembrou disso, Sra. Bridgerton.

Penelope quase riu.

– Dá para acreditar?

– No seu casamento ou no meu? – perguntou Eloise.

– Nos dois.

Colin, que vinha mantendo uma distância respeitosa – uma das mãos firmemente ao redor do braço de Hyacinth para *mantê-la* a uma distância respeitosa –, se aproximou.

– Acho que devíamos voltar – disse ele tranquilamente. Então estendeu a mão e ajudou primeiro Penelope, depois Eloise, a ficarem de pé. – Você – continuou ele, inclinando-se para beijar a irmã no rosto – *certamente* deveria voltar.

Eloise sorriu, melancólica, a noiva ruborizada mais uma vez, e fez que sim. Então apertou uma última vez as mãos de Penelope, passou por Hyacinth (revirando os olhos ao fazer isso) e voltou à sua festa de casamento.

Penelope observou Eloise sair, dando o braço a Colin, e se apoiou suavemente nele. Os dois ficaram ali, em silêncio, olhando com ar indolente para a entrada agora vazia enquanto ouviam os barulhos da festa que chegavam até eles.

– Você acha que seria educado irmos embora? – murmurou ele.

– Provavelmente não.

– Acha que Eloise se importaria?

Penelope balançou a cabeça.

Colin apertou os braços em volta dela e Penelope sentiu os lábios dele roçarem suavemente sua orelha.

– Vamos – disse ele.

Ela não discutiu.

No dia 25 de maio de 1824, precisamente um dia depois do casamento de Eloise Bridgerton com Sir Phillip Crane, três cartas foram entregues no quarto do Sr. e da Sra. Colin Bridgerton, hóspedes da estalagem Rose and Bramble, perto de Tetbury, em Gloucestershire. Chegaram juntas, todas remetidas de Romney Hall.

– Qual delas vamos abrir primeiro? – perguntou Penelope, espalhando-as à sua frente na cama.

Colin arrancou a camisa que vestira para atender à porta.

– Deixo a cargo do seu bom julgamento, como sempre.

– Como sempre?

Ele voltou para o lado de Penelope na cama. Ela ficava incrivelmente adorável quando era sarcástica. Ele não conseguia pensar em outra alma que fosse capaz disso.

– Sempre que me convém – corrigiu ele.

– A da sua mãe, então – disse Penelope, pegando uma das cartas em cima do lençol.

Rompeu o selo e desdobrou cuidadosamente o papel.

Colin ficou observando Penelope ler. Os olhos dela se arregalaram, em seguida suas sobrancelhas se levantaram e seus lábios se ergueram ligeiramente nos cantos, como se ela estivesse sorrindo, ainda que não pretendesse.

– O que ela está dizendo? – perguntou ele.

– Está dizendo que nos perdoa.

– Imagino que não faria sentido perguntar pelo quê.

Penelope lançou-lhe um olhar severo.

– Por ir embora cedo do casamento.

– Você me disse que Eloise não se importaria.

– E tenho certeza de que ela não se importou. Mas estamos falando da sua *mãe*.

– Responda dizendo que, se ela se casar novamente, garanto que ficarei até o amargo fim.

– Não vou fazer uma coisa dessas – respondeu Penelope, revirando os olhos. – Também não acho que ela espere uma resposta, em todo caso.

– Sério? – Agora ele estava curioso, porque sua mãe sempre esperava respostas. – O que fizemos para merecer seu perdão, então?

– Hã, ela disse alguma coisa sobre lhe darmos netos no momento oportuno.

Colin sorriu.

– Você está corando?

– Não.

– Está, *sim*.

Ela lhe deu uma cotovelada nas costelas.

– Não estou. Tome, leia você mesmo se está tão interessado. Vou ler a de Hyacinth.

– Suponho que ela não tenha devolvido minhas dez libras – resmungou Colin.

Penelope desdobrou o papel e o sacudiu. Mas não caiu nada.

– Aquela atrevida tem sorte de ser minha irmã – murmurou ele.

– Que mau perdedor você é – repreendeu Penelope. – Ela superou você, e de forma brilhante além de tudo.

– Ah, por favor – zombou ele. – Não vi você elogiando a esperteza dela ontem à tarde.

Penelope acenou com a mão, ignorando os protestos dele.

– Sim, bem, vemos melhor algumas coisas quando paramos para pensar a respeito.

– O que ela está dizendo? – perguntou Colin, inclinando-se sobre o ombro de Penelope. Conhecendo Hyacinth, provavelmente era algum esquema para extorquir mais dinheiro de seu bolso.

– É bem gentil, na verdade – disse Penelope. – Nada nem um pouco maldoso.

– Você leu os dois lados? – perguntou Colin, em dúvida.

– Ela só escreveu de um lado.

– Estranhamente nada econômico da parte dela – acrescentou ele, desconfiado.

– Ah, céus, Colin, ela só está nos contando o que aconteceu no casamento depois que saímos. E, devo dizer, ela tem um olho incrível para o humor e os detalhes. Daria uma ótima Lady Whistledown.

– Que Deus nos ajude!

A última carta era de Eloise, e, ao contrário das outras duas, era endereçada apenas a Penelope. Colin estava curioso, é claro – quem não ficaria? –, mas se afastou para dar privacidade à mulher. A amizade dela com sua irmã era algo que ele via com admiração e respeito. Era muito chegado aos irmãos – muito mesmo. Mas nunca tinha visto um elo de amizade tão profundo como o de Penelope e Eloise.

– Ah! – deixou escapar Penelope, ao virar uma página. A carta de Eloise era muito maior do que as duas anteriores; ela conseguira preencher duas folhas, frente e verso. – Aquela atrevida.

– O que ela fez? – perguntou Colin.

– Ah, não foi nada – respondeu Penelope, embora parecesse bastante irritada. – Você não estava lá, mas, na manhã do casamento, ela não parava de pedir desculpas por guardar segredos, e nem me ocorreu que estava tentando me fazer admitir que eu também guardava os meus. Ela me deixou arrasada.

Sua voz foi sumindo à medida que lia a outra página. Colin se recostou nos travesseiros macios, pousando os olhos no rosto da mulher. Ele gostava de ver os olhos dela se moverem da esquerda para a direita, seguindo as palavras.

Gostava de ver seus lábios se mexerem quando sorria ou franzia a testa. Era surpreendente, na verdade, como ficava feliz só de observá-la enquanto lia.

Até ela engasgar e ficar completamente branca.

Ele se levantou depressa, apoiando-se nos cotovelos.

– O que foi?

Penelope balançou a cabeça e gemeu.

– Ah, ela é terrível.

Para o inferno com a privacidade. Ele pegou a carta.

– O que ela disse?

– Lá embaixo – explicou Penelope, apontando, infeliz. – No fim.

Colin afastou o dedo dela e começou a ler.

– Santo Deus, ela é prolixa – murmurou. – Não consigo entender nada do que ela diz.

– Vingança – disse Penelope. – Ela diz que o meu segredo era maior do que o dela.

– E era.

– Ela diz que merece uma compensação.

Colin ponderou a respeito.

– Provavelmente sim.

– Para acertar o placar.

Ele acariciou a mão dela.

– Receio que seja assim que nós, Bridgertons, pensamos. Você nunca jogou com a gente, não é?

Penelope gemeu.

– Ela disse que vai consultar Hyacinth.

Colin sentiu o sangue deixar seu rosto.

– Eu sei – disse Penelope, balançando a cabeça. – Nunca estaremos seguros de novo.

Colin passou o braço em volta dela e puxou-a para perto.

– Nós não falamos que queríamos visitar a Itália?

– Ou a Índia.

Ele sorriu e beijou-a no nariz.

– Ou podemos simplesmente ficar aqui.

– Na Rose and Bramble?

– Íamos embora amanhã de manhã. É o último lugar em que Hyacinth procuraria por nós.

Penelope olhou para ele, seus olhos se iluminando e parecendo talvez um pouco travessos.

– Não tenho nenhum compromisso urgente em Londres por pelo menos quinze dias.

Colin rolou para cima dela, puxando-a até ela ficar com o corpo esticado por baixo dele.

– Minha mãe disse que não nos perdoaria se não lhe déssemos um neto.

– Ela não colocou as coisas em termos tão rígidos.

Ele a beijou bem no ponto sensível atrás da orelha, o que sempre fazia com que se contorcesse.

– Finja que sim.

– Bem, nesse caso... ah!

Os lábios de Colin deslizaram pela barriga dela.

– Ah? – murmurou ele.

– É melhor então nós... ah!

Ele ergueu os olhos.

– Você estava dizendo...?

– Começar logo a trabalhar nisso – Penelope mal conseguiu completar.

Ele sorriu contra a pele dela.

– A seu dispor, Sra. Bridgerton. Sempre.

Para Sir Phillip, com amor

Não me lembro de já ter escrito em outra ocasião sobre crianças tão intrometidas quanto Amanda e Oliver Crane, os solitários filhos gêmeos de Sir Phillip Crane. Parecia impossível que eles pudessem se tornar adultos bem ajustados e sensatos, mas imaginei que, se havia alguém capaz de colocá-los na linha, esse alguém era sua nova madrasta, Eloise (Bridgerton de nascimento) Crane. Havia muito tempo que eu tinha vontade de experimentar escrever na primeira pessoa, então resolvi ver o mundo através dos olhos de uma Amanda adulta. Ela iria se apaixonar, e Phillip e Eloise teriam de ver isso acontecer.

PARA SIR PHILLIP, COM AMOR:

O segundo epílogo

Não sou a mais paciente das pessoas. E quase não tolero estupidez. Era por isso que estava orgulhosa de mim mesma por ter controlado minha língua esta tarde, enquanto tomava chá com a família Brougham.

Os Broughams são nossos vizinhos há seis anos, desde que o Sr. Brougham herdou a propriedade do tio, também chamado Sr. Brougham. Eles têm quatro filhas e um filho extremamente mimado. Para minha sorte, o filho é cinco anos mais jovem do que eu, o que significa que nunca terei de pensar na possibilidade de me casar com ele. (Embora minhas irmãs Penelope e Georgiana, nove e dez anos mais novas do que eu, não tenham tanta sorte.) As irmãs Broughams têm todas um ano de diferença de uma para a outra, sendo a primeira dois anos mais velha do que eu, e a mais jovem, um ano mais nova. São todas bastante agradáveis, ainda que talvez um pouco delicadas e gentis demais para o meu gosto. Mas ultimamente tem sido impossível suportá-las.

Isso porque eu também tenho um irmão, e ele não é cinco anos mais jovem do que elas. Na verdade, é meu irmão gêmeo, o que o torna uma possibilidade matrimonial para qualquer uma delas.

Previsivelmente, Oliver não quis acompanhar minha mãe, minha tia Penelope e a mim no chá.

Mas eis o que aconteceu, e eis por que estou orgulhosa de mim por não ter dito o que queria dizer, que era: *Com certeza, você deve ser uma idiota.*

Eu estava tomando meu chá, tentando manter a xícara em meus lábios pelo maior tempo possível a fim de evitar perguntas sobre Oliver, quando a Sra. Brougham disse:

– Deve ser tão intrigante ser gêmeo. Diga-me, querida Amanda, em que é diferente de não ser gêmeo?

Eu não devia ter de explicar por que essa pergunta era tão estúpida. Eu dificilmente poderia dizer a ela qual era a diferença, já que passei cem por cento da minha vida sendo gêmea e, portanto, não tinha nenhuma experiência em não ser uma.

O desdém deve ter ficado claro em meu rosto, porque minha mãe me lançou um de seus lendários olhares de advertência no momento em que meus lábios se abriram para responder. Como não queria constranger minha mãe (e não porque tivesse a necessidade de fazer a Sra. Brougham se sentir mais inteligente do que realmente é), eu disse:

– Imagino que seja o fato de sempre se ter um companheiro.

– Mas seu irmão não está aqui agora – disse uma das garotas Brougham.

– Meu pai não está sempre com a minha mãe, mas imagino que ela o considere seu companheiro – respondi.

– Um irmão não é o mesmo que um marido – trinou a Sra. Brougham.

– Espera-se que não – retruquei.

Na verdade, essa foi uma das conversas mais ridículas de que já participei. E Penelope estava com uma cara de que teria perguntas a fazer quando voltássemos para casa.

Minha mãe me lançou outro olhar, que dizia que sabia exatamente que tipo de perguntas Penelope teria a fazer e que não queria respondê-las. Mas como minha mãe sempre dissera que apreciava a curiosidade nas mulheres...

Bem, ela seria pega em sua própria armadilha.

Devo dizer que, a não ser por essas questões de ser pega em suas próprias armadilhas, estou convencida de que tenho a melhor mãe da Inglaterra. E, ao contrário de ser um não gêmeo, sobre o que não tenho o menor conhecimento, sei como é ter outra mãe, por isso estou totalmente qualificada, na minha opinião, para julgar.

Minha mãe, Eloise Crane, é na verdade minha madrasta, embora só me refira a ela assim quando necessário, para efeito de esclarecimento. Ela se casou com meu pai quando Oliver e eu tínhamos 8 anos, e estou bastante certa de que salvou todos nós. É difícil explicar como nossas vidas eram antes de a minha mãe entrar nelas. Eu certamente poderia descrever acontecimentos, mas o *tom* de tudo, o clima em nossa casa...

Realmente não sei como descrever.

Minha mãe – minha primeira mãe – se matou. Durante a maior parte da vida, eu não soube disso. Achava que ela houvesse morrido de uma febre, o que imagino que seja verdade. O que ninguém me disse foi que a febre tinha sido consequência de ela ter tentado se afogar em um lago no período mais rigoroso do inverno.

Não tenho nenhuma intenção de tirar minha própria vida, mas devo dizer que este não seria o método que eu escolheria.

Sei que eu deveria ser compreensiva e sentir compaixão por ela. Minha mãe atual é uma prima distante dela e me disse que minha mãe biológica foi triste a vida inteira. Ela me disse que algumas pessoas são assim, do mesmo jeito que outras são estranhamente alegres o tempo todo. Mas não consigo deixar de pensar que, se ela ia se matar, podia muito bem ter feito isso antes. Talvez quando eu ainda era bem pequena. Ou, melhor ainda, quando era um bebê. Com certeza teria tornado a minha vida mais fácil.

Perguntei ao meu tio Hugh (que não é meu tio de verdade, mas é casado com a meia-irmã da mulher do irmão da minha mãe atual *e* mora bem perto daqui *e* é vigário) se eu iria para o inferno por pensar assim. Ele disse que não, que, na verdade, isso fazia muito sentido para ele.

Acho que prefiro a paróquia dele à minha.

Mas a questão é que agora tenho lembranças dela. De Marina, minha primeira mãe. Não *quero* lembranças dela. As que tenho são nebulosas e confusas. Não consigo me lembrar do som de sua voz. Oliver diz que pode ser porque ela quase não falava. Não me lembro se ela falava ou não. Não me lembro da forma exata do seu rosto, não me lembro do seu cheiro.

Em vez disso, me lembro de ficar parada do lado de fora de sua porta, me sentindo muito pequena e assustada. E me lembro de andar muito na ponta dos pés, porque sabíamos que não devíamos fazer barulho. Lembro-me de ficar o tempo todo nervosa, como se eu soubesse que algo ruim estava prestes a acontecer.

E de fato aconteceu.

Uma lembrança não devia ser específica? Eu não me importaria de ter a lembrança de um momento, ou de um rosto, ou de um som. Em vez disso, tenho sentimentos vagos com relação a isso, sentimentos que nem ao menos são felizes.

Uma vez perguntei a Oliver se ele tinha as mesmas lembranças, e ele apenas deu de ombros e disse que não pensava nela. Não tenho certeza se acredito nele. Acho que provavelmente sim; ele não costuma pensar muito sobre essas coisas. Ou talvez, para ser mais precisa, ele não pense muito sobre nada. Só espero que, quando ele se casar (o que as irmãs Broughams não veem a hora de acontecer), escolha uma noiva com uma sensibilidade e uma capacidade de reflexão parecidas. Caso contrário, ela será infeliz. Ele não, é claro; ele não vai nem notar a infelicidade dela.

Os homens são assim, me disseram.

Meu pai, por exemplo, é incrivelmente desatento. A menos, é claro, que você seja uma planta, aí ele nota tudo. Ele é botânico e poderia passar o dia inteiro feliz em sua estufa. Ele me parece um par improvável para minha mãe, que é muito alegre e extrovertida e nunca fica sem assunto, mas, quando eles estão juntos, fica claro que se amam muito. Na semana passada, peguei os dois se beijando no jardim. Fiquei espantada. Minha mãe tem quase 40 anos, e meu pai é mais velho do que isso.

Mas acabei me perdendo. Eu estava falando da família Brougham, mais especificamente da pergunta tola da Sra. Brougham sobre não ser um gêmeo. Eu estava, como disse anteriormente, bastante satisfeita comigo mesma por não ter sido rude quando a Sra. Brougham disse algo *interessante*.

– Meu sobrinho vem nos visitar esta tarde.

As garotas Broughams se endireitaram prontamente em seus assentos. Eu juro, foi como um tipo de brincadeira em que, de repente, elas passaram de uma postura perfeita para anormalmente eretas.

Em razão disso, deduzi de imediato que o sobrinho da Sra. Brougham devia estar em idade de se casar, provavelmente tinha dinheiro e talvez fosse bonito.

– Você não falou que o Ian estava vindo nos visitar – disse uma das filhas.

– Não é ele – respondeu a Sra. Brougham. – Ele ainda está em Oxford, como vocês bem sabem. Quem está vindo é Charles.

Puf. As garotas Broughams pareceram murchar, todas de uma vez.

– Ah – disse uma delas. – O Charlie.

– Hoje, você disse – comentou outra, com uma notável falta de entusiasmo.

E então a terceira completou:

– Tenho de esconder minhas bonecas.

A quarta não disse nada. Apenas voltou a tomar o chá, parecendo bastante entediada o resto do tempo.

– Por que você tem de esconder suas bonecas? – perguntou Penelope.

Para ser sincera, eu estava me perguntando a mesma coisa, mas parecia uma pergunta muito infantil para uma dama de 19 anos.

– Isso foi há doze anos, Dulcie – disse a Sra. Brougham. – Deus do céu, você tem uma memória de elefante.

– Não dá para esquecer o que ele fez com as minhas bonecas – disse Dulcie sombriamente.

– O que ele fez? – perguntou Penelope.

Dulcie passou o dedo pelo pescoço como se o estivesse cortando. Penelope engasgou, e devo confessar que havia algo bastante terrível na expressão de Dulcie.

– Ele é um selvagem – disse uma das irmãs dela.

– Ele *não* é um selvagem – insistiu a Sra. Brougham.

As garotas Brougham olharam para nós, balançando a cabeça em silêncio, como se dissessem: *Não deem ouvidos a ela.*

– Quantos anos tem o seu sobrinho agora? – perguntou minha mãe.

– Vinte e dois – respondeu a Sra. Brougham, parecendo bastante agradecida pela pergunta. – Ele se formou em Oxford no mês passado.

– É um ano mais velho que o Ian – explicou uma das meninas.

Assenti, embora não pudesse ter Ian – que nunca tinha visto – como referência.

– Ele não é tão bonito.

– Nem tão simpático.

Olhei para a mais nova das Broughams, esperando sua contribuição. Mas ela se limitou a bocejar.

– Quanto tempo ele vai ficar aqui? – perguntou minha mãe educadamente.

– Duas semanas – respondeu a Sra. Brougham, mas na verdade só conseguiu dizer "Duas se" antes que uma de suas filhas gemesse, consternada.

– Duas semanas! Praticamente uma quinzena inteira!

– Eu esperava que ele pudesse nos acompanhar até a assembleia local – disse a Sra. Brougham.

Essa explicação provocou mais gemidos. Devo dizer que eu estava começando a ficar curiosa sobre esse tal de Charles. Qualquer um capaz de deixar as garotas Broughams tão apavoradas devia ter algo de bom.

Não, apresso-me a acrescentar, que eu não goste das irmãs Broughams. Ao contrário do irmão, nenhuma delas tem cada desejo e capricho atendido, então não são de todo insuportáveis. Mas são – como posso dizer? – serenas e obedientes e, portanto, não as companhias naturais para mim (a quem esses adjetivos nunca se aplicaram). Para ser sincera, acho que nunca vi nenhuma delas expressar uma opinião veemente sobre nada. Se todas as quatro detestavam tanto alguém... bem, no mínimo ele devia ser interessante.

– Seu sobrinho gosta de cavalgar? – perguntou minha mãe.

Os olhos da Sra. Brougham brilharam de um jeito astucioso.

– Acredito que sim.

– Talvez Amanda pudesse lhe mostrar os arredores.

Com isso, minha mãe abriu um sorriso estranhamente inocente e doce.

Devo acrescentar que uma das razões pelas quais estou convencida de que minha mãe é a melhor da Inglaterra é o fato de ela raramente ser inocente e doce. Ah, não me entenda mal... ela tem um coração de ouro e faria qualquer coisa por sua família. Mas é a quinta de oito irmãos e sabe ser maravilhosamente sorrateira e dissimulada.

Além disso, ninguém consegue vencê-la em uma discussão. Confie em mim, eu já tentei.

Então, quando me ofereceu como guia, não pude fazer nada a não ser dizer que sim, mesmo vendo que três das quatro irmãs Broughams começaram a dar risadinhas. (A quarta ainda parecia entediada. Eu estava começando a me perguntar se não haveria algo errado com ela.)

– Amanhã – disse a Sra. Brougham com satisfação. Ela batia palmas e sorria. – Vou mandá-lo à sua casa amanhã à tarde. Está bem assim?

Novamente, só me restava concordar, e foi o que fiz, perguntando-me exatamente com o que eu havia concordado.

Na tarde seguinte, eu vestia meu melhor traje de montaria e andava pela sala de estar, me perguntando se o misterioso Charles Brougham iria mesmo aparecer. Se não aparecesse, pensei, estaria totalmente em seu direito. Seria rude, é claro, já que estaria desonrando um compromisso assumido em nome dele pela tia, mas, ao mesmo tempo, ele não tinha nenhuma obrigação *selada* com a nobreza local.

O trocadilho não foi intencional.

Minha mãe nem sequer tentou negar que estava bancando a casamenteira. Isso me surpreendeu; eu imaginava que ela fosse ao menos protestar um pouco. Mas, em vez disso, me lembrou que eu havia me recusado a participar de uma temporada em Londres e em seguida começou a discursar sobre a falta de cavalheiros apropriados e com a idade certa no recanto de Gloucestershire em que morávamos.

Lembrei-lhe, então, que ela não havia encontrado *seu* marido em Londres.

Em seguida, ela disse algo que começava com "Seja como for" , depois desviou do assunto tão rapidamente e com tantas voltas e mais voltas, que não consegui acompanhar mais nada do que disse.

E tenho certeza de que era essa sua intenção.

Minha mãe não estava exatamente chateada por eu ter recusado uma temporada; ela gostava da nossa vida no campo, e Deus sabe que meu pai não sobreviveria mais de uma semana na cidade. Minha mãe disse que fui indelicada ao dizer isso, mas acho que, em seu íntimo, ela concorda comigo – meu pai se distrairia com uma planta no parque, e nós nunca mais o encontraríamos. (Ele é um pouco distraído.)

Ou, e confesso que isso é mais provável, diria algo totalmente inadequado em uma festa. Ao contrário de minha mãe, ele não tem o dom da conversa educada e com certeza não vê a necessidade de duplos sentidos ou construções frasais complexas. Na opinião dele, uma pessoa deveria dizer o que quer dizer.

Amo meu pai, mas está claro que ele deve ser mantido longe da cidade.

Eu poderia ter participado de uma temporada em Londres, se quisesse. A família da minha mãe é extremamente bem-relacionada. Seu irmão é um visconde e suas irmãs se casaram com um duque, um conde e um barão. Eu poderia frequentar as festas mais exclusivas. Mas realmente não queria ir. Não teria nenhuma liberdade. Aqui posso fazer caminhadas ou cavalgar sozinha, desde que diga a alguém aonde estou indo. Em Londres, uma jovem não pode sequer pôr o dedo do pé nos degraus da frente sem uma acompanhante.

Isso parece terrível.

Mas de volta à minha mãe. Ela não se importou de eu ter me recusado a participar da temporada, porque isso significava que não teria de se separar do meu pai por vários meses. (Uma vez que, como já vimos, ele teria de ser deixado em casa.) Mas, ao mesmo tempo, ela estava realmente preocupada com o meu futuro. Então, se lançou nessa pequena cruzada. Se eu não ia ao encontro dos cavalheiros adequados, ela os traria até mim.

Daí Charles Brougham.

Às duas horas, ele ainda não tinha chegado, e devo confessar que estava ficando irritada. Era um dia quente, ou tão quente quanto é possível em Gloucestershire, e meu traje verde-escuro, que parecera tão elegante e garboso quando o vesti, estava começando a incomodar.

Eu estava começando a desanimar.

De alguma forma, minha mãe e a Sra. Brougham tinham se esquecido de combinar uma hora para a chegada do sobrinho, então fui obrigada a estar vestida e pronta ao meio-dia em ponto.

– A que horas você diria que acaba oficialmente a tarde? – perguntei, me abanando com um jornal dobrado.

– Hum?

Minha mãe estava escrevendo uma carta – provavelmente para um de seus muitos irmãos – e não prestava muita atenção. Ela estava linda ali sentada à janela. Não tenho ideia da aparência que minha mãe verdadeira teria quando fosse mais velha, uma vez que ela não se dignou a viver tanto tempo, mas Eloise não perdera nem um pouco de sua beleza. Seu cabelo continuava de um lindo tom castanho e em sua pele não havia nem uma ruga sequer. Seus olhos são difíceis de descrever – a cor parece mudar bastante.

Ela me disse que nunca foi considerada linda quando jovem. Ninguém a achava mal-apessoada, e ela era, na verdade, bastante popular, mas nunca fora considerada um diamante raro. Ela me diz que as mulheres inteligentes envelhecem melhor.

Acho isso interessante e espero que seja um bom presságio para o meu futuro.

Mas, naquele momento, eu não estava preocupada com nenhum futuro além dos dez minutos seguintes, depois dos quais eu estava convencida de que morreria por causa do calor.

– A tarde – repeti. – Quando você diria que termina? Às quatro horas? Cinco? Por favor, diga que não é às seis.

Ela finalmente ergueu os olhos.

– Do que você está falando?

– Do Sr. Brougham. Marcamos à tarde, não foi?

Ela me olhou sem entender.

– Posso deixar de esperá-lo quando a tarde virar noite, não posso?

Minha mãe parou por um instante, a pena suspensa no ar.

– Você não devia ser tão impaciente, Amanda.

– Eu não sou – insisti. – Estou *com calor.*

Ela pensou a respeito.

– Está quente aqui, não está?

Fiz que sim.

– Meu traje é de lã.

Minha mãe fez uma careta, mas notei que ela não sugeriu que eu me trocasse. Não ia sacrificar um pretendente em potencial por algo tão sem importância quanto o clima. Voltei a me abanar.

– Não acho que o sobrenome dele seja Brougham – disse minha mãe.

– Como assim?

– Acho que ele é parente da Sra. Brougham, e não do marido dela. Não sei qual é o sobrenome da família dela.

Dei de ombros.

Ela voltou para a sua carta. Minha mãe escreve uma quantidade desmedida de cartas. Sobre o quê, não posso imaginar. Não diria que nossa família é maçante, mas somos bastante comuns. Com certeza suas irmãs já estão cansadas de ler coisas como *Georgiana aprendeu a conjugação francesa* e *Frederick esfolou o joelho.*

Mas minha mãe gosta de receber cartas, e diz que é preciso enviar para receber, então lá está ela à sua mesa, quase todos os dias, contando os detalhes enfadonhos de nossas vidas.

– Vem vindo alguém – disse ela, justo quando eu começava a cochilar no sofá.

Sentei-me ereta e me virei em direção à janela. De fato, uma carruagem se aproximava.

– Achei que fôssemos sair para cavalgar – falei, um pouco irritada.

Eu estava derretendo no meu traje de montaria por nada?

– Vocês vão – murmurou minha mãe, erguendo as sobrancelhas enquanto observava a carruagem se aproximar.

Não acho que o Sr. Brougham – ou quem quer que estivesse na carruagem – pudesse ver a sala de visitas pela janela aberta, mas, em todo caso, continuei sentada de maneira digna no sofá, inclinando a cabeça ligeiramente para observar os acontecimentos na entrada de casa.

A carruagem parou e um cavalheiro saltou, mas ele estava de costas para a casa e não pude ver nada além de sua altura (mediana) e seu cabelo (escuro). Em seguida, ele estendeu a mão e ajudou uma dama a descer.

Dulcie Brougham!

– O que ela está fazendo aqui? – perguntei, indignada.

E então, quando Dulcie já estava com os dois pés plantados seguramente no chão, o cavalheiro ajudou outra jovem, depois outra. Depois outra.

– Ele trouxe todas as garotas Broughams? – indagou minha mãe.

– Aparentemente, sim.

– Pensei que o detestassem.

Balancei a cabeça.

– Aparentemente, não.

A razão para as irmãs terem mudado de ideia ficou clara alguns momentos depois, quando Gunning anunciou a chegada deles.

Não sei como o primo Charles *era*, mas agora... bem, digamos apenas que qualquer jovem iria achá-lo interessante. Seu cabelo era espesso e ondulado e mesmo do outro lado da sala dava para ver que seus cílios eram incrivelmente longos. Sua boca era do tipo que sempre parece estar prestes a sorrir, o que, na minha opinião, é o melhor tipo de boca para se ter.

Não estou dizendo que senti algo além de um educado interesse, mas as irmãs Broughams estavam na maior disputa para ver quem lhe daria o braço.

– Dulcie – disse minha mãe, aproximando-se com um sorriso acolhedor. – E Antonia. E Sarah. – Ela respirou. – E Cordelia também. Que surpresa agradável ver todas vocês.

Uma prova da habilidade da minha mãe como anfitriã era que ela de fato parecia contente.

– Não podíamos deixar nosso querido primo Charles vir sozinho – explicou Dulcie.

– Ele não sabe o caminho – acrescentou Antonia.

Não poderia ter sido um trajeto mais simples – bastava entrar na vila, virar à direita na igreja e então era apenas mais um quilômetro e meio até a nossa casa.

Mas eu não disse isso. Apenas olhei para o primo Charles com compaixão. Não devia ter sido uma viagem muito divertida.

– Charles, querido – dizia Dulcie –, estas são Lady Crane e a Srta. Amanda Crane.

Fiz uma reverência, me perguntando se teria de subir naquela carruagem com todos os cinco. Esperava que não. Se estava quente ali, estaria insuportável dentro da carruagem.

– Lady Crane, Amanda – continuou Dulcie –, meu querido primo Charles, Sr. Farraday.

Inclinei a cabeça para o lado ao ouvir isso. Minha mãe estava certa, o sobrenome dele não era Brougham. Ah, céus, isso queria dizer que ele era parente da *Sra.* Brougham? Eu achava o Sr. Brougham o mais sensato dos dois.

O Sr. Farraday curvou-se educadamente e, por um breve instante, os olhos dele encontraram os meus.

Eu deveria dizer nesse momento que não sou romântica. Ou pelo menos não acho que seja. Se fosse, teria ido a Londres para a temporada. E passaria os dias lendo poesia e as noites dançando, flertando e me divertindo.

Com certeza não acredito em amor à primeira vista. Até mesmo meus pais, que se amam mais do que qualquer casal que eu conheça, me dizem que não se apaixonaram imediatamente.

Mas quando meus olhos encontraram os dos Sr. Farraday...

Como eu disse, não foi amor à primeira vista, já que não acredito nessas coisas. Não foi nada à primeira vista, na verdade, mas havia algo... uma identificação... um senso de humor. Não sei ao certo como descrever.

Imagino que, se pressionada, eu diria que era uma sensação de familiaridade. Como se, de alguma forma, eu já o conhecesse. O que, naturalmente, era ridículo.

Mas não tão ridículo quanto suas primas, que trinavam, afetadas e alvoroçadas. Claramente tinham chegado à conclusão de que o primo Charles não era mais um selvagem e que, se alguém ia se casar com ele, seria uma delas.

– Sr. Farraday – falei, e podia sentir os cantos da minha boca se franzindo na tentativa de conter um sorriso.

– Srta. Crane – disse ele, com a mesma expressão, curvando-se e beijando minha mão, para grande consternação de Dulcie, que estava bem ao meu lado.

Mais uma vez, *devo* salientar que não sou romântica. Mas senti uma agitação por dentro quando seus lábios tocaram minha pele.

– Receio que eu esteja vestida para cavalgar – continuei, apontando para a minha roupa.

– Está mesmo.

Olhei com tristeza para suas primas, que com certeza não estavam vestidas para nenhum tipo de atividade atlética.

– Está um dia tão bonito... – murmurei.

– Meninas – disse minha mãe, olhando diretamente para as irmãs Broughams –, por que não se juntam a mim, enquanto Amanda e seu primo saem para cavalgar? Prometi à sua mãe que ela mostraria a área a ele.

Antonia abriu a boca para protestar, mas não era páreo para Eloise Crane e de fato não chegou a fazer sequer um som antes de minha mãe acrescentar:

– Oliver vai descer daqui a pouco.

Isso resolveu a questão. Todas as quatro se sentaram arrumadinhas em ordem decrescente no sofá, com sorrisos identicamente plácidos no rosto.

Quase senti pena de Oliver.

– Não trouxe minha montaria – disse Farraday, pesarosamente.

– Isso não é problema – respondi. – Temos excelentes cavalos. Estou certa de que podemos encontrar algum adequado.

E lá fomos nós, saindo da sala de visitas, da casa, depois dobrando a esquina para o gramado dos fundos, e então...

O Sr. Farraday se apoiou na parede, rindo.

– Ah, muito obrigado! – disse ele, empolgado. – Obrigado! Obrigado!

Eu não tinha certeza se deveria fingir ignorância. Não podia mostrar que o compreendia sem insultar suas primas, o que eu não queria fazer. Como já disse, não desgosto das irmãs Broughams, ainda que as tivesse achado um pouco ridículas naquela tarde.

– Diga-me que você sabe cavalgar – disse ele.

– É claro que sei.

Ele apontou para a casa.

– Nenhuma delas sabe.

– Isso não é verdade – respondi, perplexa.

Eu estava certa de que já as vira sobre um cavalo em algum momento.

– Elas sabem se sentar em uma sela – disse ele, os olhos brilhando com o que só podia ser um desafio –, mas não sabem cavalgar.

– Entendi – murmurei. Pensei em minhas opções e disse: – Eu sei.

Ele olhou para mim, um dos cantos da boca puxado para cima. Seus olhos tinham um bonito tom de verde, com pequenos pontos marrons. E, novamente, tive uma estranha sensação de afinidade.

Espero não estar sendo presunçosa quando digo que existem algumas coisas que sei fazer muito bem. Sei atirar com uma pistola (embora não com um rifle, e não tão bem quanto minha mãe, que é assustadoramente boa). Sei fazer contas duas vezes mais rápido do que Oliver, desde que tenha caneta e papel. Sei pescar, nadar e, principalmente, cavalgar.

– Venha comigo – falei, apontando para os estábulos.

Ele seguiu ao meu lado.

– Diga-me, Srta Crane – falou, com um tom de divertimento na voz –, com o que a subornaram para que estivesse presente esta tarde?

– O senhor acha que a sua companhia não é recompensa suficiente?

– A senhorita não me conhece – observou ele.

– Tem razão. – Dobramos no caminho para os estábulos, e fiquei feliz por sentir que a brisa estava aumentando. – Na verdade, fui superada estrategicamente pela minha mãe.

– A senhorita admite ter sido superada estrategicamente – murmurou ele. – Interessante.

– O senhor não conhece a minha mãe.

– Não – assegurou-me ele. – Estou impressionado. A maioria das pessoas não confessaria isso.

– Como eu disse, o senhor não conhece a minha mãe. – Virei para ele e sorri. – Ela tem sete irmãos. Superá-la quando se trata de qualquer questão sorrateira não é nada menos que um triunfo.

Chegamos aos estábulos, mas fiz uma pausa antes de entrar.

– E quanto ao senhor, Sr. Farraday? – perguntei. – Com o que o subornaram para que viesse até aqui esta tarde?

– Também fui ludibriado – explicou ele. – Disseram-me que eu escaparia das minhas primas.

Dei uma risada ao ouvir isso. Inapropriada, sim, mas inevitável.

– Elas me atacaram quando eu estava saindo – continuou amargamente.

– Elas são bastante impetuosas – comentei, mantendo o rosto impassível.

– Eu estava em desvantagem.

– Pensei que elas não gostassem do senhor.

– Eu também. – Ele colocou as mãos nos quadris. – Foi a única razão pela qual consenti a visita.

– O que exatamente fez a elas quando eram crianças? – perguntei.

– Seria melhor perguntar... o que elas fizeram comigo.

Eu sabia bem que não devia dizer que ele levava vantagem em razão do gênero. Quatro meninas poderiam facilmente derrotar um garoto. Eu tinha enfrentado Oliver inúmeras vezes quando criança e, embora ele nunca fosse admitir isso, o superava na maioria das vezes.

– Sapos? – perguntei, pensando em minhas próprias brincadeiras de infância.

– Isso – admitiu ele timidamente.

– Peixe morto?

Ele não disse nada, mas sua expressão era claramente de culpa.

– Qual delas? – perguntei, tentando imaginar o horror de Dulcie.

– Todas.

Prendi a respiração.

– Ao mesmo tempo?

Ele assentiu.

Eu estava impressionada. Suponho que a maioria das mulheres não ia considerar essas coisas atraentes, mas eu sempre tive um senso de humor incomum.

– Já fez um fantasma de farinha? – perguntei.

Ele ergueu as sobrancelhas e se inclinou para a frente, interessado.

– Conte-me mais.

E então falei sobre a minha mãe e sobre como Oliver e eu tínhamos tentado assustá-la para que ela fosse embora antes de se casar com o meu pai. Tínhamos sido um completo terror. Mesmo. Não apenas crianças travessas, mas sim pestes que assolavam a humanidade. É de espantar que meu pai não tenha nos mandado para um reformatório. A mais memorável das nossas façanhas foi quando colocamos um balde de farinha no alto da porta para que o pó caísse em cima dela quando saísse para o corredor.

Só que tínhamos enchido muito o balde, então não apenas a sujamos, mas a cobrimos de farinha; na verdade foi praticamente um soterramento.

Também não contávamos que o balde batesse na cabeça dela.

Quando disse que minha mãe atual entrou em nossas vidas para nos salvar, eu quis dizer literalmente. Oliver e eu estávamos desesperados por atenção, e nosso pai, por mais adorável que seja agora, não tinha ideia de como lidar conosco.

Contei tudo isso ao Sr. Farraday. Foi a coisa mais estranha. Não sei por que falei por tanto tempo e disse tanta coisa. Pensei que pudesse ser porque ele era um ótimo ouvinte, mas ele me disse mais tarde que não é, que na verdade é um péssimo ouvinte e em geral interrompe as pessoas a toda hora.

Mas não fez isso comigo. Ele ouviu, e eu falei, e então eu ouvi e ele falou, e me contou de seu irmão Ian, com sua aparência angelical e suas boas maneiras. Como todos o bajulavam, mesmo Charles sendo o mais velho. Mas mesmo assim nunca conseguira odiá-lo, porque, no fim das contas, Ian era um bom sujeito.

– Ainda quer cavalgar? – perguntei, quando notei que o sol já tinha começado a baixar no céu. Não fazia ideia de quanto tempo tínhamos passado ali de pé, falando e ouvindo, ouvindo e falando.

Para minha grande surpresa, Charles disse que não e sugeriu que fôssemos caminhar em vez disso.

E nós caminhamos.

Ainda estava quente mais tarde naquela noite, então, depois do jantar, saí para dar uma volta. O sol tinha baixado no horizonte, mas ainda não estava completamente escuro. Sentei-me nos degraus do pátio dos fundos, virada para o oeste para poder ver as últimas luzes do dia passarem de lavanda a roxo e, por fim, a preto.

Adoro esse momento do anoitecer.

Fiquei lá sentada por algum tempo, tempo suficiente para as estrelas começarem a aparecer, tempo suficiente para eu ter de abraçar meu corpo para afastar o frio. Não tinha levado um xale. Acho que não tinha pensado que ia ficar sentada ali fora por tanto tempo. Estava prestes a entrar quando ouvi alguém se aproximando.

Era meu pai, voltando da estufa. Ele segurava um lampião e suas mãos estavam sujas. Algo naquela cena me fez sentir criança novamente. Ele era grande e forte e, mesmo antes de se casar com Eloise, na época em que não parecia saber o que dizer aos próprios filhos, sempre fez com que eu me sentisse segura. Ele era o meu pai e ia me proteger. E não precisava dizer isso, eu simplesmente sabia.

– Já é tarde e você ainda está aqui fora – disse ele, sentando-se ao meu lado.

Colocou o lampião no chão e passou as mãos na calça que usava para trabalhar, limpando a sujeira.

– Só estou pensando – respondi.

Ele assentiu, em seguida apoiou os cotovelos nas coxas e olhou para o céu.

– Alguma estrela cadente hoje?

Balancei a cabeça, mesmo que ele não estivesse de frente para mim.

– Não.

– Você precisa de uma?

Sorri para mim mesma. Ele estava me perguntando se eu tinha algum pedido a fazer. Fazíamos pedidos para as estrelas juntos o tempo todo quando eu era pequena, mas de alguma forma acabamos deixando isso de lado.

– Não – respondi.

Estava me sentindo introspectiva, pensando em Charles e me perguntando o que significava ter passado a tarde inteira com ele e agora mal poder esperar para vê-lo novamente no dia seguinte. Mas não sentia como se precisasse que meus desejos fossem atendidos. Pelo menos não ainda.

– Eu sempre tenho pedidos – comentou meu pai.

– Tem?

Virei-me para ele, inclinando a cabeça de lado enquanto observava seu perfil. Sei que ele era terrivelmente infeliz antes de conhecer minha mãe atual, mas tudo isso tinha ficado muito para trás. Se algum homem tivera uma vida feliz e realizada, era ele.

– E o que costuma pedir? – perguntei.

– Pela saúde e felicidade dos meus filhos, em primeiro lugar.

– Isso não conta – falei, sentindo que sorri.

– Ah, acha que não? – Ele olhou para mim, e havia mais do que um brilho de diversão em seus olhos. – Eu lhe asseguro, é a primeira coisa em que penso pela manhã e a última antes de me deitar para dormir.

– Sério?

– Eu tenho cinco filhos, Amanda, e todos são saudáveis e fortes. E, até onde sei, todos são felizes. Provavelmente é pura sorte vocês estarem tão bem, mas não vou arriscar desejando nenhuma outra coisa.

Pensei nisso por um instante. Nunca tinha me ocorrido pedir por algo que eu já tinha.

– É assustador ser pai? – perguntei.

– A coisa mais assustadora do mundo.

Não sei o que pensei que ele fosse dizer, mas não era isso. E então percebi – ele estava falando comigo como se eu fosse uma adulta. Não sei se já tinha feito isso antes. Ele ainda era meu pai, e eu ainda era sua filha, mas eu tinha cruzado algum limiar misterioso.

Foi emocionante e triste ao mesmo tempo.

Ficamos sentados juntos por mais alguns minutos, apontando constelações, sem dizer nada importante. E então, quando eu já ia entrar, ele disse:

– Sua mãe me contou que um cavalheiro a visitou hoje à tarde.

– E quatro primas dele – brinquei.

Ele olhou para mim com as sobrancelhas arqueadas, me repreendendo em silêncio por não tratar do assunto com seriedade.

– Sim – falei. – É verdade.

– Você gostou dele?

– Sim. – Então me senti um pouco leve, como se houvesse borboletas na minha barriga. – Gostei.

Ele ficou pensativo, então disse:

– Vou ter que arrumar uma vara muito grande.

– O quê?

– Eu dizia à sua mãe que, quando você tivesse idade suficiente para ser cortejada, eu teria de pôr os cavalheiros para correr daqui.

Havia algo quase doce nisso.

– Mesmo?

– Bem, não quando você era muito pequena. Você era um pesadelo tão grande que eu duvidava que alguém um dia fosse querer se casar com você.

– Pai!

Ele riu.

– Não diga que não sabe que é verdade.

Eu não tinha como contradizê-lo.

– Mas quando ficou um pouco mais velha e comecei a ver os primeiros sinais da mulher que se tornaria... – Ele suspirou. – Santo Deus, se existe um momento em que ser pai é aterrorizante...

– E agora?

Ele pensou por um instante.

– Imagino que agora eu só possa esperar ter criado você bem o suficiente para que saiba tomar decisões sensatas. – Ele fez uma pausa. – E, é claro, se alguém pensar em maltratar você, ainda terei aquela vara.

Eu sorri, então deslizei um pouco para o lado, para apoiar minha cabeça em seu ombro.

– Eu amo você, pai.

– Eu também amo você, Amanda. – Ele se virou e me deu um beijo no alto da cabeça. – Também amo você.

Eu me casei com Charles, a propósito, e meu pai nunca teve de brandir uma vara. O casamento aconteceu seis meses mais tarde, depois de um namoro apropriado e de um noivado ligeiramente impróprio. Mas certamente não vou escrever sobre nenhuma das coisas que tornaram o noivado impróprio.

Minha mãe insistiu em ter a conversa que toda mãe tem com a filha antes do casamento, mas isso foi na noite anterior à cerimônia, ocasião em que a informação não era mais exatamente oportuna, mas não deixei transparecer. No entanto, tive a impressão de que ela e meu pai também anteciparam seus votos matrimoniais. Fiquei perplexa. Perplexa. Isso não parecia coisa deles. Agora que experimentei os aspectos físicos do amor, só de pensar em meus pais...

É de mais para suportar.

A casa da família de Charles é em Dorset, bem perto do mar, mas, como o pai dele está vivo e bem de saúde, temos uma casa em Somerset, a meio caminho entre a família dele e a minha. Charles detesta a cidade tanto quanto eu. Ele está pensando em começar um programa de criação de cavalos, e é a coisa mais estranha, mas, aparentemente, a criação de plantas e a criação de animais não são de todo diferentes. Ele e meu pai se tornaram grandes amigos, o que é ótimo, só que agora meu pai aparece para nos visitar toda hora.

Nossa nova casa não é grande e os quartos são bem próximos um do outro. Charles criou um novo jogo que chama de "Vamos ver quão silenciosa Amanda consegue ser".

Então ele começa a fazer todo tipo de travessuras comigo – tudo isso enquanto meu pai dorme do outro lado do corredor!

Ele é uma peste, mas eu o adoro. Não posso evitar. Principalmente quando ele...

Ah, espere, eu não ia escrever sobre nenhuma dessas coisas, não é mesmo?

Apenas saiba que estou com um largo sorriso no rosto ao me lembrar disso.

E que isso *não* foi descrito na conversa que tive com a minha mãe antes do casamento.

Creio que deva admitir que ontem à noite perdi o jogo. Não fui nem um pouco silenciosa.

Meu pai não disse uma palavra. Mas partiu inesperadamente naquela tarde, alegando algum tipo de emergência botânica.

Não sei se plantas *têm* emergências, mas, assim que ele saiu, Charles insistiu em inspecionar nossas rosas para ver se encontrava alguma que tivesse o problema que meu pai dissera haver com as suas.

Só que, por algum motivo, ele queria inspecionar as rosas que já tinham sido cortadas e estavam em um vaso no nosso quarto.

– Vamos jogar um novo jogo – sussurrou em meu ouvido. – Ver quão barulhenta Amanda consegue ser.

– Como faço para ganhar? – perguntei. – E qual é o prêmio?

Posso ser bastante competitiva, e ele também, mas acho que se pode dizer que ambos ganhamos dessa vez.

E o prêmio foi realmente maravilhoso.

O CONDE ENFEITIÇADO

Confesso que, quando escrevi as últimas palavras de *O conde enfeitiçado*, nem sequer me ocorreu pensar se Francesca e Michael teriam filhos. A história de amor deles era tão comovente e tão completa que achei que tinha chegado à última página, por assim dizer. Mas, alguns dias depois da publicação do livro, comecei a receber os comentários dos leitores, e todos queriam saber a mesma coisa: Francesca teve o bebê que tanto queria? Quando me sentei para escrever o segundo epílogo, sabia que essa era a pergunta que devia responder...

O CONDE ENFEITIÇADO:

O segundo epílogo

Ela estava contando novamente.

Contando, sempre contando.

Sete dias desde a última menstruação.

Seis até o próximo período fértil.

De 24 a 31 até sangrar de novo, se não engravidasse.

O que provavelmente não aconteceria.

Fazia três anos que se casara com Michael. Três anos. Sofrera durante suas regras 33 vezes. Ela as contara, é claro; fizera pequenas marcas deprimentes em uma folha de papel que guardava escondida em sua mesa, nos fundos da gaveta do meio, onde Michael não veria.

Isso o faria sofrer. Não porque quisesse um filho, o que ele queria, mas sim porque *ela* queria um tão desesperadamente.

E ele desejava ser pai por ela. Talvez até mais do que por si mesmo.

Ela tentava esconder sua tristeza. Tentava sorrir à mesa do café e fingir que não se *importava* de ter um pedaço de pano entre as pernas, mas Michael sempre via em seus olhos e parecia abraçá-la mais forte ao longo do dia, beijar sua testa com mais frequência.

Ela tentou se convencer de que deveria pensar em tudo de bom que havia em sua vida. E foi o que fez. Ah, e como fez. Todos os dias. Ela era Francesca Bridgerton Stirling, condessa de Kilmartin, abençoada com duas famílias amorosas- aquela na qual nascera e a que passara a ser sua - duas vezes - por meio do casamento.

Tinha um marido com que a maioria das mulheres apenas sonhava. Bonito, engraçado, inteligente e perdidamente apaixonado por ela, assim como ela por ele. Michael a fazia rir. Tornava seus dias alegres e fazia de suas noites uma aventura. Ela adorava conversar com ele, caminhar com ele, ou apenas ficar sentada na mesma sala que ele e trocar olhares enquanto os dois fingiam ler um livro.

Ela era feliz. De verdade. E se nunca tivesse um bebê, pelo menos tinha esse homem – esse homem incrível, maravilhoso e milagroso que a compreendia de um jeito que a deixava sem fôlego.

Ele a conhecia. Conhecia cada pedacinho dela e ainda assim nunca deixava de surpreendê-la e desafiá-la.

Ela o amava. Com todo o seu ser, ela o amava.

E na maior parte do tempo isso era o suficiente. Na maior parte do tempo era mais do que suficiente.

Tarde da noite, entretanto, depois que ele caía no sono e ela ainda estava acordada, enroscada nele, sentia um vazio que temia que nenhum dos dois jamais pudesse preencher. Tocava a barriga e lá estava ela, lisa como sempre, zombando dela com a sua recusa em fazer aquilo que ela queria mais do que qualquer outra coisa.

E era então que chorava.

Devia haver um nome para isso, pensava Michael parado junto à janela, observando Francesca desaparecer na colina em direção ao cemitério da família Kilmartin. Devia haver um nome para aquele tipo particular de dor, de tortura, na verdade. Tudo o que ele queria no mundo era fazê-la feliz. Ah, com certeza havia outras coisas – paz, saúde, prosperidade para seus colonos, homens sensatos no cargo de primeiro-ministro nos próximos cem anos. Mas, no fim das contas, o que ele queria era a felicidade de Francesca.

Ele a amava. Sempre a amara. Era, ou pelo menos deveria ter sido, a coisa mais simples do mundo. Ele a amava. Ponto. E teria movido céus e terras se estivesse apenas em seu poder fazê-la feliz.

No entanto, aquilo que ela queria mais do que tudo, a única coisa que desejava tão desesperadamente – enquanto lutava tão bravamente para esconder sua dor de não alcançá-la –, ele não parecia conseguir lhe dar.

Um filho.

E o engraçado era que começava a sentir a mesma dor.

A princípio, sentia apenas por ela. Ela queria um filho e, portanto, ele queria um também. Francesca queria ser mãe e, portanto, ele queria que ela fosse. Queria vê-la segurando um filho, não porque seria seu, mas porque seria dela.

Queria que ela tivesse o que desejava. E, de maneira egoísta, queria ser o homem que lhe daria isso.

Recentemente, no entanto, aquilo passara a lhe doer também. Visitavam um dos muitos irmãos ou irmãs dela e eram imediatamente cercados pela próxima geração. Eles puxavam sua perna e gritavam "Tio Michael!", gargalhando quando ele os jogava para o alto, sempre implorando por mais um minuto, mais um rodopio, mais uma bala secreta de menta.

Os Bridgertons eram incrivelmente férteis. Todos pareciam produzir a quantidade de filhos que desejavam. E então, talvez, mais um, só por via das dúvidas.

Menos Francesca.

Quinhentos e oitenta e quatro dias mais tarde, Francesca desceu da carruagem e respirou o ar fresco e puro da região de Kent. A primavera já tinha começado havia algum tempo, e o sol esquentava seu rosto, mas, quando o vento soprava, ainda era possível sentir o que restava do inverno. Francesca, porém, não se importava. Sempre gostara do formigamento de um vento frio em sua pele. Isso enlouquecia Michael – ele sempre reclamava que não se readaptara à vida em um clima frio depois de tantos anos na Índia.

Ela sentia muito por ele não ter podido acompanhá-la na longa viagem da Escócia para o batizado de Isabella, filha de Hyacinth. Ele estaria lá, é claro – Michael e ela nunca tinham perdido o batismo de nenhum dos sobrinhos –, mas negócios em Edimburgo tinham atrasado sua chegada. Francesca poderia ter adiado a viagem também, mas havia muitos meses que não via sua família e sentia saudade deles.

Foi divertido. Quando era mais nova, sempre ansiara por ir embora, por ter sua própria casa, sua própria identidade. Mas agora que via os sobrinhos crescerem, visitava a todos com mais frequência. Não queria perder os acontecimentos importantes. Estava visitando Colin quando sua filha Agatha dera os primeiros passos. Tinha sido de tirar o fôlego. E, embora tivesse chorado silenciosamente em sua cama naquela noite, as lágrimas em seus olhos quando vira Aggie se lançar para a frente e rir tinham sido de pura alegria.

Se não ia ser mãe, então, por Deus, pelo menos teria aqueles momentos. Não podia suportar pensar na vida sem eles.

Francesca sorriu ao entregar sua capa a um criado e caminhou pelos corredores familiares de Aubrey Hall. Tinha passado a maior parte da infância ali, e na Casa Bridgerton, em Londres. Anthony e sua mulher tinham feito algumas mudanças, mas continuava quase tudo como sempre fora. As paredes ainda eram pintadas do mesmo branco cremoso, com um tom suave de pêssego. E o Fragonard que o pai comprara para a mãe em seu trigésimo aniversário ainda ficava pendurado sobre a mesa junto à porta do salão rosa.

– Francesca!

Ela se virou. Era a mãe, levantando-se de onde estava sentada no salão.

– Há quanto tempo você está aí em pé? – perguntou Violet, indo cumprimentá-la.

Francesca abraçou a mãe.

– Não muito. Eu estava admirando a pintura.

Violet parou ao lado dela e, juntas, observaram o Fragonard.

– É maravilhosa, não é? – murmurou ela, um sorriso suave e melancólico no rosto.

– Eu adoro – disse Francesca. – Sempre adorei. Esse quadro me faz pensar no meu pai.

Violet se virou para ela, surpresa.

– Faz?

Francesca podia entender sua reação. A pintura era de uma jovem mulher segurando um buquê de flores com um bilhete preso a ele. Não era um tema muito masculino. Mas ela olhava por sobre o ombro e sua expressão parecia um pouco travessa, como se, caso fosse devidamente provocada, pudesse rir. Francesca não conseguia se lembrar muito do relacionamento dos pais; tinha apenas 6 anos quando ele morrera. Mas se lembrava da gargalhada. O som da risada forte e deliciosa do pai... vivia dentro dela.

– Acho que o seu casamento deve ter sido assim – disse Francesca, apontando para a pintura.

Violet deu meio passo para trás e inclinou a cabeça para o lado.

– Acho que você está certa – disse ela, parecendo encantada ao perceber isso. – Nunca pensei nela dessa forma.

– Devia levar a pintura de volta com a senhora para Londres – sugeriu Francesca. – É sua, não é?

Violet corou, e por um breve instante Francesca viu a jovem que ela devia ter sido brilhando em seus olhos.

– Sim – disse a mãe –, mas ela pertence a este lugar. Foi aqui que ele me deu essa pintura. E aqui – ela apontou para o seu lugar de honra na parede – foi onde a penduramos juntos.

– A senhora foi muito feliz – falou Francesca.

Não era uma pergunta, apenas uma observação.

– Assim como você é.

Francesca assentiu.

Violet estendeu o braço e pegou a mão dela, acariciando-a delicadamente enquanto continuavam a estudar a pintura. Francesca sabia no que a mãe estava pensando – em sua infertilidade e no fato de parecerem ter um acordo velado de nunca falar sobre isso. E, aliás, por que deveriam? O que Violet poderia dizer para melhorar as coisas?

Francesca não podia dizer nada, porque isso só faria a mãe se sentir ainda pior, e assim, em vez de falar, elas ficaram ali como sempre faziam, pensando na mesma coisa mas sem nunca dizer nada, perguntando-se qual das duas sofria mais.

Francesca achava que devia ser ela – afinal o ventre infértil era seu. Mas talvez a dor da mãe fosse mais aguda. Violet era sua *mãe* e sofria pelos sonhos perdidos da filha. Isso não devia ser doloroso? E a ironia era que Francesca nunca saberia. Nunca saberia qual era a sensação de sofrer por um filho, porque nunca saberia o que era ser mãe.

Tinha quase 33 anos. Nunca soubera de nenhuma mulher casada que tivesse chegado a essa idade sem conceber um bebê. Parecia que ou os filhos vinham logo ou simplesmente não vinham.

– Hyacinth chegou? – perguntou Francesca, ainda olhando para a pintura, ainda observando o brilho nos olhos da mulher.

– Ainda não. Mas Eloise vai chegar ainda esta tarde. Ela...

Francesca notou a voz da mãe falhar antes que se interrompesse.

– Ela está grávida? – perguntou.

Houve um momento de silêncio e em seguida:

– Sim.

– Isso é maravilhoso.

E ela estava sendo sincera. Estava mesmo, com todo o seu ser. Só não sabia como fazer as palavras soarem dessa maneira.

Não queria olhar para o rosto da mãe. Porque então iria chorar.

Francesca limpou a garganta, inclinando a cabeça de lado como se houvesse um pedacinho do Fragonard que ainda não tivesse examinado.

– Mais alguém? – perguntou ela.

Sentiu a mãe ficar ligeiramente tensa ao seu lado e se perguntou se Violet estava ponderando se valia a pena fingir que não sabia exatamente do que ela estava falando.

– Lucy – disse a mãe em voz baixa.

Francesca finalmente se virou e olhou para Violet, soltando a mão que a mãe segurava.

– De novo? – perguntou ela.

Lucy e Gregory estavam casados havia menos de dois anos, mas aquele já seria seu segundo filho.

Violet assentiu.

– Sinto muito.

– Não diga isso – retrucou Francesca, horrorizada ao notar sua voz embargada. – Não diga que sente muito. Não é nada para se lamentar.

– Não – falou a mãe rapidamente. – Não foi isso que eu quis dizer.

– A senhora devia estar muito feliz por eles.

– E estou!

– Mais feliz por eles do que triste por mim – desabafou Francesca.

– Francesca...

Violet tentou tocá-la, mas Francesca se afastou.

– Prometa-me – disse ela. – A senhora tem que me prometer que sempre será mais feliz do que triste.

Violet olhou para ela, impotente, e Francesca percebeu que a mãe não sabia o que dizer. Por toda a sua vida, Violet Bridgerton sempre fora a mais sensível e maravilhosa das mães. Sempre parecia saber do que seus filhos precisavam, exatamente quando precisavam – fosse uma palavra gentil, uma leve cutucada ou até mesmo uma tremenda bronca.

Mas ali, naquele momento, parecia perdida. E fora Francesca quem fizera isso com ela.

– Sinto muito, mãe – desculpou-se ela, as palavras saindo de repente. – Eu sinto muito, muito mesmo.

– Não. – Violet se adiantou para abraçá-la, e dessa vez Francesca não se afastou. – Não, querida – disse Violet novamente, acariciando seus cabelos. – Não diga isso, por favor, não diga isso.

Violet fez *shhh* e cantalorou baixinho, e Francesca deixou que a mãe a abraçasse. E quando as lágrimas silenciosas e quentes de Francesca caíram no ombro da mãe, nenhuma das duas disse uma palavra.

Quando Michael chegou, dois dias depois, Francesca tinha se lançado aos preparativos do batismo da pequena Isabella e sua conversa com a mãe estava, se não esquecida, pelo menos não em primeiro plano em sua mente. Afinal, nada daquilo era novidade. Francesca era tão infértil quanto tinha sido todas as vezes que fora para a Inglaterra ver a família. A única diferença daquela vez era que ela realmente falara com alguém sobre isso. Um pouco.

O máximo que conseguia.

E, ainda assim, de alguma forma, um peso tinha sido tirado de seus ombros. Quando estava no corredor, os braços da mãe em volta dela, alguma coisa tinha extravasado junto com as lágrimas.

E, embora ainda lamentasse pelos bebês que nunca teria, pela primeira vez em muito tempo sentia-se absolutamente feliz.

Era estranho e maravilhoso, e ela se recusava a questionar isso.

– Tia Francesca! Tia Francesca!

Francesca sorriu ao passar o braço pelo da sobrinha. Charlotte era a filha mais nova de Anthony e completaria 8 anos em um mês.

– O que foi, boneca?

– Você viu o vestido da bebê? É tão *comprido*!

– Eu sei.

– E cheio de babados.

– Vestidos de batizado devem ser cheios de babados. Até os meninos são cobertos de renda.

– Que desperdício – disse Charlotte, dando de ombros. – Isabella *não sabe* que está vestindo algo tão bonito.

– Ah, mas nós sabemos.

Charlotte ponderou a respeito por um instante.

– Mas eu não me importo com isso, e você?

Francesca riu.

– Não, acho que não. Eu a amo independentemente do que ela esteja usando.

As duas continuaram seu passeio pelos jardins, pegando jacintos-uva para decorar a capela. Tinham quase enchido a cesta quando ouviram o som inconfundível de uma carruagem chegando.

– Quem será agora? – disse Charlotte, ficando na ponta dos pés como se isso pudesse ajudá-la a ver melhor a carruagem.

– Não tenho certeza – respondeu Francesca.

Vários parentes estavam sendo esperados naquela tarde.

– Tio Michael, talvez.

Francesca sorriu.

– Tomara que sim.

– Eu *adoro* o tio Michael – disse Charlotte com um suspiro, e Francesca quase riu, porque já vira aquele olhar da sobrinha milhares de vezes antes.

As mulheres adoravam Michael. Ao que parecia, nem as garotas de 7 anos eram imunes ao seu charme.

– Bem, ele é muito bonito – hesitou Francesca.

Charlotte deu de ombros.

– Acho que sim.

– Você acha? – respondeu Francesca, tentando conter o riso.

– Eu gosto do tio Michael porque ele me joga no ar quando papai não está olhando.

– Ele gosta de quebrar as regras.

Charlotte riu.

– Eu sei. É por isso que não conto ao papai.

Francesca nunca considerara Anthony particularmente severo, mas ele era o chefe da família havia mais de vinte anos, e ela imaginava que a experiência despertara nele um certo gosto pela ordem e pela meticulosidade.

E era preciso dizer: ele *gostava* de estar no comando.

– Vai ser o nosso segredo – disse Francesca, inclinando-se para sussurrar no ouvido da sobrinha: – E você pode nos visitar na Escócia sempre que quiser. Quebramos as regras o tempo todo lá.

Charlotte arregalou os olhos.

– Quebram mesmo?

– Às vezes tomamos café da manhã no jantar.

– Que incrível!

– E andamos na chuva.

Charlotte deu de ombros.

– Todo mundo anda na chuva.

– É, acho que sim, mas às vezes nós *dançamos*.

Charlotte deu um passo atrás.

– Posso voltar com você *agora*?

– Isso é com seus pais, boneca. – Francesca riu e pegou a mão de Charlotte. – Mas podemos dançar agora.

– Aqui?

Francesca assentiu.

– Onde todos podem ver?

Francesca olhou em volta.

– Não vejo ninguém olhando. E mesmo se houvesse alguém, quem se importa?

Charlotte franziu os lábios, e Francesca podia praticamente *ver* sua mente trabalhando.

– Eu não! – anunciou, passando o braço pelo de Francesca.

Juntas, dançaram um pouco de giga, depois dança escocesa, girando e rodopiando até ficarem sem fôlego.

– Ah, eu queria que chovesse! – Charlotte riu.

– Que graça teria isso? – disse uma nova voz.

– Tio Michael! – gritou Charlotte, atirando-se em cima dele.

– E sou imediatamente esquecida – disse Francesca com um sorriso irônico.

Michael olhou para ela carinhosamente por sobre a cabeça de Charlotte.

– Não por mim – murmurou ele.

– A tia Francesca e eu estávamos dançando – disse Charlotte.

– Eu sei. Vi vocês de dentro da casa. Gostei principalmente daquela nova.

– Que nova?

Michael fingiu parecer confuso.

– Aquela nova dança de vocês.

– Não estávamos fazendo nenhuma dança nova – respondeu Charlotte, erguendo as sobrancelhas.

– Então o que foi aquilo que envolvia se jogar na grama?

Francesca mordeu o lábio para conter o riso.

– Nós *caímos*, tio Michael.

– Não!

– Caímos sim!

– Era uma dança muito enérgica – confirmou Francesca.

– Vocês devem ser excepcionalmente graciosas, então, porque parecia *mesmo* que tinham feito de propósito.

– Não fizemos! Não fizemos! – disse Charlotte, animada. – Nós só caímos mesmo. Por acidente!

– Acho que vou acreditar em você – disse ele com um suspiro –, mas só porque sei que é muito sincera para mentir.

Ela olhou nos olhos dele com um ar derretido.

– Eu nunca mentiria para você, tio Michael – declarou ela.

Ele beijou sua bochecha e a colocou no chão.

– Sua mãe disse que está na hora do jantar.

– Mas você acabou de chegar!

– E não vou a lugar nenhum. Você precisa de sustância depois de dançar tanto.

– Não estou com fome – tentou ela.

– É uma pena, então – disse ele –, porque eu ia ensiná-la a dançar valsa esta tarde e você com certeza não poderá fazer isso de estômago vazio.

Os olhos de Charlotte se arregalaram completamente.

– Mesmo? Papai disse que não posso aprender até fazer 10 anos.

Michael abriu um daqueles meios sorrisos devastadores que ainda deixavam Francesca arrepiada.

– Não precisamos contar a ele, não é?

– Ah, tio Michael, eu *amo* você – disse ela com fervor e em seguida, depois de um abraço incrivelmente forte, saiu correndo na direção de Aubrey Hall.

– E mais uma cai – comentou Francesca, balançando a cabeça enquanto observava a sobrinha correr pelos campos.

Michael pegou a mão dela e puxou-a para si.

– O que isso quer dizer?

Francesca sorriu um pouco, suspirou um pouco e disse:

– Eu *nunca* mentiria para você.

Ele a beijou intensamente.

– Espero que não.

Ela olhou nos olhos radiantes dele e relaxou contra o calor de seu corpo.

– Parece que nenhuma mulher está imune.

– Que sorte eu tenho, então, de ter me deixado enfeitiçar por apenas uma.

– Sorte *minha*.

– Bem, sim – disse ele com afetada modéstia –, mas eu não ia apontar isso.

Ela bateu no braço dele.

Ele a beijou de volta.

– Senti sua falta.

– Também senti a sua.

– E como está o clã Bridgerton? – perguntou ele, passando o braço pelo dela.

– Ótimo – respondeu Francesca. – Estou muito contente, na verdade.

– Na verdade? – repetiu ele, parecendo achar um pouco de graça.

Francesca levou-o para longe da casa. Fazia mais de uma semana que ela não o via e ainda não queria dividi-lo.

– O que você quer dizer? – perguntou ela.

– Você disse "na verdade". Como se estivesse surpresa.

– É claro que não – disse ela. Mas então pensou. – Sempre fico muito contente quando visito minha família – acrescentou com cuidado.

– Mas...

– Mas está melhor dessa vez. – Ela deu de ombros. – Não sei por quê.

O que não era exatamente verdade. Aquele momento com a mãe... houvera mágica naquelas lágrimas.

Mas não podia contar isso ao marido. Ele só ouviria a parte do choro e nada mais e então ficaria preocupado, e ela se sentiria péssima por preocupá-lo e estava *cansada* de tudo isso.

Além disso, ele era homem. Nunca entenderia, de qualquer maneira.

– Estou feliz – anunciou ela. – Alguma coisa no ar.

– O sol *está* brilhando – observou ele.

Ela ergueu um dos ombros, animada, e recostou-se contra uma árvore.

– Os pássaros estão cantando.

– As flores estão desabrochando?

– Só algumas – admitiu ela.

Ele observou a paisagem.

– Está faltando apenas um pequeno coelho angelical pulando pelo campo para este momento ficar completo.

Ela sorriu alegremente e se inclinou em direção a ele para um beijo.

– O esplendor bucólico é uma coisa maravilhosa.

– Com certeza. – Os lábios dele encontraram os dela com uma voracidade familiar. – Senti sua falta – disse, a voz rouca de desejo.

Ela deixou escapar um pequeno gemido quando ele mordiscou sua orelha.

– Eu sei. Você já disse isso.

– Vale repetir.

Francesca quis dizer algo espirituoso sobre nunca se cansar de ouvir isso, mas naquele momento estava contra a árvore, sem fôlego, uma das pernas em torno dos quadris dele.

– Você usa roupas *de mais* – resmungou ele.

– Estamos muito perto da casa – disse ela, arfando, sentindo o desejo aumentar à medida que ele pressionava mais intimamente o corpo contra o dela.

– A que distância daqui – murmurou ele, subindo uma das mãos por baixo das saias dela – não é "muito perto"?

– Não muita.

Ele se afastou e olhou para ela.

– Sério?

– Sério.

Os lábios dela se curvaram e Francesca se sentiu diabólica. Sentiu-se poderosa. Pronta para assumir o comando. Dele. Da vida dela. De tudo.

– Venha comigo – disse impulsivamente, então agarrou a mão dele e correu.

Michael sentira falta da mulher. À noite, quando ela não estava ao lado dele, a cama parecia fria e o ar, vazio. Mesmo quando ele estava cansado e seu corpo não estava ávido por ela, desejava sua presença, seu cheiro, seu calor.

Sentia falta do som da respiração dela. Sentia falta de como o colchão se movia de forma diferente quando havia um segundo corpo ocupando-o.

Sabia, mesmo que ela fosse mais reticente do que ele e muito menos propensa a usar essas palavras apaixonadas, que ela se sentia da mesma maneira. Mas, ainda assim, ficou agradavelmente surpreso por estar correndo pelo campo, deixando que ela assumisse o controle, sabendo que em poucos minutos estaria enterrado profundamente dentro dela.

– Aqui – disse ela, derrapando até parar na parte de baixo de uma colina.

– Aqui? – perguntou ele, incerto. Não havia a cobertura das árvores, nada para escondê-los se alguém passasse por ali.

Ela se sentou.

– Ninguém vem para cá.

– Ninguém?

– A grama é muito macia – disse ela sedutoramente, batendo a mão no chão para indicar um lugar ao seu lado.

– Não vou nem perguntar como você sabe disso – murmurou ele.

– Piqueniques – disse ela, a expressão encantadoramente indignada –, com as minhas *bonecas*.

Ele tirou o casaco e colocou-o como um cobertor sobre a grama. O chão era ligeiramente inclinado, o que deveria ser mais confortável para ela do que se fosse horizontal, ele pensou.

Olhou para Francesca. Olhou para o casaco. Ela não se mexeu.

– Você – disse ela.

– Eu?

– Deite-se – ordenou ela.

Ele obedeceu. Com entusiasmo.

E então, antes que tivesse tempo de fazer algum comentário, de provocá-la ou agradá-la com palavras, ou até mesmo de respirar, ela se sentou em cima dele, uma perna de cada lado.

– Ah, Deus do... – disse ele, arfando, mas não conseguiu terminar.

Ela o beijava agora, a boca quente, ávida e decidida. Era tudo deliciosamente familiar – ele adorava conhecer cada pedacinho dela, da curva de seus seios ao ritmo de seus beijos –, mas ainda assim, dessa vez, ela parecia um pouco...

Diferente.

Renovada.

Uma das mãos dele correu para a nuca dela. Em casa, gostava de tirar os grampos um a um, observando cada mecha se soltar de seu penteado. Mas naquele dia estava muito carente, muito sôfrego e sem paciência para...

– O que foi? – perguntou ele.

Ela havia afastado sua mão.

Os olhos dela se estreitaram languidamente.

– Eu estou no comando – sussurrou Francesca.

O corpo dele endureceu. Mais. Santo Deus, ela ia matá-lo.

– Não demore – disse ele, sem ar.

Mas não achava que Francesca estivesse ouvindo. Ela abria a calça de Michael sem pressa, deixando as mãos correrem pela barriga dele até encontrá-lo.

– Frannie...

Um dedo. Foi tudo o que ela lhe deu. Um dedo leve como uma pena ao longo de seu membro.

Ela olhou para ele.

– Isso é divertido – observou.

Ele apenas se concentrou em tentar respirar.

– Eu amo você – disse Francesca suavemente, e ele sentiu que ela se levantava.

Ergueu as saias até as coxas enquanto se posicionava e, então, com um movimento espetacularmente rápido, tomou-o dentro de seu corpo, descendo até se apoiar nele, prendendo-o completamente.

Então ele quis se mexer. Quis investir impetuosamente para cima, ou virá-la de costas e arremeter com força até estarem exaustos de prazer, mas as mãos dela estavam firmes em seus quadris e, quando ele olhou para Francesca, os olhos dela estavam fechados e era quase como se ela estivesse se concentrando.

Sua respiração era lenta e constante, mas alta também, e cada vez que expirava ela parecia pressioná-lo um pouco mais.

– Frannie – disse ele, gemendo, porque não sabia mais o que fazer.

Ele queria que ela se movesse mais rápido. Ou com mais força. Ou algo assim, mas tudo o que ela fazia era se balançar para a frente e para trás, os quadris arqueando e curvando-se em um delicioso tormento. Ele agarrou os quadris dela, pesando em movê-la para cima e para baixo, mas ela abriu os olhos e balançou a cabeça com um sorriso suave e feliz.

– Eu gosto desse jeito – disse.

Ele queria outra coisa. *Precisava* de outra coisa, mas quando Francesca olhou para ele, parecia tão feliz que ele não poderia lhe negar nada. E então, como era de esperar, ela começou a estremecer, e foi estranho, porque ele conhecia muito bem o clímax dela, mas daquela vez parecia mais suave... e ao mesmo tempo mais forte.

O corpo dela se balançou, e então Francesca deixou escapar um pequeno grito e desabou em cima dele.

E então, para sua completa e absoluta surpresa, ele gozou. Não achava que estivesse pronto. Não achava que estivesse nem remotamente perto do clímax, não que tivesse levado muito tempo se ele pudesse se mover embaixo dela. Mas então, sem aviso, ele simplesmente explodiu.

Ficaram ali deitados durante algum tempo, o sol descendo suavemente sobre eles. Ela enterrou o rosto no pescoço dele e ele a abraçou, perguntando-se como era possível existirem momentos como aquele.

Porque era perfeito. E ele teria ficado ali para sempre, se pudesse. E, mesmo não tendo lhe perguntado, sabia que ela sentia o mesmo.

Tinham planejado voltar para casa dois dias depois do batismo, Francesca pensou enquanto observava um de seus sobrinhos derrubar o outro no chão, mas três semanas haviam se passado e eles ainda não tinham começado a fazer as malas.

– Nenhum osso quebrado, espero.

Francesca sorriu para a irmã Eloise, que também decidira ficar em Aubrey Hall para uma visita prolongada.

– Não – respondeu ela, estremecendo um pouco quando o futuro duque de Hastings, também conhecido como Davey, de 11 anos, soltou um grito de guerra ao pular de uma árvore. – Mas não por falta de tentativa.

Eloise se sentou ao lado dela e virou o rosto para o sol.

– Vou colocar o meu chapéu em um minuto, juro – disse ela.

– Não consigo entender as regras do jogo – comentou Francesca.

Eloise não se deu o trabalho de abrir os olhos.

– Isso é porque não existe nenhuma.

Francesca observou o caos de uma nova perspectiva. Oliver, o enteado de 12 anos de Eloise, tinha agarrado uma bola – em que momento aquela bola havia aparecido? – e corria pelo gramado. Ele parecia ter alcançado sua meta – não que Francesca algum dia fosse ter certeza se era o imenso toco de carvalho que estava lá desde que ela era criança ou Miles, o segundo filho de Anthony, que estava sentado de pernas e braços cruzados desde que Francesca chegara ali fora, dez minutos antes.

Mas, qualquer que fosse o caso, Oliver devia ter feito um ponto, porque atirou a bola no chão e pulou com um grito triunfante. Miles devia ser do seu time – essa foi a primeira indicação que Francesca teve de que havia equipes –, porque ficou de pé em um pulo e também comemorou.

Eloise abriu um dos olhos.

– Meu filho não matou ninguém, não é?

– Não.

– Ninguém o matou?

Francesca sorriu.

– Não.

– Ótimo.

Eloise bocejou e se reacomodou em sua espreguiçadeira.

Francesca pensou nas palavras dela.

– Eloise?

– Hum?

– Você já... – Ela franziu a testa. Não havia uma maneira certa de perguntar isso. – Você ama o Oliver e a Amanda...

– Menos? – completou Eloise.

– Sim.

Eloise se endireitou e abriu os olhos.

– Não.

– Sério?

Não que Francesca não acreditasse nela. Ela amava os sobrinhos com todo o seu ser e daria a vida por qualquer um deles – Oliver e Amanda incluídos – sem hesitar nem por um instante. Mas nunca dera à luz. Nunca carregara um filho no ventre – não por muito tempo, pelo menos –, e não sabia se, de alguma forma, isso tornava as coisas diferentes. Se as tornava mais importantes.

Se tivesse um bebê, um filho de sangue dela e de Michael, será que perceberia de repente que esse amor que agora sentia por Charlotte, Oliver, Miles e todos os outros... Será que de repente esse amor pareceria pequeno perto do que sentiria pelo próprio filho?

Faria diferença?

Ela queria que fizesse diferença?

– Achei que isso aconteceria – admitiu Eloise. – É claro que eu já amava o Oliver e a Amanda muito antes de ter Penelope. Como poderia não amar? Eles são parte de Phillip. E – continuou ela, o rosto pensativo, como se nunca tivesse se aprofundado com relação a isso antes – eles são... eles mesmos. E eu sou a mãe deles.

Francesca sorriu melancolicamente.

– Mas, mesmo assim – continuou Eloise –, antes de eu ter Penelope, e mesmo enquanto a esperava, achei que seria diferente. – Ela fez uma pausa. – *É* diferente. – Fez outra pausa. – Mas não é menos. Não é uma questão de níveis ou quantidade, ou até mesmo... na verdade... da natureza do sentimento. – Eloise deu de ombros. – Não sei explicar.

Francesca olhou outra vez para o jogo, que havia sido retomado com nova intensidade.

– Não – disse ela baixinho. – Acho que você explicou.

Houve um longo silêncio, e então Eloise disse:

– Você não... fala muito sobre isso.

Francesca balançou a cabeça suavemente.

– Não.

– Quer falar?

Ela pensou por um momento.

– Não sei.

Então virou-se para a irmã. Elas não tinham se dado muito bem durante a maior parte da infância, mas, de muitas maneiras, Eloise era como seu outro lado da moeda. Elas eram muito parecidas, tirando a cor dos olhos, e até faziam aniversário no mesmo dia, com a diferença de apenas um ano.

Eloise a observava com uma carinhosa curiosidade, uma solidariedade que, apenas algumas semanas antes, teria sido devastadora. Mas agora era simplesmente reconfortante. Francesca não sentia que a irmã tinha pena dela. Ela se sentia amada.

– Estou feliz – disse.

E estava. Realmente estava. Pela primeira vez, não sentia aquele vazio dolorido escondido lá no fundo. Tinha até se esquecido de contar. Não sabia quantos dias haviam se passado desde sua menstruação, e isso era tão *bom*!

– Eu odeio números – murmurou ela.

– O que disse?

Francesca conteve um sorriso.

– Nada.

O sol, que estava escondido por trás de uma fina camada de nuvens, de repente saiu com força. Eloise protegeu os olhos com a mão ao se recostar.

– Deus do céu – comentou ela. – Acho que Oliver acabou de *sentar* em cima de Miles.

Francesca riu e então, antes mesmo que percebesse o que estava fazendo, levantou-se.

– Você acha que eles me deixariam jogar?

Eloise olhou para a irmã como se ela tivesse enlouquecido, o que, pensou Francesca, dando de ombros, talvez fosse verdade. Depois olhou para os meninos, e então de volta para Francesca. Em seguida se levantou.

– Se você for, eu vou.

– Você não pode fazer isso – retrucou Francesca. – Está grávida.

– De pouco tempo – disse Eloise com ar despreocupado. – Além disso, Oliver não se atreveria a sentar em *mim*. – Ela estendeu o braço. – Vamos?

– Acho que sim.

Francesca passou o braço pelo da irmã e juntas desceram o morro correndo, gritando loucamente e adorando cada minuto.

– Ouvi dizer que você protagonizou uma cena e tanto esta tarde – disse Michael, empoleirando-se na beirada da cama.

Francesca não se mexeu. Nem mesmo uma pálpebra.

– Estou exausta – foi tudo o que ela disse.

Ele viu a bainha empoeirada do vestido dela.

– E suja também.

– Muito cansada para tomar banho.

– Anthony disse que Miles comentou que ficou muito impressionado. Aparentemente, você arremessa muito bem para uma garota.

– Teria sido ótimo – respondeu ela – se eu tivesse sido informada de que não poderia usar as mãos.

Ele riu.

– Que jogo exatamente vocês estavam jogando?

– Não tenho ideia. – Ela soltou um pequeno gemido de cansaço. – Você poderia massagear meus pés?

Ele se sentou mais para dentro da cama e levantou o vestido dela até metade da panturrilha. Os pés dela estavam imundos.

– Santo Deus! – exclamou ele. – Você estava descalça?

– Eu não conseguia jogar direito com os meus sapatos.

– Como Eloise se saiu?

– Ela, aparentemente, arremessa como um garoto.

– Pensei que vocês não podiam usar as mãos.

Ao ouvir isso, ela se levantou, indignada, e se apoiou nos cotovelos.

– Eu *sei*. Dependia do lado do campo em que se estava. Quem já ouviu falar de uma coisa dessas?

Michael pegou o pé dela, procurando se lembrar de lavar as próprias mãos mais tarde.

– Eu não tinha ideia de que você era tão competitiva – comentou.

– É de família – murmurou ela. – Não, não, ali. Sim, bem aí. Mais forte. Aaaaahhhh...

– Por que sinto que já ouvi isso antes – comentou ele –, só que em uma ocasião em que eu estava me divertindo muito mais?

– Fique quieto e continue massageando.

– Ao seu serviço, Vossa Majestade – murmurou ele, sorrindo quando ela percebeu que ficava perfeitamente satisfeita em ser chamada assim.

Depois de um minuto ou dois de silêncio, fora um gemido ou outro de Francesca, ele perguntou:

– Quanto tempo mais você quer ficar?

– Está ansioso para voltar para casa?

– Tenho alguns assuntos a tratar, mas nada que não possa esperar – respondeu ele. – Estou gostando de passar um tempo com sua família, na verdade.

Ela arqueou uma das sobrancelhas e sorriu.

– Na verdade?

– De verdade. Embora tenha sido um pouco assustador quando sua irmã me derrotou na competição de tiro.

– Ela derrota todo mundo. É sempre assim. Atire com Gregory da próxima vez. Ele não consegue acertar uma árvore.

Michael passou para o outro pé. Francesca parecia feliz e relaxada. Não só agora, mas à mesa de jantar, e na sala de visitas, e quando estava correndo atrás dos sobrinhos, e até mesmo à noite, quando eles faziam amor em sua enorme cama com dossel. Ele estava pronto para voltar para casa, para Kilmartin, que, apesar de antiga e de ter muitas correntes de ar, era indelevelmente deles. Mas ficaria feliz em continuar ali para sempre se Francesca continuasse sempre assim.

– Acho que você está certo – disse ela.

– Claro – respondeu ele –, mas sobre o que exatamente?

– Está na hora de irmos para casa.

– Eu não disse isso. Só perguntei o que você estava planejando.

– Você não precisa dizer – retrucou ela.

– Se quiser ficar...

Ela balançou a cabeça.

– Não. Eu quero ir para casa. Nossa casa. – Com um gemido, sentou-se, dobrando as pernas para baixo dela. – Tem sido maravilhoso, e eu me diverti muito, mas sinto falta de Kilmartin.

– Tem certeza?

– Sinto sua falta.

Ele ergueu as sobrancelhas.

– Eu estou bem aqui.

Ela sorriu e se inclinou para a frente.

– Sinto falta de ter você só para mim.

– Você só precisa falar, milady. A qualquer hora, em qualquer lugar. Posso raptá-la para ficar mais à vontade comigo.

Ela riu.

– Talvez agora.

Ele pensou que era uma excelente ideia, mas o cavalheirismo o obrigou a dizer:

– Pensei que você estivesse dolorida.

– Não tão dolorida... Não se você fizer todo o trabalho.

– Isso, minha querida, não é um problema.

Ele puxou a camisa pela cabeça e se deitou ao lado dela, dando-lhe um beijo longo e delicioso. Então se afastou com um suspiro satisfeito e ficou apenas admirando Francesca.

– Você está linda – sussurrou. – Mais do que nunca.

Ela sorriu – aquele sorriso indolente e caloroso que significava que sentira prazer recentemente ou sabia que em breve sentiria de novo.

Michael amava aquele sorriso.

Ele começou a abrir os botões da parte de trás do vestido dela e já estava na metade quando, de repente, um pensamento lhe veio à cabeça.

– Espere – disse ele. – Você pode?

– Eu posso o quê?

Ele parou, franzindo a testa enquanto tentava fazer as contas. Não estava na época da regra dela?

– A sua regra não veio? – perguntou.

Os lábios dela se entreabriram, e ela piscou.

– Não – disse, parecendo um pouco assustada, não pela pergunta dele, mas por sua resposta. – Não, não veio.

Ele mudou de posição, chegando um pouco para trás para poder ver melhor o rosto dela.

– Você acha que...?

– Não sei.

Ela piscava rapidamente agora, e ele podia ouvir que sua respiração se acelerara.

Acho que sim. Eu poderia...

Ele queria gritar de alegria, mas não se atrevia. Ainda não.

– Quando você acha...

–... que vou saber? Não tenho certeza. Talvez...

–... em um mês? Dois?

– Talvez dois. Talvez antes. Não sei. – A mão dela voou para a barriga. – Pode ser que não vingue.

– Pode ser que não – disse ele com cuidado.

– Mas talvez sim.

– Talvez sim.

Michael notou o riso borbulhando dentro dele, uma estranha sensação na barriga, crescendo e fazendo cócegas até explodir em seus lábios.

– Não podemos ter certeza – advertiu Francesca, mas ele podia ver que ela também estava animada.

– Não – disse ele, mas de alguma forma sabia que tinham certeza.

– Não quero me encher de esperanças.

– Não, não, é claro que não devemos.

Os olhos dela se arregalaram, e ela colocou a outra mão na barriga, ainda completa e absolutamente plana.

– Você sente alguma coisa? – sussurrou ele.

Ela balançou a cabeça.

– Seria muito cedo, de qualquer maneira.

Ele sabia disso. E sabia que sabia. Não entendia por que perguntara.

E então Francesca disse a coisa mais impressionante.

– Mas ele está aqui – sussurrou ela. – Eu sei disso.

– Frannie...

Se ela estivesse errada, se seu coração se partisse novamente... ele não achava que poderia suportar.

Mas ela balançou a cabeça.

– É verdade – disse, e não estava insistindo.

Não estava tentando convencê-lo, nem a si mesma. Ele podia ouvir isso em sua voz. De alguma forma, ela sabia.

– Você tem se sentindo mal? – perguntou ele.

Ela fez que não.

– Você... Santo Deus, você não devia ter jogado com os garotos esta tarde.

– Eloise jogou também.

– Eloise pode fazer o que bem entender. Ela não é *você*.

Francesca sorriu. Como uma madona, ele poderia jurar. E disse:

– Eu não vou quebrar.

Ele se lembrou de quando ela sofrera um aborto anos antes. Não era filho dele, mas sentira a dor dela, quente e abrasadora, como um soco em seu peito. O primo dele – o primeiro marido de Francesca – tinha morrido havia poucas semanas, e os dois sofriam com isso. Quando ela perdera o bebê de John...

Achava que nenhum dos dois poderia sobreviver a outra perda assim.

– Francesca – disse ele com urgência –, você precisa tomar cuidado. *Por favor.*

– Não vai acontecer de novo – disse ela, balançando a cabeça.

– Como você *sabe*?

Ela deu de ombros com um ar confuso.

– Não tenho certeza. Apenas sei.

Deus do céu, ele rezava para que ela não estivesse se iludindo.

– Quer contar para a sua família? – perguntou ele em voz baixa.

Ela balançou a cabeça.

– Ainda não. Não porque eu tenha medo – apressou-se em acrescentar. – Eu só quero... – Ela comprimiu os lábios no mais adorável sorriso eufórico. – Só quero que seja apenas meu por um tempinho. Nosso.

Ele levou a mão dela aos lábios.

– Quanto é um tempinho?

– Não tenho certeza. – Mas os olhos dela pareciam travessos. – Não tenho certeza ainda...

Um ano depois...

Violet Bridgerton amava todos os filhos com igual intensidade, mas também os amava de forma *diferente*. E quando se tratava de sentir falta deles, seguia o que considerava a maneira mais lógica. Seu coração ansiava mais por aquele que vira menos nos últimos tempos. E foi por isso que, enquanto esperava na sala de visitas de Aubrey Hall a carruagem com o escudo de

Kilmartin chegar, estava inquieta e ansiosa, levantando-se a cada cinco minutos para olhar pela janela.

– Francesca escreveu dizendo que eles chegariam hoje – tranquilizou-a Kate.

– Eu sei – respondeu Violet com um sorriso tímido. – É só que não a vejo já faz um ano. Sei que a Escócia fica longe, mas nunca fiquei um ano inteiro sem ver um dos meus filhos.

– Sério? – perguntou Kate. – Isso é incrível.

– Todos temos nossas prioridades – disse Violet, concluindo que não havia por que fingir que não estava impaciente. Largou o bordado e foi até a janela, esticando o pescoço quando pensou ter visto algo brilhando à luz do sol.

– Mesmo quando Colin estava viajando praticamente o tempo todo? – perguntou Kate.

– O maior período que ele passou fora foram 342 dias – respondeu Violet. – Quando estava viajando pelo Mediterrâneo.

– A senhora contou?

Violet deu de ombros.

– Não consigo evitar. Eu gosto de contar.

Ela pensou em todas as contagens que fizera enquanto seus filhos cresciam, certificando-se de que tinha tantas crianças no final de um passeio quanto no início.

Ajuda a ficar a par das coisas – emendou.

Kate sorriu ao se abaixar e balançar o berço a seus pés.

– Nunca vou reclamar da logística de cuidar de quatro.

Violet atravessou a sala para dar uma olhada em sua mais nova neta. A pequena Mary tinha sido uma surpresa, vindo tantos anos depois de Charlotte. Kate achava que não teria mais filhos, mas então, dez meses antes, levantara-se da cama, caminhara tranquilamente até o urinol, esvaziara o conteúdo de seu estômago e algum tempo depois anunciara para Anthony: "Acho que vamos ter outro filho."

Pelo menos foi o que disseram a Violet. Fazia questão de se manter longe do quarto de seus filhos crescidos, a não ser em casos de doença ou parto.

– Eu nunca reclamei – falou Violet baixinho. Kate não ouviu, mas Violet não falara para que ela ouvisse. Sorriu para Mary, dormindo docemente sob um cobertor roxo. – Acho que sua mãe teria ficado encantada – comentou ela, olhando para Kate.

Kate assentiu, os olhos se enchendo de lágrimas. Sua mãe – na verdade sua madrasta, mas Mary Sheffield a criara desde que era uma menina – falecera um mês antes de Kate perceber que estava grávida.

– Sei que não faz sentido – disse Kate, curvando-se para examinar o rosto da filha mais de perto –, mas eu poderia jurar que Mary se parece um pouco com ela.

Violet piscou e inclinou a cabeça para o lado.

– Acho que você tem razão.

– Algo com relação aos olhos.

– Não, é o nariz.

– A senhora acha? Na verdade, eu... Ah, olhe! – Kate apontou para a janela. – É Francesca?

Violet endireitou-se e correu para a janela.

– É sim! – exclamou ela. – Ah, e o sol está brilhando. Vou esperar lá fora.

Sem nem olhar para trás, pegou o xale em uma mesa lateral e saiu depressa para o corredor. Já fazia muito tempo que não via Frannie, mas essa não era a única razão pela qual estava tão ansiosa. Francesca tinha mudado durante sua última visita, na época do batizado de Isabella. Era difícil explicar, mas Violet sentira que algo havia mudado dentro dela.

De todos os seus filhos, Francesca sempre fora a mais quieta, a mais reservada. Ela amava a família, mas também adorava ficar afastada deles, forjando a própria identidade, construindo a própria vida. Não surpreendia que tivesse decidido não compartilhar seus sentimentos sobre a parte mais dolorosa de sua vida – sua infertilidade. Mas, na última vez, embora não tivessem falado sobre isso explicitamente, algo se passara entre elas, e Violet quase sentira como se tivesse sido capaz de absorver um pouco de seu sofrimento.

Quando Francesca fora embora, as nuvens nos olhos dela pareciam ter se dissipado. Violet não sabia se ela havia enfim aceitado seu destino, ou se tinha simplesmente aprendido a se contentar com o que tinha, mas Francesca parecera, pela primeira vez em muito tempo na memória de Violet, absolutamente feliz.

Violet disparou pelo corredor – mesmo na sua idade! – e abriu a porta da frente para esperar no caminho que levava à entrada. A carruagem de Francesca estava quase lá, começando a última curva para que uma das portas ficasse de frente para a casa.

Violet pôde ver Michael pela janela. Ele acenou. Ela sorriu.

– Ah, senti tanta falta de vocês! – exclamou, aproximando-se depressa quando ele saltou. – Têm que me prometer nunca mais demorar tanto para aparecer.

– Como se eu pudesse lhe recusar qualquer coisa – disse ele, curvando-se para beijar o rosto dela.

Então virou-se, estendendo o braço para ajudar Francesca.

Violet abraçou a filha, em seguida deu um passo atrás para olhar para ela. Frannie estava...

Iluminada.

Definitivamente radiante.

– Senti sua falta, mãe – disse ela.

Violet teria respondido, mas ficou inesperadamente engasgada. Sentiu os lábios se comprimirem, em seguida os cantos da boca se contraírem enquanto lutava para conter as lágrimas. Não sabia por que estava tão emotiva. Sim, se passara mais de um ano, mas ela não enfrentara 342 dias antes? Aquilo não era muito diferente.

– Tenho uma coisa para você – disse Francesca, e Violet podia jurar que os olhos dela brilhavam também.

Francesca se virou de volta para a carruagem e estendeu os braços. Uma criada apareceu à porta, segurando algum tipo de embrulho, que entregou à sua senhora.

Violet arfou. Santo Deus, não podia ser...

– Mãe – disse Francesca suavemente, segurando o precioso pequeno embrulho –, este é John.

As lágrimas, que vinham esperando pacientemente nos olhos de Violet, começaram a rolar.

– Frannie – sussurrou ela, pegando o bebê nos braços –, por que não me contou?

E Francesca – sua enlouquecedora e inescrutável terceira filha – disse:

– Não sei.

– Ele é lindo – disse Violet, sem se importar de terem lhe escondido sobre o bebê.

Ela não se importava com nada naquele momento, nada além do bebezinho em seus braços, olhando para ela com uma expressão incrivelmente sábia.

– Ele tem os seus olhos – disse Violet, olhando para Francesca.

Frannie assentiu e seu sorriso era quase bobo, como se não pudesse acreditar.

– Eu sei.

– E a sua boca.

– Acho que sim.

– E o seu... ah, meu Deus, acho que ele tem o seu nariz também.

– Fiquei sabendo que estive envolvido na geração dele também, mas ainda não vi nenhuma prova – disse Michael, brincando.

Francesca olhou para ele com tanto amor que quase deixou Violet sem fôlego.

– Ele tem o seu charme – disse ela.

Violet riu e então riu de novo. Havia tanta felicidade dentro dela que era impossível conter.

– Acho que está na hora de apresentarmos este rapazinho à sua família – disse ela. – Você não acha?

Francesca estendeu os braços para pegar o bebê, mas Violet se virou.

– Ainda não – disse ela.

Queria segurá-lo um pouco mais. Talvez até terça.

– Mãe, acho que ele pode estar com fome.

Violet olhou com ar travesso.

– Ele vai nos avisar.

– Mas...

– Sei uma ou duas coisas sobre bebês, Francesca Bridgerton Stirling. – Violet sorriu para John. – Por exemplo: eles adoram suas avós.

Ele fez uns barulhinhos de bebê e então – Violet tinha certeza – sorriu.

– Venha comigo, pequenino – sussurrou ela. – Tenho muito para lhe contar.

E atrás dela, Francesca se virou para Michael e disse:

– Você acha que o teremos de volta enquanto estivermos aqui?

Ele balançou a cabeça, em seguida acrescentou:

– Isso nos dará mais tempo para tratar de dar uma irmã ao rapazinho.

– Michael!

– Ouça o homem – disse Violet, sem se preocupar em se virar.

– Deus do céu – murmurou Francesca.

Mas ela ouviu.

E gostou.

E, nove meses depois, dava bom-dia a Janet Helen Stirling.

Que era *igual* ao pai.

Um beijo inesquecível

Se eu fosse destacar o final de um dos meus livros sobre o qual os leitores resmungaram muito, seria o de *Um beijo inesquecível*, quando a filha de Hyacinth encontra os diamantes que a mãe vinha procurando havia mais de uma década... e, então, guarda-os de volta. Pensei que isso seria exatamente o que uma filha de Hyacinth e Gareth faria e, na verdade, não seria uma justiça poética que Hyacinth (uma personagem que é uma figura e tanto) tivesse uma filha exatamente como ela?

Mas, por fim, concordei com os leitores: Hyacinth merecia encontrar os diamantes... um dia.

UM BEIJO INESQUECÍVEL:

O segundo epílogo

1847 e tudo parecia ter voltado ao começo. De verdade.

Humpf.

Era oficial, então.

Ela havia se tornado sua mãe.

Hyacinth St. Clair lutava contra o desejo de enterrar o rosto nas mãos ali, sentada no banco almofadado de madame Langlois, de longe a mais elegante modista de toda a Londres.

Contou até dez, em três línguas, e então, só por precaução, engoliu em seco e deu um suspiro. Porque, realmente, não adiantaria nada perder a paciência em um lugar público.

Não importava quanto quisesse desesperadamente *estrangular* a filha.

– Mamãe – disse Isabella, colocando a cabeça para fora da cortina.

Hyacinth percebeu que tinha sido uma afirmação, não uma pergunta.

– Sim? – atendeu ela, estampando no rosto uma expressão de serenidade plácida que lhe permitiria ter posado para uma daquelas pinturas da *pietà* que tinham visto na última vez em que foram a Roma.

– Não o rosa.

Hyacinth acenou com a mão. Qualquer coisa para não ter de falar.

– Nem o roxo também.

– Não me lembro de ter sugerido roxo – murmurou Hyacinth.

– O azul não está bom, nem o vermelho e, francamente, não entendo essa insistência que a sociedade parece ter com o branco, e bem, se puder expressar minha opinião...

Hyacinth sentiu-se desmoronar. Quem diria que a maternidade poderia ser tão cansativa? Já não devia ter se acostumado com isso àquela altura?

–... uma garota deveria usar a cor que combina melhor com sua pele, e não o que algum tolo supervalorizado do Almack considera ser a moda.

– Concordo plenamente – disse Hyacinth.

– Concorda?

O rosto de Isabella se iluminou, e Hyacinth ficou sem ar, porque se parecia tanto com sua mãe naquele momento que era quase assustador.

– Sim – disse Hyacinth –, mas você ainda vai levar pelo menos um branco.

– Mas...

– Nada de mas!

– Mas...

– Isabella.

Isabella murmurou algo em italiano.

– Eu ouvi isso – disse Hyacinth em um tom severo.

Isabella sorriu, a curva dos lábios tão doce que só sua mãe (certamente *não* seu pai, que admitia francamente que ela o tinha na palma da mão) reconheceria o ar tortuoso que havia por baixo.

– Mas você entendeu? – perguntou ela, piscando três vezes em rápida sucessão.

E como Hyacinth sabia que seria pega na mentira, cerrou os dentes e admitiu:

– Não.

– Foi o que achei – disse Isabella. – Mas, se estiver interessada, o que eu falei foi...

– Não...! – Hyacinth parou de falar, forçando sua voz a baixar; o pânico diante do que Isabella poderia dizer fizera sua explosão sair excessivamente alta. Ela limpou a garganta. – Não agora. Não aqui – acrescentou.

Deus do céu, sua filha não tinha senso de decoro. Isabella tinha suas opiniões e, embora Hyacinth fosse sempre a favor de uma mulher ter opiniões, era ainda mais a favor de uma mulher que sabia *quando* compartilhar tais opiniões.

Isabella saiu de sua cabine com um lindo vestido branco com debrum verde acinzentado para o qual Hyacinth sabia que ela torceria o nariz e sentou-se ao seu lado no banco.

– O que você está sussurrando? – perguntou ela.

– Eu não estava sussurrando – disse Hyacinth.

– Seus lábios estavam se movendo.

– Estavam?

– Estavam – confirmou Isabella.

– Se você quer saber, eu estava me desculpando com a sua avó.

– A vovó Violet? – perguntou Isabella, olhando em volta. – Ela está aqui?

– Não, mas achei que ela merecia um pedido de desculpas mesmo assim.

Isabella piscou e inclinou a cabeça para o lado, com ar de dúvida.

– Por quê?

– Por todas as vezes – disse Hyacinth, odiando como sua voz soava cansada. – Por todas as vezes que ela me falou: "Espero que você tenha uma filha *exatamente como você...*"

– E você teve – disse Isabella, surpreendendo-a com um suave beijo no rosto. – Não é maravilhoso?

Hyacinth olhou para a filha. Isabella tinha 19 anos. Tinha debutado no ano anterior, com grande sucesso. E era, pensou Hyacinth com objetividade, muito mais bonita do que ela fora. O cabelo era de um tom estonteante de ruivo, herança de algum ancestral havia muito esquecido de sabe-se lá que lado da família. E os cachos – ah, santo Deus, eram a desgraça da vida de Isabella, mas Hyacinth os adorava. Quando Isabella era bem pequena, seu cabelo balançava em pequenos anéis perfeitos, completamente indomáveis e sempre encantadores.

E agora... Às vezes Hyacinth olhava para ela, via a mulher que se tornara e não conseguia nem respirar, tão forte era a emoção que comprimia seu peito. Era um amor que não poderia ter imaginado, tão arrebatador e tão terno, e ainda assim, ao mesmo tempo, a filha a deixava completamente maluca.

Como naquele exato momento.

Isabella sorria inocentemente para ela. Inocentemente demais, verdade seja dita, e então olhou para a saia um pouco rodada do vestido que Hyacinth amara (e Isabella detestara) e pegou, distraída, no debrum de fita verde.

– Mamãe? – falou.

Era uma pergunta dessa vez, não uma afirmação, o que significava que Isabella queria alguma coisa e (uma vez na vida) não tinha certeza do que fazer para conseguir.

– Você acha que este ano...

– Não – disse Hyacinth.

E dessa vez de fato mandou um pedido de desculpas silencioso para a mãe. Santo Deus, fora isso o que Violet enfrentara? *Oito* vezes?

– Você nem sabe o que eu ia perguntar.

– Claro que sei. Quando vai aprender que eu *sempre* sei?

– Isso não é verdade.

– É mais verdade do que não é.

– Você pode ser bastante presunçosa, sabia?

Hyacinth deu de ombros.

– Eu sou sua mãe.

Os lábios de Isabella se estreitaram em uma linha, e Hyacinth desfrutou de quatro segundos inteiros de paz antes de ela perguntar:

– Acha que este ano nós podemos...

– Nós não vamos viajar.

A boca de Isabella se abriu de surpresa. Hyacinth lutou contra a vontade de soltar um grito triunfal.

– Como você sa...

Hyacinth acariciou a mão da filha.

– Já lhe disse, eu sempre sei. E, por mais que tenha certeza de que todos nós adoraríamos viajar, vamos continuar em Londres para a temporada, e você, minha menina, vai sorrir, dançar e procurar um marido.

Estava mesmo se tornando sua mãe.

Hyacinth suspirou. Violet Bridgerton provavelmente estava rindo disso naquele exato momento. Na verdade, vinha rindo disso havia dezenove anos.

"Igualzinha a você", gostava de dizer, sorrindo para Hyacinth enquanto bagunçava os cachos de Isabella. "Igualzinha a você."

– Igualzinha a você, mãe – murmurou Hyacinth com um sorriso, imaginando o rosto de Violet em sua mente. – E agora eu sou igualzinha a você.

Cerca de uma hora mais tarde. Gareth também tinha amadurecido e mudado, embora, como veremos em breve, não de nenhuma maneira que importasse...

Gareth St. Clair recostou-se na cadeira, fazendo uma pausa para saborear seu brandy enquanto olhava em volta de seu escritório. Havia mesmo uma incrível sensação de satisfação em um trabalho bem-feito e concluído a tempo. Não era uma sensação a que ele estava acostumado na juventude, mas era algo que passara a desfrutar quase diariamente agora.

Tinham sido necessários vários anos para restaurar a fortuna dos St. Clairs a um nível respeitável. Seu pai – ele nunca conseguira chamá-lo de nenhuma outra coisa – deixara de lado a expoliação sistemática e passara a uma vaga negligência quando descobrira a verdade sobre o nascimento de Gareth. Então Gareth imaginava que poderia ter sido bem pior.

No entanto, quando assumira o título, descobrira que havia herdado dívidas, hipotecas e casas que tinham sido esvaziadas de quase todos os objetos de valor. O dote de Hyacinth, que aumentara com investimentos prudentes após o casamento, fizera muito para remediar a situação, mas ainda assim Gareth tivera de trabalhar mais e com mais empenho do que jamais sonhara ser possível para salvar a família das dívidas.

O engraçado foi que gostou.

Quem teria pensado que justo ele teria encontrado tanta satisfação no trabalho duro? Sua mesa estava impecável, seus livros contábeis, todos bem organizados, e ele conseguia encontrar qualquer documento importante em menos de um minuto. Suas contas estavam todas em dia, suas propriedades iam de vento em popa e seus colonos prosperavam.

Ele tomou outro gole de bebida, deixando o ardor suave descer pela garganta. Céus.

A vida era perfeita. De verdade. Perfeita.

George terminava Cambridge, Isabella com certeza escolheria um marido naquele ano e Hyacinth...

Ele riu. Hyacinth ainda era Hyacinth. Ficara um pouco mais tranquila com a idade, ou talvez tivesse sido apenas a maternidade que aparara suas arestas mais brutas, mas ainda era a mesma franca, encantadora e incrivelmente maravilhosa Hyacinth.

Ela o deixava maluco na metade do tempo, mas era um tipo *bom* de loucura e, mesmo que às vezes ele suspirasse para os amigos e acenasse com a cabeça, cansado, enquanto todos se queixavam das esposas, em seu íntimo sabia que era o homem mais sortudo de Londres. Mas que diabo, da Inglaterra até. Do mundo.

Pousou a bebida, então tamborilou os dedos na caixa elegantemente embrulhada no canto da mesa. Ele a comprara naquela manhã na Madame LaFleur, a loja de roupas que sabia que Hyacinth não frequentava, para poupá-la do constrangimento de ter de lidar com vendedoras que conheciam cada peça de lingerie de seu guarda-roupa.

Seda francesa, renda belga.

Ele sorriu. Um pouquinho de nada de seda francesa, adornada com uma quantidade minúscula de renda belga.

Ficaria maravilhoso nela.

O pouco que havia.

Recostou-se na cadeira, saboreando o devaneio. Seria uma noite longa e deliciosa. Talvez até...

Ergueu as sobrancelhas ao tentar se lembrar da agenda da mulher para aquele dia. Talvez até mesmo uma tarde longa e deliciosa. Quando ela ia chegar em casa? E algum dos filhos estaria com ela?

Gareth fechou os olhos, imaginando-a em vários estágios de se despir, depois em várias poses interessantes e então em diversas atividades *fascinantes*.

Ele gemeu. Ela teria de voltar para casa *bem* rápido, porque a imaginação dele estava ativa demais para não ser satisfeita e...

– *Gareth!*

Não era o mais doce dos tons. A adorável névoa erótica flutuando sobre sua cabeça se dissipou inteiramente. Bem, quase inteiramente. Hyacinth podia não parecer nem um pouco inclinada a um pouco de atividade vespertina parada ali à porta, estreitando os olhos e cerrando a mandíbula, mas estava *lá*, e isso já era meio caminho andado.

– Feche a porta – murmurou ele, levantando-se.

– Você sabe o que a sua filha fez?

– A sua filha, você quer dizer.

– A nossa filha – grunhiu ela.

Mas fechou a porta.

– Eu quero saber?

– Gareth!

– Muito bem – disse ele, suspirando, em seguida acrescentando obedientemente: – O que ela fez?

Já tinham tido essa conversa antes, é claro. Inúmeras vezes. A resposta em geral tinha algo a ver com casamento e os pontos de vista pouco convencionais de Isabella sobre o assunto. E, é claro, a frustração de Hyacinth diante de toda a situação.

Raramente mudava.

– Bem, não foi tanto o que ela fez – disse Hyacinth. Ele escondeu o sorriso. Isso também não era inesperado. – É mais o que ela não faz.

– Obedecê-la prontamente?

– *Gareth.*

Ele diminuiu pela metade a distância entre os dois.

– Eu não sou o suficiente?

– Como assim?

Estendeu o braço, pegou a mão dela e puxou-a delicadamente para si.

– Eu sempre a obedeço prontamente – murmurou ele.

Ela reconheceu o olhar no rosto do marido.

– Agora? – E se virou até poder ver a porta fechada. – Isabella está lá em cima.

– Ela não vai ouvir.

– Mas poderia...

Os lábios dele encontraram o pescoço dela.

– Podemos trancar a porta.

– Mas ela vai saber...

Gareth começou a cuidar dos botões do vestido dela. Ele era *muito* bom com botões.

– Ela é uma garota inteligente – disse ele, dando um passo atrás para apreciar sua obra quando o tecido caiu. Ele *adorava* quando a mulher não usava uma *chemise.*

– Gareth!

Ele se curvou e tomou um seio de ponta rosada na boca antes que ela pudesse protestar.

– Ah, Gareth!

E seus joelhos enfraqueceram. Apenas o suficiente para que ele a pegasse nos braços e a levasse para o sofá. Aquele com as almofadas muito macias.

– Mais?

– Ah, Deus, sim – gemeu ela.

Ele deslizou a mão sob a saia dela para tocá-la suavemente e deixá-la sem forças.

– Que resistência protocolar... – murmurou ele. – Admita. Você sempre me quer.

– Vinte anos de casamento não é admitir o suficiente?

– Vinte e dois anos, e eu quero ouvir dos seus lábios.

Ela gemeu quando ele deslizou um dedo para dentro dela.

– Quase sempre – admitiu ela. – Eu quase sempre quero você.

Ele suspirou para causar um efeito dramático, mesmo sorrindo contra o pescoço dela.

– Vou ter de trabalhar mais, então.

Gareth olhou para Hyacinth. Ela olhava para ele com ar travesso, claramente relativo a sua tentativa de mostrar retidão e respeitabilidade.

– Muito mais – concordou ela. – E um pouco mais rápido também.

Ele riu alto.

– Gareth!

Hyacinth podia ser bem ousada entre quatro paredes, mas sempre tomava cuidado com os criados.

– Não se preocupe – disse ele com um sorriso. – Vou ficar quieto. Bem quieto. – Com um movimento ágil, ele juntou as saias de Hyacinth bem acima da cintura e deslizou até sua cabeça estar entre as pernas dela. – É você, minha querida, que vai ter de controlar o volume.

– Ah. Ah. Ah...

– Mais?

– Definitivamente mais.

Ele a lambeu então, e o gosto era de paraíso. E quando ela se contorcia, era sempre um prazer.

– Ah, meu Deus. Ah, meu... Ah, meu...

Gareth sorriu contra ela, então fez um círculo até ela soltar um grito estrangulado. Ele adorava fazer isso com ela, adorava levar sua articulada mulher àquela sensação de total abandono.

Vinte e dois anos. Quem pensaria que depois de 22 anos ele ainda iria querer aquela mulher, somente aquela mulher, e de forma tão intensa?

– Ah, Gareth – disse ela, ofegante. – Ah, Gareth... Mais, Gareth...

Ele redobrou os esforços. Ela estava quase lá. Ele a conhecia tão bem, conhecia as curvas e a forma do seu corpo, a maneira como se mexia quando estava excitada e como respirava quando o queria. Ela estava quase lá.

E então ela chegou lá, arfando e arqueando o corpo até perder as forças.

Ele riu para si mesmo quando ela bateu nele para afastá-lo. Sempre fazia isso quando terminava, dizendo que não podia suportar mais um toque, que com certeza morreria se não tivesse a chance de flutuar de volta para a normalidade.

Ele se moveu, enroscando-se no corpo dela até poder ver seu rosto.

– Isso foi bom – disse ela.

Ele arqueou uma das sobrancelhas.

– Bom?

– Muito bom.

– Bom o suficiente para merecer uma retribuição?

Os lábios dela se curvaram.

– Ah, não sei se foi assim *tão* bom.

Ele levou a mão à calça.

– Vou ter de repetir a dose então.

Os lábios dela se abriram de surpresa.

– Uma variação sobre o tema, se quiser.

Ela virou o pescoço para olhar para baixo.

– O que está fazendo?

Ele sorriu lascivamente.

– Desfrutando dos resultados do meu trabalho.

E então Hyacinth arfou quando ele deslizou para dentro dela, e Gareth arfou pelo puro prazer de tudo aquilo e pensou em como a amava.

E depois não pensou em mais nada.

O dia seguinte. Nós não pensamos realmente que Hyacinth fosse desistir, não é?

No final da tarde, Hyacinth estava de volta ao seu segundo passatempo favorito. Embora *favorito* não parecesse o adjetivo certo, nem *passatempo* o substantivo correto. *Compulsão* provavelmente se encaixava melhor na descrição, assim como *infeliz*, ou talvez *implacável. Desgraçada*?

Inevitável.

Ela suspirou. Definitivamente inevitável. Uma compulsão inevitável.

Fazia quanto tempo que morava naquela casa? Quinze anos?

Quinze anos. Quinze anos e mais alguns meses, e ainda estava procurando aquelas malditas joias.

Era de imaginar que já tivesse desistido àquela altura. Com certeza qualquer outra pessoa teria. Ela era, tinha de admitir, a pessoa mais absurdamente teimosa que conhecia.

Exceto, talvez, pela filha. Hyacinth nunca contara a Isabella sobre as joias, talvez porque soubesse que ela iria se juntar à busca com um fervor doentio comparável ao dela. Também não contara ao filho, George, porque ele contaria para Isabella. E Hyacinth nunca conseguiria casar aquela garota se ela achasse que havia uma fortuna em joias a ser encontrada dentro de casa.

Não que fosse querer as joias pelo dinheiro. Hyacinth conhecia a filha bem o suficiente para saber que, com relação a determinadas questões – provavelmente a maioria –, Isabella era exatamente como ela. E a busca de Hyacinth pelas joias nunca tinha sido pelo dinheiro que poderiam trazer. Ah, ela admitia sem problemas que o dinheiro seria útil para ela e Gareth (e poderia ter sido ainda mais útil alguns anos antes). Mas não se tratava disso. Era o princípio. A glória.

Era a necessidade desesperada de finalmente agarrar aquelas malditas pedras em suas mãos, sacudi-las diante do rosto do marido e dizer:

– Está vendo? Está vendo? Não estive louca durante todos esses anos!

Gareth já tinha desistido das joias havia muito tempo. Elas provavelmente nem existiam, dissera-lhe ele. Alguém com certeza as encontrara anos antes. Moravam na Casa Clair havia *quinze anos*, pelo amor de Deus. Se Hyacinth tivesse de encontrá-las, já teria encontrado, então por que continuava a se torturar?

Uma excelente pergunta.

Hyacinth rangia os dentes enquanto rastejava pelo chão do banheiro, algo que certamente já tinha feito pelo menos umas oitocentas vezes na vida. Sabia de tudo isso. Pela graça de Deus, como sabia, mas não podia desistir. Se desistisse, o que isso diria sobre os últimos quinze anos? Tempo perdido? Todo aquele tempo tinha sido perdido?

Ela não podia suportar a ideia.

Além disso, não era do tipo que desistia, era? Se desistisse, isso estaria completamente em desacordo com tudo o que sabia sobre si mesma. Significaria que estava ficando velha?

Não estava pronta para ficar velha. Talvez fosse essa a maldição de ser a caçula de oito filhos: nunca estar pronta para envelhecer.

Ela se abaixou ainda mais, encostando a bochecha no piso frio para espiar por baixo da banheira. Nenhuma velha senhora faria *isso*, faria? Nenhuma velha senhora...

– Ah, aí está você, Hyacinth.

Era Gareth, colocando a cabeça para dentro do banheiro. Ele não parecia nem um pouco surpreso em encontrar a mulher em uma posição tão estranha. Mas disse:

– Já faz vários meses desde sua última busca, não é?

Ela levantou os olhos.

– Tive uma ideia.

– Algo em que você ainda não tinha pensado?

– Sim – grunhiu ela, mentindo descaradamente.

– Verificando por baixo do piso? – perguntou ele educadamente.

– Embaixo da banheira – disse ela com relutância, sentando-se.

Ele piscou, olhando para a grande banheira com pés.

– Você moveu isso? – perguntou ele, a voz incrédula.

Ela assentiu. Era incrível a força que uma pessoa pode fazer quando devidamente motivada.

Ele olhou para ela, depois para a banheira, em seguida de volta para ela.

– Não – disse ele. – Não é possível. Você não...

– Movi sim.

– Você não conseguiria...

– Consegui – disse ela, começando a se divertir. Não tinha mais oportunidade de surpreendê-lo com tanta frequência quanto gostaria. – Só alguns centímetros – admitiu.

Ele olhou de volta para a banheira.

– Talvez só dois – confessou Hyacinth.

Por um momento, ela pensou que Gareth ia simplesmente dar de ombros e deixá-la ali com seu desafio, mas então ele a surpreendeu, dizendo:

– Quer ajuda?

Ela levou alguns segundos para entender o que ele estava querendo dizer.

– Com a banheira? – perguntou ela.

Ele fez que sim, atravessando a curta distância até a beirada da banheira.

– Se conseguiu movê-la uns 2 centímetros sozinha, com certeza nós dois podemos triplicar essa distância. Ou até mais.

Hyacinth se levantou.

– Achei que você não acreditasse que as joias ainda estão aqui.

– Não acredito. – Ele colocou as mãos nos quadris enquanto avaliava a banheira, pensando na melhor forma de segurá-la. – Mas você acredita, e com certeza isso está na esfera das obrigações de um marido.

– Ah. – Hyacinth engoliu em seco, sentindo-se um pouco culpada por achar que ele não a apoiava tanto. – Obrigada.

Ele fez sinal para que ela segurasse do lado oposto.

– Você levantou? – perguntou ele. – Ou empurrou?

– Empurrei. Com meu ombro, na verdade. – Ela apontou para um espaço estreito entre a banheira e a parede. – Eu me encaixei ali, então coloquei meu ombro sob a beirada e...

Mas Gareth já tinha erguido a mão para fazê-la parar de falar.

– Chega – disse ele. – Não me conte mais nada. Eu imploro.

– Por que não?

Ele olhou para ela por um longo instante antes de responder:

– Realmente não sei. Mas não quero os detalhes.

– Está bem.

Ela foi para o local que ele indicara e segurou a borda.

– Mesmo assim, obrigada.

– O prazer é... – Ele fez uma pausa. – Bem, não é exatamente um prazer. Mas é alguma coisa.

Ela sorriu para si mesma. Ele realmente era o melhor dos maridos.

No entanto, depois de três tentativas, ficou claro que não conseguiriam mover a banheira daquela maneira.

– Vamos ter de usar o método de nos encaixarmos e empurrarmos – anunciou Hyacinth. – É a única forma.

Gareth assentiu, resignado, e juntos eles se enfiaram no espaço estreito entre a banheira e a parede.

– Tenho que dizer – afirmou ele, dobrando os joelhos e plantando as solas das botas contra a parede –, que isso tudo é muito humilhante.

Hyacinth não tinha nada a dizer a respeito, então limitou-se a grunhir. Ele podia interpretar o som da maneira que desejasse.

– Isso realmente devia contar para alguma coisa – murmurou ele.

– Como assim?

– Isso.

Ele acenou com a mão, o que poderia significar qualquer coisa, já que ela não tinha certeza se ele se referia à parede, ao chão, à banheira ou a alguma partícula de poeira flutuando no ar.

– Não é um gesto exatamente grandioso, mas acho que, se um dia eu esquecer seu aniversário, por exemplo, isso deveria contar para me ajudar a cair de novo nas suas graças.

Hyacinth arqueou uma das sobrancelhas.

– Você não pode fazer isso apenas por generosidade?

Ele balançou a cabeça regiamente.

– Poderia. E, na verdade, estou fazendo. Mas nunca se sabe quando...

– Ah, pelo amor de Deus – murmurou Hyacinth. – Você vive para me torturar, não é?

– Isso mantém a mente afiada – disse ele afavelmente. – Muito bem. Vamos lá?

Ela fez que sim.

– Quando eu falar – disse ele, apoiando os ombros. – Um, dois... *três*.

Então, gemendo, os dois empenharam toda a sua força na tarefa e a banheira deslizou, resistindo teimosamente pelo chão. O barulho era horrível, todo aquele ruído de arrastar e rangidos, e, quando Hyacinth olhou para baixo, viu marcas brancas nada bonitas no piso.

– Ah, santo Deus – murmurou.

Gareth se virou, vincando o rosto em uma expressão irritada quando viu que tinham movido a banheira apenas 10 centímetros.

– Achei que faríamos um progresso um pouco maior – disse.

– É pesada – observou ela, desnecessariamente.

Por um momento, ele não fez nada além de olhar para o pequeno pedaço de chão que tinham descoberto.

– O que você pretende fazer agora? – perguntou.

A boca de Hyacinth se contraiu ligeiramente em uma expressão um tanto perplexa.

– Não tenho certeza – admitiu. – Verificar o chão, imagino.

– Já não fez isso? – E então, quando ela não respondeu em, bem, meio segundo, ele acrescentou: – Nos quinze anos desde que se mudou para cá?

– Já *tateei* o chão, é claro – disse ela rapidamente, uma vez que era bem óbvio que o braço dela entrava embaixo da banheira. – Mas não é o mesmo que uma inspeção visual e...

– Boa sorte – interrompeu ele, levantando-se.

– Você está indo embora?

– Quer que eu fique?

Ela não esperava que Gareth ficasse, mas agora que ele estava ali...

– Sim – disse, surpresa com a própria resposta. – Por que não?

Ele sorriu para ela então, e a expressão era tão terna, amorosa e, o melhor de tudo, tão familiar...

– Eu poderia comprar um colar de diamantes para você – disse ele gentilmente, voltando a se sentar.

Ela estendeu a mão e colocou-a sobre a dele.

– Eu sei que poderia.

Eles ficaram em silêncio por um minuto, depois Hyacinth chegou mais perto do marido, deixando escapar um suspiro satisfeito enquanto relaxava encostada nele, apoiando a cabeça em seu ombro.

– Sabe por que eu amo você? – perguntou ela suavemente.

Ele entrelaçou os dedos nos dela.

– Por quê?

– Você poderia ter me comprado um colar. E poderia tê-lo escondido. – Ela virou a cabeça para beijar a curva do pescoço dele. – Poderia tê-lo escondido só para que eu pudesse encontrá-lo. Mas não fez isso.

– Eu...

– Não estou dizendo que nunca pensou nisso – disse ela, virando-se de modo a ficar de novo de frente para a parede, a apenas alguns centímetros de distância.

Mas sua cabeça estava no ombro de Gareth, e ele, virado para a mesma parede, e, mesmo que não estivessem olhando um para o outro, suas mãos continuavam entrelaçadas, então de alguma forma aquela posição era tudo o que um casamento deveria ser.

– Porque eu conheço você – disse ela, sentindo um sorriso crescer por dentro. – Eu conheço você, e você me conhece, e isso é maravilhoso.

Ele apertou a mão dela, depois beijou o alto de sua cabeça.

– Se estiver aqui, você vai encontrar.

Ela suspirou.

– Ou morrer tentando.

Ele riu.

– Isso não devia ser engraçado – disse ela.

– Mas é.

– Eu sei.

– Eu amo você – disse ele.

– Eu sei.

E, realmente, o que mais ela poderia querer?

Enquanto isso, a dois metros dali...

Isabella estava bastante acostumada às travessuras dos pais. Aceitava o fato de que eles se agarravam pelo cantos escuros com muito mais frequência do que era decente. Não dava importância ao fato de que sua mãe era uma das mulheres mais francas de Londres ou ao fato de que seu pai ainda era tão bonito que até suas amigas suspiravam e gaguejavam quando ele estava por perto. Na verdade, gostava de ser filha de um casal tão pouco convencional. Ah, para os outros eles eram tudo o que havia de mais correto, com certeza, com a excelente reputação de serem bem-humorados.

Mas por trás das portas fechadas da Casa Clair... Isabella sabia que suas amigas não eram encorajadas a compartilhar suas opiniões como ela. A maioria não era nem encorajada a ter opiniões. E, com certeza, grande parte das jovens que conhecia não tivera a oportunidade de estudar línguas modernas, nem de debutar um ano mais tarde para viajar pelo continente.

Então, no fim das contas, Isabella se achava bastante sortuda no que dizia respeito aos pais, e se isso significava ter de fazer vista grossa para os eventuais episódios de *Não agir de acordo com a idade...* bem, valia a pena, e ela aprendera a ignorar boa parte do comportamento deles.

Mas quando procurara pela mãe naquela tarde – para concordar com relação ao vestido branco com o debrum verde sem graça – e encontrara os pais no chão do banheiro empurrando uma *banheira...*

Bem, isso era um pouco de mais, até mesmo para os St. Clairs.

E quem a culparia por ficar para escutar?

Não sua mãe, concluiu Isabella ao se curvar para ouvir melhor. Não havia hipótese de Hyacinth St. Clair ter feito a coisa certa e se afastado caso passasse pela mesma situação. Não se podia morar com ela por dezenove anos sem aprender *isso*. E quanto a seu pai... bem, Isabella achava que ele também teria ficado para ouvir, principalmente quando estavam facilitando *tanto* as coisas para ela daquela maneira – virados para a parede, de costas para a porta aberta e com a banheira entre eles.

– O que você pretende fazer agora? – perguntava o pai, a voz entremeada com aquele tipo particular de diversão que ele parecia reservar apenas para sua mãe.

– Não sei – respondeu ela, parecendo estranhamente... não *insegura*, mas com certeza não tão segura como de costume. – Verificar o chão, imagino.

Verificar o chão? Mas do que raios eles estavam falando? Isabella se inclinou mais para a frente para escutar melhor, bem a tempo de ouvir o pai perguntar:

– Você já não fez isso? Nos quinze anos desde que se mudou para cá?

– Já tateei o chão – respondeu a mãe, parecendo muito mais ela mesma agora. – Mas não é o mesmo que uma inspeção visual e...

– Boa sorte – disse seu pai, e então...

Ah, não! Ele estava saindo!

Isabella começou a se afastar, atrapalhada, mas então algo deve ter acontecido, porque ele se sentou novamente. Ela avançou lentamente de volta até a porta aberta...

Com cuidado, com muito cuidado agora – ele podia se levantar a qualquer momento. Ela prendeu a respiração e se curvou para perto, sem conseguir tirar os olhos da nuca dos pais.

– Eu poderia comprar um colar de diamantes para você – disse seu pai.

Um colar de diamantes?

Um colar...

Quinze anos.

Movendo uma banheira?

Em um banheiro?

Quinze anos.

Sua mãe procurara durante quinze anos.

Um colar de diamantes?

Um colar de diamantes.

Um colar...

Ah. Santo. Deus.

O que ela ia fazer? O que ia fazer? Ela sabia o que devia fazer, mas, Deus do céu, *como* ia fazer isso?

E o que poderia dizer? O que poderia dizer para...

Devia esquecer isso por enquanto. Devia esquecer isso, porque sua mãe estava falando novamente:

– Você poderia ter me comprado um colar. E poderia tê-lo escondido. Poderia tê-lo escondido só para que eu pudesse encontrá-lo. Mas não fez isso.

Havia tanto amor em sua voz que Isabella sentiu o coração doer. E algo naquilo parecia resumir tudo o que seus pais eram. Para eles mesmos, um para o outro.

Para os filhos.

E de repente o momento parecia íntimo demais para ser espionado, até mesmo por ela, que saiu de fininho, depois correu para o quarto, afundando em uma cadeira assim que fechou a porta.

Porque ela sabia o que a mãe vinha procurando havia tanto tempo.

Estava bem no fundo da gaveta de sua escrivaninha. E era mais do que um colar. Era um conjunto completo – colar, pulseira e anel, uma verdadeira fartura de diamantes, cada pedra emoldurada por duas delicadas águas-marinhas. Isabella os encontrara quando tinha 10 anos, escondidos em um pequeno buraco por trás de um dos ladrilhos turcos no banheiro do quarto das crianças. Ela *devia* ter dito alguma coisa sobre eles. Sabia que devia. Mas não dissera e não sabia ao certo por quê.

Talvez fosse porque os havia encontrado. Talvez porque adorasse ter um segredo. Talvez porque não tivesse achado que pertencessem a ninguém, ou, na verdade, que alguém soubesse da existência deles. Com certeza não sabia que sua mãe os procurava havia quinze anos.

Sua mãe!

Sua mãe era a última pessoa que qualquer um poderia imaginar que tivesse um segredo. Ninguém pensaria mal de Isabella por não considerar, na época em que encontrou os diamantes: *Ah, com certeza minha mãe deve estar procurando-os e decidiu, por suas próprias razões tortuosas, não me contar nada a respeito.*

Sinceramente, no fim das contas, era tudo culpa da mãe. Se Hyacinth tivesse lhe *contado* que estava à procura das joias, Isabella teria confessado imediatamente. Ou, se não imediatamente, pelo menos rápido o bastante para satisfazer a consciência de qualquer um.

E agora, falando de consciências, sentia a sua martelando forte. Era uma sensação bem estranha e desagradável.

Não que Isabella fosse a doçura em pessoa, cheia de sorrisos açucarados e gestos piedosos superficiais. Deus do céu, não, ela evitava essas meninas como a peste. Mas, por isso mesmo, raramente tomava uma atitude que a fizesse se sentir culpada depois, mesmo porque talvez – e apenas talvez – suas noções de decoro e moralidade fossem ligeiramente flexíveis.

Mas agora sentia um bolo na boca do estômago, um bolo com o talento peculiar de mandar a bile de volta pela sua garganta. Suas mãos tremiam e ela se sentia nauseada. Não estava febril, nem mesmo tomada por calafrios, apenas nauseada. Consigo mesma.

Deixou escapar um suspiro trêmulo, levantou e atravessou o quarto até sua mesa, um móvel delicado em estilo rococó que sua bisavó homônima trouxera da Itália. Ela colocara as joias ali três anos antes, quando finalmente deixara o quarto das crianças no último andar. Descobrira um compartimento secreto nos fundos da gaveta de baixo. Isso não chegara a surpreendê-la; parecia haver um número incomum de compartimentos secretos na mobília da Casa Clair, grande parte da qual tinha sido importada da Itália. Mas *era* uma dádiva, e muito conveniente, então um dia, quando sua família estava fora em algum evento da sociedade do qual Isabella era nova demais para participar, ela voltara sorrateiramente ao quarto das crianças, pegara as joias em seu esconderijo atrás do ladrilho (onde ela habilmente as colocara de volta) e as levara para sua mesa.

Estavam lá desde então, fora as raras ocasiões em que Isabella as tirava de lá para colocá-las, pensando em como ficariam bem com seu vestido novo, mas *como* explicaria a existência delas para os pais?

Agora, parecia que nenhuma explicação seria necessária. Ou talvez só um tipo diferente de explicação.

Um tipo bem diferente.

Acomodou-se na cadeira da escrivaninha, abaixou-se e pegou as joias no compartimento secreto. Ainda estavam no mesmo saquinho de veludo com corda no qual as encontrara. Tirou-as de lá, deixando que se derramassem luxuosamente em cima da mesa. Não sabia muito sobre joias, mas com certeza aquelas eram da melhor qualidade. Refletiam a luz do sol com uma magia indescritível, quase como se cada pedra pudesse de alguma forma captar a luz e então irradiá-la em todas as direções.

Não se considerava gananciosa nem materialista, mas, na presença de um tesouro como aquele, entendia como diamantes podiam enlouquecer um homem. Ou por que as mulheres desejavam tão desesperadamente mais e mais joias daquelas, com uma pedra maior, mais finamente lapidada do que a anterior.

Mas aquelas joias não lhe pertenciam. Talvez não pertencessem a ninguém. Se alguém tinha direito a elas, no entanto, definitivamente essa pessoa era sua mãe. Isabella não sabia como ou por que Hyacinth sabia de sua existência, mas isso não parecia importar. Tinha algum tipo de ligação com a joias, algum tipo de conhecimento importante. E, se pertenciam a alguém, com certeza era a ela.

Relutante, Isabella as colocou de volta na bolsa e apertou o cordão dourado para que nenhuma delas caísse. Sabia o que tinha de fazer agora. Sabia exatamente o que tinha de fazer.

Mas depois disso...

A tortura seria esperar.

Um ano depois...

Fazia dois meses que Hyacinth procurara as joias pela última vez, mas Gareth estava ocupado com algum assunto ligado a propriedades, ela não tinha bons livros para ler e, bem, sentia-se... inquieta.

Isso acontecia de tempos em tempos. Passava meses sem procurar, semanas sem nem sequer pensar nos diamantes, mas então algo a fazia lembrar, começar a pensar a respeito e lá estava ela de novo – obcecada e frustrada, esgueirando-se pela casa para que ninguém percebesse o que estava fazendo.

E a verdade era que se sentia envergonhada. Não importava como encarasse tudo aquilo, ela sempre parecia pelo menos um pouco tola. Ou as joias estavam escondidas na Casa Clair e ela não as encontrara apesar de tê-las procurado por dezesseis anos ou não estavam escondidas e ela estava atrás de uma ilusão. Não conseguia nem imaginar como explicar isso aos filhos; os criados com certeza a achavam mais do que um pouco maluca (todos a haviam pegado vasculhando um banheiro em algum momento) e Gareth... bem, ele era doce e fazia suas vontades, mas ainda assim Hyacinth mantinha suas atividades em segredo.

Era melhor assim.

Havia decidido procurar no banheiro do quarto das crianças naquela tarde. Não por nenhuma razão em particular, é claro, mas terminara sua busca sistemática em todos os banheiros dos empregados (sempre um desafio que exigia sensibilidade e sutileza), e antes disso tinha revistado o próprio banheiro, então o do quarto das crianças parecia uma boa opção. Depois disso, passaria aos banheiros do segundo andar. George tinha se mudado para um lugar só seu e, se realmente houvesse um Deus misericordioso, Isabella se casaria em pouco tempo, e assim Hyacinth não teria de se preocupar com ninguém dando de cara com ela enquanto tateasse, fuçasse e muito provavelmente arrancasse azulejos das paredes.

Colocou as mãos nos quadris e respirou fundo enquanto examinava o pequeno cômodo. Sempre gostara dele. Os ladrilhos eram, ou pelo menos pareciam ser, turcos, e Hyacinth só conseguia pensar que os povos orientais deviam gostar de uma vida de calmaria muito menos do que os britânicos, porque as cores que usavam sempre a deixavam animada – tons de azul royal, verde-água, com traços de amarelo e laranja.

Hyacinth fora à praia no sul da Itália uma vez. E era como aquele cômodo: ensolarado e brilhante de uma forma que as praias da Inglaterra nunca pareciam ser.

Estreitou os olhos em direção à sanca, à procura de fendas ou entalhes, depois ficou de quatro para sua inspeção habitual dos ladrilhos mais baixos.

Não sabia o que esperava encontrar, o que poderia de repente ter aparecido que não detectara durante as outras, bem, pelo menos dez buscas anteriores.

Mas precisava continuar. Precisava porque simplesmente não tinha escolha. Havia algo dentro dela que não desistia. E...

Ela parou. Piscou. O que era aquilo?

Lentamente, porque não conseguia acreditar que tinha encontrado algo novo – já fazia mais de uma década que nenhuma de suas buscas mudava de maneira mensurável –, ela se curvou.

Uma fenda.

Era pequena. Discreta. Mas era definitivamente uma fenda, saindo do chão até o alto do primeiro azulejo, cerca de uns 15 centímetros. Não era o tipo de coisa que a maioria das pessoas notaria, mas Hyacinth não era como a maioria das pessoas, e por mais triste que isso parecesse, ela praticamente fizera do ato de inspecionar banheiros uma carreira.

Frustrada por não conseguir chegar muito perto, apoiou-se nos braços e nos joelhos, em seguida encostou o rosto no chão. Apalpou o ladrilho à direita da fenda, depois o que ficava à esquerda.

Nada aconteceu.

Enfiou a unha na beirada da fenda e forçou-a. Um pequeno pedaço de argamassa ficou preso sob sua unha.

Uma estranha emoção começou a tomar seu peito, apertando, vibrando, deixando-a quase sem conseguir respirar.

– Calma – sussurrou, e mesmo essa única palavra saiu trêmula. Pegou o pequeno cinzel que sempre carregava em suas buscas. – Provavelmente não é nada. Provavelmente é...

Enfiou o cinzel na fenda, com certeza com mais força do que era necessário. E então pressionou. Se um dos azulejos estivesse solto, a alavanca o faria levantar e...

– Ah!

O azulejo literalmente saltou para fora, aterrissando no chão com um ruído. Atrás dele havia um pequeno buraco.

Hyacinth estreitou bem os olhos. Esperara toda a sua vida adulta por aquele momento e agora não conseguia nem mesmo olhar.

– Por favor – sussurrou ela. – *Por favor.*

Estendeu a mão.

– Por favor. Ah, por favor.

E tocou em algo. Algo macio. Como veludo.

Com dedos trêmulos, ela o pegou. Era um saquinho, fechado com um cordão macio e sedoso.

Hyacinth se endireitou lentamente, cruzando as pernas em posição de lótus. Enfiou um dedo dentro do saco, alargando a boca, que estava bem fechada.

E então, com a mão direita, virou-o de cabeça para baixo, despejando o conteúdo na mão esquerda.

Ah, meu D...

– Gareth! – gritou ela. – Gareth!

E depois sussurrou, olhando para as joias que se derramavam de sua mão esquerda:

– Eu consegui. Eu consegui.

E então gritou:

– EU CONSEGUI!!!!

Colocou o colar no pescoço, ainda segurando a pulseira e o anel na mão.

– Eu consegui, eu consegui, eu consegui. – Cantarolava agora, pulando sem parar, quase dançando, quase chorando. – Eu consegui!

– Hyacinth!

Era Gareth, sem fôlego depois de subir quatro lances de escada de dois em dois degraus.

Ela olhou para ele e podia jurar que sentia os olhos brilhando.

– Eu consegui! – Ela riu, de maneira quase enlouquecida. – Eu consegui!

Por um instante, Gareth não foi capaz de fazer nada além de olhar. O rosto dele estava pálido e Hyacinth achou que ele fosse desmaiar.

– Eu consegui – disse ela novamente. – Eu consegui.

E então Gareth pegou a mão de Hyacinth, pegou o anel e colocou no dedo dela.

– Você conseguiu mesmo – disse ele, curvando-se para beijar seus dedos. – Você conseguiu.

Enquanto isso, um andar abaixo...

– *Gareth!*

Isabella ergueu os olhos do livro que estava lendo, olhando para o teto. Seu quarto ficava logo abaixo do quarto das crianças, bem na direção do banheiro, na verdade.

– *Eu consegui!*

Isabella olhou de volta para o livro.

E sorriu.

A CAMINHO DO ALTAR

Ao escrever os segundos epílogos, tentei responder às perguntas persistentes dos leitores. No caso de *A caminho do altar*, a pergunta que mais ouvia após a publicação era: Que nomes Gregory e Lucy deram a todos aqueles bebês? Devo admitir que nem eu sei como criar uma história que gire em torno da escolha do nome de nove crianças (não todos de uma vez, pelo menos), então resolvi começar o segundo epílogo bem onde o primeiro termina – com Lucy dando à luz pela última vez. E porque todos – até mesmo os Bridgertons – devem enfrentar dificuldades, não tornei as coisas fáceis...

A CAMINHO DO ALTAR:

O segundo epílogo

21 de junho de 1840
Cutbank Manor
Nr Winkfield, Berks.

Meu querido Gareth,

Espero que esta carta o encontre bem. Mal posso acreditar que já faz quase duas semanas que parti da Casa Clair para Berkshire. Lucy está enorme; parece impossível que ainda não tenha dado à luz. Se eu tivesse ficado tão grande quando estava grávida de George ou Isabella, tenho certeza de que teria reclamado sem parar.

(Também tenho certeza de que você não vai me lembrar de nenhuma reclamação que eu possa ter feito quando estava em um estado similar.)

Lucy diz que esse parto parece que vai ser muito diferente dos anteriores. Acho que devo acreditar nela. Eu a vi logo antes de dar à luz Ben e juro que ela estava dançando uma giga. Eu confessaria ter sentido uma forte inveja, mas seria rude e nada maternal admitir tal emoção e, como sabemos, sou sempre muito bem-educada. E, às vezes, maternal.

Por falar da nossa prole, Isabella está se divertindo bastante. Acho que adoraria passar o resto do verão com os primos. Ela tem ensinado a eles como xingar em italiano. Fiz o ligeiro esforço de repreendê-la, mas tenho certeza de que ela percebeu que, por dentro, eu estava encantada. Toda mulher devia saber como praguejar em outro idioma, já que a sociedade educada não deixou o inglês ao nosso dispor para isso.

Não sei bem quando voltarei para casa. Nesse ritmo, eu não ficaria surpresa se a gravidez de Lucy se estendesse até julho. E também, claro, prometi ficar mais um pouco depois que o bebê nascer. Talvez você deva mandar George para uma visita. Acho que ninguém notaria se mais uma criança fosse acrescentada ao bando atual.

Sua devotada esposa,
Hyacinth

P.S.: Foi bom eu não ter selado a carta ainda. Lucy acabou de ter gêmeos. Gêmeos! Meu Deus, mas o que raios eles vão fazer com mais dois filhos? Não consigo nem pensar.

– Não consigo fazer isso de novo.

Lucy Bridgerton já dissera isso antes, sete vezes para ser mais precisa, mas agora realmente falava sério. Não era só pelo fato de ter dado à luz seu nono filho apenas trinta minutos antes; ela se tornara especialista em parir e conseguia colocá-los para fora com o mínimo de desconforto. Era só que... gêmeos! Por que ninguém lhe dissera que podia estar grávida de gêmeos? Não era de admirar que estivesse tão desconfortável naqueles últimos meses. Tinha dois bebês na barriga, claramente envolvidos em uma luta de boxe.

– Duas meninas – disse o marido. Gregory olhou para ela com um sorriso. – Bom, isso desequilibra a balança. Os meninos vão se decepcionar.

– Os garotos terão propriedades, poderão votar e usar calças – disse a irmã de Gregory, Hyacinth, que fora até lá para ajudar Lucy no fim da gravidez. – Eles vão aguentar.

Lucy conseguiu dar uma pequena risada. Hyacinth nunca deixava de ir ao cerne da questão.

– Seu marido sabe que você se tornou um cruzado? – perguntou Gregory.

– Meu marido me apoia em tudo – disse Hyacinth docemente, sem tirar os olhos do bebê embrulhado em seus braços. – Sempre.

– Seu marido é um santo – comentou Gregory, arrulhando para seu próprio embrulhinho. – Ou talvez seja apenas insano. De qualquer maneira, somos eternamente gratos a ele por ter se casado com você.

– *Como* você o aguenta? – perguntou Hyacinth, curvando-se sobre Lucy, que começava a se sentir muito estranha.

Lucy abriu a boca para dar uma resposta, mas Gregory foi mais rápido.

– Eu torno a vida dela uma alegria sem fim – disse ele. – Cheia de doçura, luz e tudo de bom e perfeito que existe.

Hyacinth parecia estar com vontade de vomitar.

– Você está só com inveja – disse Gregory.

– De quê? – perguntou Hyacinth.

Com um aceno de mão, ele descartou a pergunta como se não fizesse sentido. Lucy fechou os olhos e sorriu, apreciando a interação. Gregory e Hyacinth estavam sempre provocando um ao outro – mesmo agora que estavam perto de fazer 40 anos. Ainda assim, apesar das constantes alfinetadas – ou talvez por causa delas –, havia uma ligação muito sólida entre eles. Hyacinth em particular era ferozmente leal; levara dois anos para gostar de Lucy depois de seu casamento com Gregory.

Lucy achava que Hyacinth tivera um pouco de razão. Afinal, ela chegara muito perto de se casar com o homem errado. Bem, não, ela *havia* se casado com o homem errado, mas felizmente para ela a influência combinada de um visconde e de um conde (além de uma doação substancial para a Igreja da Inglaterra) tornara uma anulação possível quando, tecnicamente falando, não deveria ter sido.

Mas isso tudo eram águas passadas. Hyacinth agora era uma irmã para ela, assim como todas as irmãs de Gregory. Tinha sido maravilhoso entrar para uma família grande. E provavelmente era por isso que Lucy estava tão feliz com o fato de ela e Gregory acabarem tendo também uma grande prole.

– Nove – disse ela suavemente, abrindo os olhos para olhar para os dois embrulhinhos que ainda precisavam de nomes. E cabelo. – Quem imaginaria que teríamos nove?

– Minha mãe com certeza vai dizer que qualquer pessoa sensata teria parado em oito – disse Gregory. Ele sorriu para Lucy. – Quer segurar uma?

Ela se sentiu tomada por aquela familiar felicidade materna.

– Ah, sim.

A parteira ajudou-a a ficar mais ereta, e Lucy estendeu os braços para segurar uma das filhas.

– Ela é muito rosinha – murmurou, aninhando o embrulhinho perto do peito.

A menininha berrava, mas Lucy concluiu que era um som maravilhoso.

– Rosa é uma cor excelente – declarou Gregory. – Meu tom da sorte.

– Esta aqui segura forte – observou Hyacinth, virando-se para o lado para que todos pudessem ver seu dedo mínimo preso pela pequena mão da bebê.

– As duas são muito saudáveis – disse a parteira. – Gêmeos muitas vezes não são, sabe?

Gregory se curvou para beijar Lucy na testa.

– Sou um homem muito afortunado – murmurou.

Lucy sorriu fracamente. Sentia-se feliz também, de maneira quase milagrosa, mas estava cansada demais para falar qualquer outra coisa além de:

– Acho que já chega de filhos. Por favor, me diga que já chega.

Gregory sorriu amorosamente.

– Já chega – declarou ele. – Ou, pelo menos, até onde eu posso garantir.

Lucy assentiu com gratidão. Ela também não estava disposta a abrir mão dos prazeres do leito conjugal, mas devia haver algo que pudessem fazer para acabar com o fluxo constante de bebês.

– Como vamos chamá-las? – perguntou Gregory, olhando com ar bobo para a bebê nos braços de Hyacinth.

Lucy acenou para a parteira e entregou-lhe a bebê para poder deitar-se novamente. Seus braços pareciam um pouco trêmulos e não confiava que pudesse segurar direito a bebê, mesmo ali na cama.

– Você não queria Eloise? – murmurou ela, fechando os olhos.

Tinham dado aos filhos os nomes dos irmãos: Katharine, Richard, Hermione, Daphne, Anthony, Benedict e Colin. Eloise era a próxima escolha óbvia para uma menina.

– Eu sei – disse Gregory, e ela podia notar o sorriso em sua voz. – Mas não esperava *duas*.

Ao ouvir isso, Hyacinth se virou com um suspiro.

– Você vai chamar a outra de Francesca – disse ela em tom acusatório.

– Bem – disse Gregory, soando talvez um pouco presunçoso –, seguindo a ordem, ela é a próxima.

Hyacinth ficou boquiaberta, e Lucy não teria ficado nada surpresa se visse uma fumacinha sair de suas orelhas.

– Não posso acreditar nisso – disse ela, agora definitivamente fuzilando Gregory com o olhar. – Você vai dar aos seus filhos o nome de cada um dos irmãos, menos o meu.

– É um feliz acaso, garanto – disse Gregory. – Achei que Francesca também ficaria de fora.

– Até Kate foi homenageada!

– Kate teve uma grande participação no nosso amor – lembrou Gregory. – Ao passo que você atacou a Lucy na igreja.

Lucy teria deixado escapar uma risada, se tivesse energia para isso.

Hyacinth, no entanto, não achou graça.

– Ela estava se *casando* com outra pessoa.

– Você é muito rancorosa, querida irmã. – Gregory se virou para Lucy. – Ela não consegue esquecer, não é? – Ele segurava uma das bebês de novo, embora Lucy não fizesse ideia de qual delas. Ele provavelmente não sabia também. – Ela é linda – disse ele, levantando os olhos para sorrir para Lucy. – Porém pequena. Menor do que os outros, acho.

– Gêmeos são sempre pequenos – disse a parteira.

– Ah, é claro – murmurou ele.

– Elas não parecem pequenas – retrucou Lucy. E tentou se levantar novamente para segurar a outra bebê, mas seus braços cederam. – Estou tão cansada...

A parteira franziu a testa.

– Não foi um trabalho de parto demorado.

– Havia dois bebês – lembrou Gregory.

– Sim, mas ela já teve vários antes – respondeu a parteira com uma voz animada. – Os partos vão ficando mais fáceis à medida que se tem mais bebês.

– Não estou me sentindo bem – disse Lucy.

Gregory entregou a filha a uma criada e olhou para ela.

– O que há de errado?

– Ela está pálida – Lucy ouviu Hyacinth dizer.

Mas a voz dela não soou como deveria. Parecia metálica, como se estivesse falando através de um tubo longo e fino.

– Lucy? Lucy?

Ela tentou responder. Achou que estava respondendo. Mas se seus lábios estavam se movendo, ela não sabia dizer, e com certeza não ouviu a própria voz.

– Tem alguma coisa errada – afirmou Gregory. Ele parecia sério. Parecia assustado. – Onde está o Dr. Jarvis?

– Ele foi embora – respondeu a parteira. – Havia outro bebê... a esposa do advogado.

Lucy tentou abrir os olhos. Queria ver o rosto dele, para lhe dizer que estava bem. Só que não estava. Não sentia dor exatamente; bem, não mais do que a dor natural depois de se ter um bebê. Não sabia descrever direito. Simplesmente parecia haver algo *errado*.

– Lucy? – A voz de Gregory abria caminho em meio ao torpor dela. – Lucy! – Ele pegou sua mão, apertou-a, depois sacudiu-a.

Ela queria tranquilizá-lo, mas se sentia tão distante... E aquela sensação de que havia algo errado se espalhava por toda parte, deslizando da sua barriga para os seus membros e até os dedos.

Não era tão ruim se ficasse completamente imóvel. Talvez se dormisse...

– O que há de errado com ela? – perguntou Gregory.

Atrás dele, as bebês berravam, mas pelo menos se contorciam, rosadas, enquanto Lucy...

– Lucy? – Ele tentou fazer sua voz soar urgente, mas para ele parecia apavorada. – Lucy?

O rosto dela estava pálido; os lábios, sem cor. Ela não estava exatamente inconsciente, mas também não parecia reagir.

– O que há de *errado* com ela?

A parteira correu até o pé da cama e olhou por baixo das cobertas. Ela arquejou e, quando ergueu os olhos, seu rosto estava quase tão pálido quanto o de Lucy.

Gregory olhou para baixo, bem a tempo de ver uma mancha vermelha se espalhando pelo lençol.

– Arrumem mais toalhas – disparou a parteira, e Gregory não pensou duas vezes antes de obedecer. – Vou precisar de mais do que isso – disse ela com severidade, colocando várias sob os quadris de Lucy. – Vá, vá!

– Eu vou – disse Hyacinth. – Você fica.

Ela saiu depressa para o corredor, deixando Gregory ao lado da parteira, sentindo-se impotente e incompetente. Que tipo de homem ficava parado enquanto sua mulher sangrava?

Mas ele não sabia o que fazer. Não sabia como fazer nada além de entregar as toalhas à parteira, que as comprimia contra Lucy com força brutal.

Ele abriu a boca para dizer... alguma coisa. Talvez tivesse chegado a dizer uma palavra. Não tinha certeza. Podia ter sido apenas um som, um som horrível de pavor que veio de dentro dele.

– Onde estão as toalhas? – exigiu a parteira.

Gregory assentiu e saiu rápido para o corredor, aliviado por ter recebido uma tarefa.

– Hyacinth! Hya...

Lucy gritou.

– Ah, meu Deus. – Gregory se virou, segurando a moldura da porta em busca de apoio.

Não era o sangue; ele podia lidar com o sangue. Era o grito. Nunca tinha ouvido um ser humano fazer um som como aquele.

– O que você está fazendo com ela? – perguntou.

Sua voz soou trêmula ao se afastar da parede. Era difícil assistir e ainda mais difícil ouvir, mas talvez ele pudesse segurar a mão de Lucy.

– Estou manipulando a barriga dela – resmungou a parteira.

Ela pressionou com força. Lucy soltou outro grito e quase arrancou os dedos de Gregory.

– Não acho que seja uma boa ideia – disse ele. – Você está empurrando o sangue dela para fora. Ela não pode perder...

– Vai ter de confiar em mim – retrucou a parteira secamente. – Já vi isso antes. Mais vezes do que posso contar.

Gregory sentiu seus lábios formarem a pergunta: *Elas sobreviveram?* Mas não disse nada. O rosto da parteira parecia muito sombrio. Ele não queria saber a resposta.

Àquela altura, os gritos de Lucy tinham se transformado em gemidos, mas de alguma forma isso era ainda pior. Sua respiração era rápida e superficial e ela estreitava os olhos para suportar a dor das pressões feitas pela parteira.

– Por favor, faça-a parar – choramingou ela.

Gregory olhou freneticamente para a parteira, que agora usava as duas mãos e estendia uma até...

– Ah, Deus. – Ele se virou de costas. Não podia assistir. – Você tem de deixá-la ajudar – disse ele a Lucy.

– Eu trouxe as toalhas! – exclamou Hyacinth, irrompendo no quarto. Ela parou de repente, olhando para Lucy. – Ah, meu Deus. – Sua voz vacilou. – Gregory?

– *Cale a boca*!

Ele não queria ouvir a irmã. Não queria falar com ela, não queria responder suas perguntas. Ele não *sabia*. Santo Deus, ela não via que ele não sabia o que estava acontecendo?

E forçá-lo a admitir isso em voz alta teria sido o tipo mais cruel de tortura.

– Está doendo – choramingou Lucy. – Está *doendo*.

– Eu sei. Eu sei. Se eu pudesse fazer isso por você, eu faria. Juro.

Ele segurou a mão da mulher nas suas, desejando que um pouco de sua força passasse de alguma forma para ela. A mão dela estava ficando fraca, apertando apenas quando a parteira fazia um movimento particularmente vigoroso.

E então a mão de Lucy perdeu por completo a força.

Gregory parou de respirar. Olhou para a parteira apavorado. Ela ainda estava junto ao pé da cama, seu rosto uma máscara de sombria determinação enquanto trabalhava. Então ela parou, estreitando os olhos enquanto dava um passo atrás. E não disse nada.

Hyacinth ficou paralisada, as toalhas ainda empilhadas em seus braços.

– O quê... o quê...

Mas sua voz não era nem um sussurro, sem forças para concluir seu pensamento.

A parteira estendeu a mão, tocando a cama ensanguentada perto de Lucy.

– Acho que... isso é tudo – disse ela.

Gregory olhou para a mulher, que estava terrivelmente imóvel. Em seguida, virou-se para a parteira. Ele podia ver o peito dela subir e descer, inspirando todo o ar que não se permitira enquanto estava cuidando de Lucy.

– O que você quer dizer com *isso é tudo*? – perguntou ele, quase sem conseguir fazer as palavras deixarem seus lábios.

– O sangramento parou.

Gregory se virou lentamente de volta para Lucy. O sangramento parou. O que isso queria dizer? Todo sangramento não... acabava parando?

Por que a parteira estava ali parada? Ela não devia estar fazendo alguma coisa? *Ele* não devia estar fazendo alguma coisa? Ou será que Lucy...

Ele se virou de volta para a parteira, sua angústia palpável.

– Ela não está morta – disse a parteira rapidamente. – Pelo menos acho que não.

– Você *acha* que não? – repetiu ele, elevando a voz.

A parteira cambaleou para a frente. Estava coberta de sangue e parecia exausta, mas Gregory não dava a mínima se ela estava prestes a desabar.

– *Faça alguma coisa* – exigiu ele.

A parteira pegou o braço de Lucy e sentiu seu pulso. Então acenou com a cabeça brevemente quando o encontrou, mas em seguida disse:

– Eu fiz tudo o que podia.

– Não – disse Gregory, porque se recusava a acreditar nisso. Havia sempre algo a mais a fazer. – Não – repetiu. – Não!

– Gregory – chamou Hyacinth, tocando seu braço.

Ele a afastou.

– Faça alguma coisa – ordenou ele, dando um passo ameaçador em direção à parteira. – Você tem de fazer alguma coisa.

– Ela perdeu muito sangue – retrucou a parteira, deixando-se cair contra a parede. – Só nos resta esperar. Não tenho como saber como ela vai reagir. Algumas mulheres se recuperam. Outras...

Sua voz foi sumindo. Podia ser porque ela não queria dizer aquilo. Ou pela expressão no rosto de Gregory.

Ele engoliu em seco. Não tinha um gênio muito difícil; sempre fora um homem razoável. Mas o desejo desesperador de atacar alguém, de gritar ou socar as paredes, de encontrar alguma maneira de reunir todo aquele sangue e colocá-lo de volta dentro dela...

Ele mal podia respirar, tal era a força daquela sensação.

Hyacinth se moveu silenciosamente até o seu lado. A mão dela encontrou a dele e, sem pensar, ele entrelaçou os dedos nos dela. Esperou que ela dissesse algo como: *Ela vai ficar bem.* Ou: *Tudo vai ficar bem, basta ter fé.*

Mas ela não disse nada. Aquela era Hyacinth, e ela nunca mentia. Mas estava ali. Graças a Deus, estava ali.

Ela apertou a mão dele, e ele soube que ela ficaria pelo tempo que precisasse.

Ele piscou, olhando para a parteira e tentando encontrar a voz.

– E se... – *Não.* – E *quando* – disse ele, hesitante. – O que fazemos *quando* ela acordar?

A parteira olhou para Hyacinth primeiro, o que, por algum motivo, o irritou.

– Ela vai estar muito fraca – disse ela.

– Mas vai ficar bem? – perguntou ele, praticamente pulando diante das palavras dela.

A parteira olhou para ele com uma expressão horrível. Era algo que beirava a pena. Misturado a tristeza. E resignação.

– É difícil prever – disse ela por fim.

Gregory procurou no rosto dela, desesperado, algo que não fosse superficial ou uma meia resposta.

– Mas o que diabo isso significa?

A parteira olhou para algum lugar que não era bem seus olhos.

– Pode haver uma infecção. Acontece com frequência em casos como esse.

– Por quê?

A parteira piscou.

– Por quê? – perguntou Gregory praticamente rugindo.

Hyacinth apertou a mão em volta da dele.

– Não sei. – A parteira recuou um passo. – Mas acontece.

Gregory se virou de volta para Lucy, incapaz de continuar olhando para a parteira. Ela estava coberta de sangue – do sangue de Lucy –, e talvez não fosse culpa dela... talvez não fosse culpa de ninguém, mas ele não suportava olhar para ela nem por mais um instante.

– O Dr. Jarvis tem que voltar – disse ele em voz baixa, pegando a mão inerte de Lucy.

– Vou cuidar disso – falou Hyacinth. – E vou mandar alguém vir trocar os lençóis.

Gregory não ergueu os olhos.

– Eu também vou embora – disse a parteira.

Ele não respondeu. Ouviu o som de pés se movendo pelo chão, seguido do clique suave da porta se fechando, mas manteve o olhar no rosto de Lucy o tempo todo.

– Lucy – sussurrou ele, tentando forçar a voz em um tom de provocação. – La, la, la, Lucy.

Era um refrão bobo que sua filha Hermione tinha criado aos 4 anos. – La, la, la, Lucy.

Gregory olhou com atenção o rosto dela. Lucy acabara de sorrir? Ele pensou ter visto sua expressão mudar um pouco.

– La, la, la, Lucy. – Sua voz tremia, mas ele continuou. – La, la, la, Lucy.

Ele se sentia um idiota. *Parecia* um idiota, mas não fazia ideia do que dizer além daquilo. Não costumava ficar sem palavras. Certamente não com Lucy. Mas agora... o que se dizia em um momento como aquele?

Então ficou lá sentado. E continuou pelo que pareceram horas. Ficou e tentou se lembrar de respirar. Ficou e cobriu a boca toda vez que sentiu um enorme soluço vindo, sufocando-o, porque não queria ouvi-lo. Ficou ali tentando desesperadamente não pensar em como seria sua vida sem ela.

Ela era todo o seu mundo. Depois, tiveram filhos, e ela já não era tudo para ele, mas, ainda assim, estava no centro de tudo. Era o sol. Seu sol, em torno do qual tudo de importante girava.

Lucy. Ela era a garota que ele não percebera que adorava até ser quase tarde demais. Era tão perfeita, tão absolutamente sua metade que ele quase não a notara. Esperava por um amor cheio de paixão e drama e não lhe ocorrera que o verdadeiro amor podia ser algo totalmente confortável e fácil.

Com Lucy, podia ficar sentado por horas sem dizer uma palavra. Ou podiam tagarelar como gralhas. Ele podia dizer algo estúpido e não se importar. Podia fazer amor com ela a noite toda ou passar várias semanas simplesmente aconchegado ao seu lado à noite.

Não importava. Nada disso importava, porque eles dois *sabiam.*

– Não posso fazer isso sem você – ele deixou escapar. Maldição, tinha passado uma hora sem dizer nada e essa era a primeira coisa que dizia? – Quero dizer, posso, porque teria que fazer isso, mas seria horrível e, sinceramente, eu não faria um bom trabalho. Sou um bom pai, mas só porque você é tão boa mãe.

Se ela morresse...

Ele fechou os olhos com força, tentando expulsar aquele pensamento. Vinha se esforçando tanto para manter essas três palavras longe de sua mente.

Três palavras. "Três palavras" deveria significar *eu amo você.* E não...

Respirou fundo, estremecendo. Tinha de parar de pensar dessa maneira.

A janela tinha sido ligeiramente aberta para deixar entrar a brisa, e Gregory ouviu um grito alegre vindo do lado de fora. Um de seus filhos – um dos garotos ao que parecia. Fazia sol, e ele imaginou que estavam brincando de correr no gramado.

Lucy adorava vê-los correr do lado de fora. Adorava correr com eles também, mesmo quando estava tão grávida que se movia como um pato.

– Lucy – sussurrou ele, tentando manter a voz firme. – Não me deixe. Por favor, não me deixe. Eles precisam mais de você – desabafou, mudando de posição para segurar a mão dela entre as suas. – As crianças. Elas precisam mais de *você.* Sei que você sabe disso. Você nunca diria isso, mas sabe. E *eu* preciso de você. Acho que sabe disso também.

Ela não respondeu. Não se mexeu.

Mas respirava. Pelo menos, com a graça de Deus, respirava.

– Pai?

Gregory levou um susto ao ouvir a voz da filha mais velha e se virou rapidamente, desesperado por um instante para se recompor.

– Fui ver as bebês – disse Katharine ao entrar no quarto. – Tia Hyacinth disse que eu podia.

Ele balançou a cabeça, não confiando em si mesmo para falar.

– Um amor – continuou Katharine. – As bebês, quero dizer. Não tia Hyacinth.

Para seu completo choque, Gregory sentiu que sorria.

– Não, ninguém chamaria tia Hyacinth de "um amor" – falou.

– Mas eu a amo – disse Katharine rapidamente.

– Eu sei – respondeu ele, finalmente se virando para olhar para ela. Sempre leal, sua Katharine. – Eu também.

Katharine deu alguns passos à frente, parando perto do pé da cama.

– Por que mamãe ainda está dormindo?

Ele engoliu em seco.

– Bem, ela está muito cansada, querida. É preciso muita energia para se ter um bebê. Dois, nesse caso.

Katharine assentiu, mas ele não tinha certeza se ela acreditava nele. Ela olhava para a mãe com a testa franzida – não exatamente preocupada, mas muito, muito curiosa.

– Ela está pálida – disse ela finalmente.

– Você acha? – indagou Gregory.

– Está branca como um papel.

Ele achava o mesmo, mas tentava não parecer preocupado, então se limitou a dizer:

– Talvez um pouco mais pálida do que de costume.

Katharine olhou para ele por um momento, em seguida sentou-se na cadeira ao seu lado. Ela estava bem aprumada, as mãos cruzadas elegantemente no colo, e Gregory não podia deixar de se maravilhar com o milagre que ela era. Quase doze anos antes, Katharine Hazel Bridgerton tinha vindo ao mundo e ele se tornara pai. Essa era sua verdadeira vocação, percebera no instante em que ela fora colocada em seus braços. Ele era o filho caçula; não teria um título e não levava jeito para as forças armadas ou o clero. Sua missão na vida era ser um fidalgo rural.

E pai.

Quando olhou para a bebê Katharine, os olhos dela ainda com aquele tom de cinza-escuro igual ao de todos os seus filhos quando pequenos, ele soube. Por que estava ali, a que estava destinado... foi então que soube. Existia para guiar aquela milagrosa pequena criatura até a vida adulta, para protegê-la e cuidar dela.

Adorava todos os seus filhos, mas sempre teria um vínculo especial com Katharine, porque fora ela que lhe ensinara quem ele devia ser.

– Os outros querem vê-la – disse ela, observando o pé direito enquanto o balançava para a frente e para trás.

– Ela ainda precisa descansar, querida.

– Eu sei.

Gregory esperou que a filha continuasse. Ela não estava dizendo o que realmente pensava. Ele tinha a sensação de que era Katharine que queria ver a mãe. Queria sentar-se na beirada da cama e rir e gargalhar e, em seguida, explicar cada detalhe da caminhada de observação da natureza que fizera com sua professora.

Os outros – os menores – provavelmente não tinham percebido nada.

Mas Katharine sempre fora bastante ligada a Lucy. Elas eram muito parecidas. Não fisicamente; Katharine tinha uma semelhança impressionante com a cunhada de Gregory de mesmo nome, a atual viscondessa de Bridgerton. Isso não fazia o menor sentido, já que as duas não eram parentes de sangue, mas as duas Katharines tinham o mesmo cabelo escuro e o mesmo rosto oval. Os olhos não eram da mesma cor, mas o formato era idêntico.

Por dentro, no entanto, Katharine – *sua* Katharine – era igual a Lucy. Adorava a ordem. Precisava ver o padrão nas coisas. Se pudesse contar à mãe sobre a caminhada do dia anterior, começaria pelas flores que tinham visto. Não se lembraria de todas, mas com certeza saberia quantas havia de cada cor. E Gregory não ficaria surpreso se a professora o procurasse depois e dissesse que Katharine insistira para que caminhassem um pouco mais a fim de que o número de flores rosa se igualasse ao de amarelas.

Equidade em todas as coisas, essa era a sua Katharine.

– Mimsy disse que as bebês vão receber os nomes da tia Eloise e da tia Francesca – disse Katharine, depois de balançar o pé 32 vezes.

(Ele tinha contado. Gregory não podia acreditar que tinha contado. Estava ficando mais parecido com Lucy a cada dia.)

– Como de costume, Mimsy está certa – respondeu ele.

Mimsy era a babá e enfermeira das crianças, e candidata a canonização, se é que ele já tinha conhecido alguma.

– Ela não sabia quais vão ser os nomes do meio.

Gregory franziu a testa.

– Acho que ainda não tivemos oportunidade de pensar sobre isso.

Katharine lançou a ele um perturbador olhar direto.

– Antes de a mamãe precisar descansar?

– Hã, sim – respondeu Gregory, seu olhar fugindo do dela.

Ele não estava orgulhoso de desviar o olhar, mas era a sua única opção se não queria chorar diante da filha.

– Acho que uma delas devia se chamar Hyacinth – anunciou Katharine.

Ele assentiu.

– Eloise Hyacinth ou Francesca Hyacinth?

Katharine pressionou os lábios, pensando, então disse com firmeza:

– Francesca Hyacinth. Tem um lindo som. Embora...

Gregory esperou que ela completasse seu pensamento, e então, quando ela demorou a falar, disse:

– Embora...?

– Seja *meio* floreado.

– Não sei como se pode evitar isso com um nome como Hyacinth.

– Verdade – disse Katharine, pensativa –, mas e se ela não for doce e delicada?

– Como a sua tia Hyacinth? – murmurou ele.

Algumas coisas imploravam por serem ditas.

– Ela é bastante impetuosa – disse Katharine, sem um pingo de sarcasmo.

– Impetuosa ou temível?

– Ah, só impetuosa. Tia Hyacinth não é nem um pouco temível.

– Não diga isso a *ela*.

Katharine piscou sem entender.

– Você acha que ela quer ser temível?

– *E* impetuosa.

– Que estranho – murmurou ela. Então levantou a cabeça com olhos especialmente brilhantes. – Acho que tia Hyacinth vai adorar se uma das bebês tiver o nome dela.

Gregory sentiu que sorria. Um sorriso de verdade, não só algo para fazer com que sua filha se sentisse segura.

– Sim, ela vai – disse, calmamente.

– Ela provavelmente achou que isso não ia acontecer – continuou Katharine –, já que você e a mamãe seguiram a ordem. Todos sabíamos que o nome seria Eloise se fosse uma menina.

– E quem teria esperado gêmeas?

– Mesmo assim ainda teria tia Francesca na frente – disse Katharine. – Mamãe teria que ter tido trigêmeos para uma receber o nome de tia Hyacinth.

Trigêmeos. Gregory não era católico, mas era difícil conter o desejo de se benzer.

– E todos os bebês teriam de ser meninas – acrescentou Katharine –, o que parece uma improbabilidade matemática.

– De fato – murmurou ele.

Ela sorriu. E ele sorriu. Então eles se deram as mãos.

– Eu estava pensando... – começou Katharine.

– Sim, querida?

– Se Francesca vai ser Francesca Hyacinth, então Eloise deveria ser Eloise Lucy. Porque mamãe é a melhor mãe do mundo.

Gregory lutou contra o bolo que subia em sua garganta.

– Sim, ela é – disse ele com a voz rouca.

– Eu acho que mamãe ia gostar disso – sugeriu Katharine. – O senhor não acha?

De alguma forma, ele conseguiu fazer que sim.

– Ela provavelmente ia dizer que deveríamos escolher o nome de outra pessoa para dar à bebê. Ela é muito generosa.

– Eu sei. É por isso que temos que fazer isso enquanto ela ainda está dormindo. Antes que ela tenha a chance de discutir. Porque ela vai, o senhor sabe.

Gregory riu.

– Ela vai dizer que não deveríamos ter feito isso, mas, no fundo, vai adorar – disse Katharine.

Gregory sentiu outro bolo na garganta, mas esse, felizmente, nascia do amor paternal.

– Acho que você está certa.

Katharine sorriu, radiante.

Ele bagunçou o cabelo dela. Logo ela estaria muito grande para essas brincadeiras e lhe diria para não desmanchar seu penteado. Mas, por enquanto, aproveitava para bagunçar seu cabelo tanto quanto podia. Ele sorriu para a filha.

– Como você conhece a sua mãe tão bem?

Ela olhou para ele com uma expressão indulgente. Já tinham tido aquela conversa antes.

– É porque eu sou exatamente como ela.

– Isso mesmo – concordou ele. Ficaram de mãos dadas por mais alguns instantes até que algo lhe ocorreu. – Lucy ou Lucinda?

– Ah, Lucy – disse Katharine, sabendo imediatamente do que ele estava falando. – Ela não é *de fato* uma Lucinda.

Gregory suspirou e olhou para a mulher, ainda dormindo em sua cama.

– Não, não é – disse ele em voz baixa.

Então sentiu a mão da filha deslizar para a sua, pequena e quente.

– La, la, la, Lucy – falou Katharine, e ele pôde ouvir um sorriso discreto em sua voz.

– La, la, la, Lucy – repetiu ele.

E, surpreendentemente, ouviu um sorriso na própria voz também.

Poucas horas depois, o Dr. Jarvis voltou, cansado e amarfanhado depois de fazer outro parto no vilarejo. Gregory conhecia bem o médico; Peter Jarvis tinha acabado de se formar quando Gregory e Lucy decidiram fixar residência perto de Winkfield e era o médico da família desde então. Ele e Gregory eram quase da mesma idade e tinham jantado várias vezes juntos ao longo dos anos. A Sra. Jarvis também era uma boa amiga de Lucy, e seus filhos brincavam juntos muitas vezes.

Em todos os anos de amizade, porém, Gregory nunca tinha visto aquela expressão no rosto de Peter. Os lábios estavam contraídos nos cantos, e ele não fez nenhuma das brincadeiras habituais antes de examinar Lucy.

Hyacinth estava lá também, depois de ter insistido que Lucy precisava do apoio de outra mulher no quarto.

– Como se qualquer um de vocês pudesse entender os rigores do parto – comentara ela, com algum desdém.

Gregory não dissera uma palavra. Tinha acabado de chegar para o lado a fim de permitir que a irmã entrasse. Havia algo reconfortante em sua presença decidida. Ou talvez inspirador. Hyacinth era tão forte que quase dava para acreditar que ela poderia *forçar* Lucy a se curar.

Os dois ficaram afastados enquanto o médico sentia a pulsação de Lucy e ouvia seu coração. E então, para total espanto de Gregory, Peter agarrou-a bruscamente pelo ombro e começou a sacudi-la.

– O que você está fazendo? – gritou Gregory, saltando para a frente para intervir.

– Acordando a sua mulher– disse Peter resolutamente.

– Mas ela não precisa descansar?

– É mais importante que ela acorde.

– Mas...

Gregory não sabia exatamente contra o que estava protestando e a verdade era que não importava, porque, quando Peter o interrompeu, foi para dizer:

– Pelo amor de Deus, Bridgerton, precisamos saber que ela *pode* acordar. – Ele a balançou novamente e, dessa vez, disse em voz alta: – Lady Lucinda! Lady Lucinda!

– Ela não é uma Lucinda – Gregory se ouviu dizer, e então se aproximou e chamou: – Lucy? Lucy?

Ela mudou de posição, resmungando algo em seu sono.

Gregory olhou atentamente para Peter, todas as perguntas do mundo em seus olhos.

– Veja se consegue fazê-la responder – disse Peter.

– Deixe-me tentar – interveio Hyacinth decididamente.

Gregory viu quando ela se curvou e disse algo no ouvido de Lucy.

– O que você está dizendo? – perguntou ele.

Hyacinth balançou a cabeça.

– Você não quer saber.

– Ah, pelo amor de Deus – murmurou ele, empurrando-a para o lado. Ele pegou a mão de Lucy e apertou-a com mais força do que tinha feito antes. – Lucy! Quantos degraus existem na escada dos fundos da cozinha até o primeiro andar?

Ela não abriu os olhos, mas fez um som que ele pensou que parecia com...

– Você disse dezessete? – perguntou ele.

Ela bufou e dessa vez ele a ouviu claramente.

– Dezesseis.

– Ah, graças a Deus. – Gregory soltou a mão dela e desabou na cadeira ao lado da cama. – Viram só? – disse ele. – Viram só? Ela está bem. Ela vai ficar bem.

– Gregory... – começou Peter, mas sua voz não era tranquilizadora.

– Você me disse que tínhamos de acordá-la.

– Nós conseguimos – disse Peter, sério. – E isso foi um ótimo sinal. Mas não significa...

– Não diga isso – pediu Gregory, em voz baixa.

– Mas você deve...

– *Não diga isso!*

Peter ficou em silêncio. Continuou lá parado, olhando para ele com uma expressão horrível. Era piedade, compaixão, pesar e nada que quisesse ver no rosto de um médico.

Gregory desmoronou. Tinha feito o que lhe pediram. Tinha acordado Lucy, mesmo que só por um instante. Ela estava dormindo de novo, agora curvada de lado, virada na outra direção.

– Eu fiz o que você pediu – disse Gregory em voz baixa. Então olhou de volta para Peter. – Eu fiz o que você pediu – repetiu, desta vez com mais severidade.

– Eu sei e não posso lhe dizer como é reconfortante o fato de ela ter falado – retrucou Peter gentilmente. – Mas não podemos encarar isso como uma garantia.

Gregory tentou falar, mas sua garganta estava se fechando. Aquela horrível sensação sufocante tomava conta dele de novo e tudo o que conseguia fazer era respirar. Se pudesse apenas respirar e nada mais, talvez conseguisse não chorar na frente do amigo.

– O corpo precisa recuperar as forças depois de uma hemorragia – explicou Peter. – Ela pode dormir por um tempo ainda. E pode... – Ele limpou a garganta. – E pode não acordar novamente.

– É claro que ela vai acordar – disse Hyacinth categoricamente. – Ela já fez isso uma vez, pode fazer de novo.

O médico olhou para ela rapidamente, antes de voltar a atenção outra vez para Gregory.

– Se tudo correr bem, acho que podemos esperar uma recuperação bem normal. Pode levar algum tempo – alertou ele. – Não tenho como saber exatamente quanto sangue ela perdeu. Pode levar meses para o corpo reconstituir os fluidos necessários.

Gregory balançou a cabeça lentamente.

– Ela estará fraca. Acho que vai precisar ficar de cama por pelo menos um mês.

– Ela não vai gostar disso.

Peter pigarreou sem jeito.

– Pode mandar alguém me chamar caso haja alguma mudança?

Gregory assentiu silenciosamente.

– Não – disse Hyacinth, dando um passo à frente para barrar a porta. – Eu tenho mais perguntas.

– Sinto muito – falou o médico em voz baixa. – Eu não tenho mais respostas.

E nem mesmo Hyacinth podia argumentar contra isso.

Quando a manhã chegou, radiante e insondavelmente animadora, Gregory acordou no quarto em que Lucy estava acamada, ainda na cadeira ao lado do leito. Ela dormia, mas estava inquieta, fazendo seus barulhos sonolentos de costume enquanto mudava de posição. E então, surpreendentemente, ela abriu os olhos.

– Lucy? – Gregory agarrou sua mão, então teve de se forçar para segurá-la mais de leve.

– Estou com sede – disse ela com a voz fraca.

Ele balançou a cabeça e correu para pegar um copo d'água.

– Você me deixou tão... Eu não...

Mas ele não conseguiu dizer mais nada. Sua voz se perdeu e tudo o que saiu foi um soluço doloroso. Ele ficou paralisado, de costas para ela, enquanto tentava recuperar a compostura. A mão tremia, a água salpicando sua manga.

Ouviu Lucy tentar dizer seu nome e sabia que precisava se acalmar. Fora *ela* que quase morrera; não podia desmoronar enquanto ela precisava dele.

Gregory respirou fundo. Depois mais uma vez.

– Aqui está – disse ele, tentando manter a voz alegre quando se virou.

Levou o copo para ela, então imediatamente percebeu seu erro. Ela estava fraca demais para segurar o copo, que dirá para conseguir se sentar.

Ele o pousou em uma mesa próxima, em seguida passou os braços em volta dela em um abraço carinhoso para ajudá-la a se sentar.

– Deixe-me arrumar os travesseiros – murmurou, mudando-os de lugar e afofando-os até estar convencido de que ela tinha o apoio adequado.

Então levou o copo aos lábios dela e o virou quase nada. Lucy bebeu um pouco, depois se recostou, respirando com dificuldade por causa do esforço.

Gregory a observou em silêncio. Não achava que ela havia conseguido beber mais do que algumas gotas.

– Você devia beber mais – disse ele.

Ela assentiu, quase imperceptivelmente, então disse:

– Em um instante.

– Seria mais fácil com uma colher?

Ela fechou os olhos e acenou com a cabeça bem fracamente mais uma vez.

Ele olhou ao redor do quarto. Alguém lhe trouxera chá na noite anterior e ainda não tinham ido recolher. Provavelmente não quiseram perturbá-lo. Gregory concluiu que diligência era mais importante do que limpeza e pegou a colher do açucareiro. Então pensou que provavelmente um pouco de açúcar lhe faria bem e levou tudo.

– Aqui está – murmurou, dando-lhe uma colher de água. – Quer um pouco de açúcar também?

Ela assentiu e então ele colocou um pouco em sua língua.

– O que aconteceu? – perguntou ela.

Ele olhou para ela em choque.

– Você não sabe?

Ela piscou algumas vezes.

– Eu estava sangrando?

– Bastante – desabafou ele.

Não podia entrar em detalhes. Não queria descrever a perda de sangue que tinha presenciado. Não queria que ela soubesse e, para ser sincero, ele mesmo queria esquecer.

Ela franziu a testa e virou a cabeça de lado. Depois de alguns instantes, Gregory percebeu que ela estava tentando olhar para o pé da cama.

– Nós limpamos – disse ele, os lábios se abrindo em um pequeno sorriso.

Aquilo era tão a cara de Lucy, certificar-se de que estava tudo em ordem.

Ela acenou de leve a cabeça. Então disse:

– Estou cansada.

– O Dr. Jarvis disse que você vai ficar fraca por vários meses. Acho que vai ficar de cama por algum tempo.

Ela deixou escapar um gemido, mas mesmo o gemido saiu fraco.

– Odeio ficar de repouso na cama.

Ele sorriu. Lucy gostava de ação; sempre fora assim. Gostava de consertar coisas, fazer coisas, deixar todos felizes. A inatividade quase a matava.

Uma metáfora ruim. Mas ainda assim.

Ele se inclinou em direção a ela com ar sério.

– Você vai ficar na cama nem que eu tenha de amarrá-la.

– Você não faz o tipo – disse ela, movendo ligeiramente o queixo.

Ele achou que ela tentava exibir uma expressão despreocupada, mas ser insolente parecia demandar energia. Ela fechou os olhos novamente, soltando um suspiro suave.

– Já fiz isso uma vez – disse ele.

Ela deixou escapar um som engraçado que ele achou que pudesse ser mesmo uma risada.

– Fez, não foi?

Ele se curvou e beijou-a suavemente nos lábios.

– Eu salvei o dia.

– Você sempre salva o dia.

– Não. – Ele engoliu em seco. – É você quem salva.

Os olhos deles se encontraram e havia ali algo forte e profundo. Gregory sentiu uma dor por dentro e por um momento teve certeza de que ia chorar outra vez. Mas então, justamente quando sentiu que começava a desmoronar, ela deu de ombros e disse:

– Eu não posso me mover agora, de qualquer maneira.

O equilíbrio dele se restaurou um pouco e ele se levantou para ver se havia sobrado algum biscoito na bandeja de chá.

– Lembre-se disso em uma semana.

Ele não tinha dúvidas de que ela ia tentar sair da cama muito antes do recomendado.

– Onde estão as bebês?

Gregory fez uma pausa, então se virou.

– Eu não sei – respondeu ele lentamente. Santo Deus, tinha esquecido por completo. – No quarto das crianças, imagino. As duas são perfeitas. Rosadas e barulhentas e tudo o que deveriam ser.

Lucy sorriu de leve e deixou escapar outro som cansado.

– Posso vê-las?

– É claro. Vou mandar alguém buscá-las imediatamente.

– Mas não traga os outros – disse Lucy, os olhos se enevoando. – Não quero que me vejam assim.

– Acho que você está linda – retrucou ele. Então se aproximou e se sentou na beirada da cama. – Acho que você deve ser a coisa mais linda que eu já vi.

– Pare – disse ela, uma vez que nunca fora muito boa em receber elogios. Mas ele viu os lábios dela tremerem um pouco, oscilando entre um sorriso e um soluço.

– Katharine esteve aqui ontem – disse ele.

Os olhos dela se abriram.

– Não, não, não se preocupe – acrescentou ele rapidamente. – Eu disse a ela que você só estava dormindo. Que é o que estava fazendo. Ela não está preocupada.

– Tem certeza?

Ele assentiu.

– Ela chamou você de La, la, la, Lucy.

Lucy sorriu.

– Ela é maravilhosa.

– É igualzinha a você.

– Não é por isso que ela é marav...

– É exatamente por isso – interrompeu ele com um sorriso. – E quase me esqueci de lhe dizer. Ela escolheu os nomes das bebês.

– Achei que você tivesse escolhido.

– Escolhi. Aqui, tome mais água. – Ele parou por um instante para ajudá-la a beber um pouco mais. Distração seria a chave, concluiu. Um pouco aqui, um pouco ali, e ela acabaria tomando um copo inteiro. – Katharine pensou nos segundos nomes. Francesca Hyacinth e Eloise Lucy.

– Eloise...?

– Lucy – completou ele. – Eloise Lucy. Não é lindo?

Para sua surpresa, ela não protestou. Apenas assentiu, o movimento quase imperceptível, os olhos cheios de lágrimas.

– Ela disse que era porque você é a melhor mãe do mundo – acrescentou ele carinhosamente.

Então ela chorou, grandes lágrimas silenciosas rolando de seus olhos.

– Quer que eu traga as bebês agora? – perguntou ele.

Ela fez que sim.

– Por favor. E... – Lucy fez uma pausa, e Gregory notou quando ela engoliu em seco. – E traga os outros também.

– Tem certeza?

Ela assentiu novamente.

– Se me ajudar a me sentar um pouco mais ereta, acho que posso aguentar alguns abraços e beijos.

As lágrimas, aquelas que ele vinha tentando tanto conter, escorreram de seus olhos.

– Não consigo pensar em nenhuma outra coisa que possa ajudá-la a melhorar mais rápido.

Ele caminhou até a porta, em seguida se virou com a mão na maçaneta.

– Eu amo você, La, la, la, Lucy.

– Também amo você.

Gregory devia ter dito às crianças para se comportarem com decoro extra, concluiu Lucy, porque, quando entraram no quarto (adoravelmente do mais velho para o mais novo, os topos das cabeças formando uma linda escadinha), fizeram isso com calma, encostando-se lado a lado contra a parede, as mãos entrelaçadas de forma doce à sua frente.

Lucy não fazia ideia de quem eram *aquelas* crianças. *Seus* filhos nunca tinham ficado tão quietos.

– Estou muito sozinha aqui – disse ela.

E todos teriam pulado correndo na cama se Gregory não tivesse saltado em direção ao bando com um contundente:

– Devagar!

Embora, pensando melhor, não tivesse sido tanto sua ordem que conseguira conter o caos, mas seus braços, que impediram que pelo menos três crianças se atirassem no colchão.

– Mimsy não me deixa ver os bebês – resmungou Ben, de 4 anos.

– É porque você não toma banho há um mês – retorquiu Anthony, quase exatamente dois anos mais velho.

– Como isso é possível? – perguntou Gregory em voz alta.

– Ele é muito sorrateiro – informou Daphne.

Mas ela tentava abrir caminho para se aproximar de Lucy e suas palavras foram abafadas.

– Como alguém pode ser sorrateiro com um fedor como esse? – perguntou Hermione.

– Eu rolo nas flores todos os dias – disse Ben de maneira travessa.

Lucy parou por um instante, então concluiu que talvez fosse melhor não pensar muito no que o filho tinha acabado de dizer.

– Hã, que flores são essas?

– Bem, não a roseira – disse ele, parecendo não acreditar que ela havia perguntado.

Daphne se inclinou para perto dele e inspirou suavemente.

– Peônias – anunciou.

– Não dá para saber só de cheirá-lo – disse Hermione, indignada.

Havia apenas um ano e meio de diferença entre as meninas e, quando elas não estavam sussurrando segredos, brigavam como...

Bem, brigavam como Bridgertons, na verdade.

– Tenho um olfato muito bom – disse Daphne.

E ergueu os olhos, esperando que alguém confirmasse.

– O cheiro das peônias é bem peculiar – confirmou Katharine.

Ela estava sentada ao pé da cama com Richard. Lucy se perguntou quando os dois tinham decidido que eram velhos demais para se aglomerarem junto aos travesseiros. Estavam crescendo tanto, todos eles... Mesmo o pequeno Colin não parecia mais um bebê.

– Mamãe? – disse ele tristemente.

– Venha aqui, querido – murmurou ela, estendendo a mão para ele.

Ele era uma bolinha, as bochechas gorduchas e os joelhos vacilantes, e ela realmente achara que seria o último. Mas agora tinha mais duas, embrulhadas em seus berços, preparando-se para crescer e se identificar com seus nomes.

Eloise Lucy e Francesca Hyacinth. As duas tinham homônimas e tanto.

– Eu amo você, mamãe – disse Colin, o rostinho carinhoso encontrando a curva do pescoço dela.

– Eu também amo você – conseguiu dizer Lucy. – Amo todos vocês.

– Quando você vai sair da cama? – perguntou Ben.

– Ainda não tenho certeza. Continuo terrivelmente cansada. Pode levar algumas semanas.

– Algumas *semanas*? – repetiu ele, claramente horrorizado.

– Vamos ver – murmurou ela. Então sorriu. – Já estou me sentindo bem melhor.

E estava. Ainda estava cansada, mais do que podia se lembrar de já ter estado. Os braços pesavam e as pernas pareciam troncos, mas o coração estava leve e melodioso.

– Eu amo todo mundo – anunciou ela de repente. – Você – disse ela a Katharine –, e você, e você, e você, e você, e você, e você. E as duas bebês no quarto das crianças também.

– Você ainda nem as conhece – ressaltou Hermione.

– Sei que as amo. – Ela olhou para Gregory. Ele estava de pé ao lado da porta, onde nenhuma das crianças o veria. Lágrimas corriam pelo seu rosto. – E sei que amo você – acrescentou baixinho.

Ele balançou a cabeça, em seguida enxugou o rosto com as costas da mão.

– A mãe de vocês precisa descansar – disse ele, e Lucy se perguntou se as crianças tinham notado sua voz embargada.

Mas, se notaram, não disseram nada. Resmungaram um pouco, mas saíram ordenamente com quase o mesmo decoro com que tinham entrado. Gregory foi o último, enfiando a cabeça de volta no quarto antes de fechar a porta.

– Voltarei em breve – disse ele.

Ela assentiu, em seguida afundou de volta na cama.

– Eu amo todo mundo – repetiu, gostando da maneira como as palavras a faziam sorrir. – Eu amo todo mundo.

E era verdade. Ela amava.

23 de junho de 1840
Cutbank Manor
Nr Winkfield, Berks.

Querido Gareth,

Ainda estou em Berkshire. A chegada das gêmeas foi bastante dramática, e Lucy deve ficar na cama por pelo menos um mês. Meu irmão diz que con-

segue cuidar de tudo sem mim, mas é uma mentira tão grande que chega a ser risível. Lucy me implorou para ficar – quando ele não podia ouvir, é claro; deve-se sempre levar em conta os frágeis sentimentos dos machos da nossa espécie. (Sei que vai concordar comigo; até mesmo você deve admitir que as mulheres são muito mais úteis para alguém acamado.)

Foi muito bom que eu estivesse aqui. Não tenho certeza se ela teria sobrevivido ao parto sem mim. Perdeu uma quantidade enorme de sangue e houve momentos em que não tínhamos certeza se recuperaria a consciência. Assumi a responsabilidade de dizer a ela, em particular, algumas palavras severas. Não me lembro do que disse exatamente, mas posso ter ameaçado mutilá-la. Posso ainda ter dado ênfase à ameaça, acrescentando: "Você sabe que sou capaz."

Eu falava, é claro, supondo que ela estava fraca demais para perceber a contradição essencial da declaração – se não acordasse, não adiantaria muito mutilá-la.

Você está rindo de mim agora, tenho certeza. Mas ela lançou um olhar desconfiado na minha direção quando despertou. E sussurrou um sincero "Obrigada".

Então vou ficar um pouco mais por aqui. Sinto terrivelmente sua falta. São momentos como esses que nos fazem lembrar do que é verdadeiramente importante. Lucy anunciou recentemente que ama todos. Acho que nós dois sabemos que eu nunca terei paciência para isso, mas com certeza amo você. E a amo. E amo Isabella e George. E Gregory. E várias pessoas, na verdade.

Sou realmente uma mulher de sorte.

Sua amorosa esposa,
Hyacinth

O FLORESCER DE VIOLET

Romances românticos, por definição, se resolvem perfeitamente. O herói e a heroína juram seu amor e fica claro que esse final feliz vai durar para sempre. Isso significa, no entanto, que um autor não pode escrever uma verdadeira continuação; se eu trouxesse de volta o mesmo herói e a mesma heroína de um livro anterior, teria de comprometer seu final feliz antes de lhes assegurar outro.

Então séries de romance são na verdade coleções de *spin-offs*, com personagens secundários retornando para estrelar seus próprios romances e protagonistas anteriores aparecendo ocasionalmente quando necessário. Raramente um autor tem a chance de ver um personagem crescer ao longo de vários livros.

Foi isso que tornou Violet Bridgerton tão especial. Quando ela apareceu pela primeira vez em *O duque e eu*, era uma mãe padrão bastante bidimensional. Mas, ao longo de oito livros, tornou-se muito mais. A cada romance dos Bridgertons, algo novo era revelado e, quando terminei *A caminho do altar*, ela havia se tornado meu personagem preferido da série. Os leitores pediam que eu escrevesse um final feliz para Violet, mas eu não consegui. Sinceramente, não consegui – realmente não acho que seria capaz de criar um herói bom o suficiente para ela. Mas também queria saber mais sobre Violet e foi com muito amor que escrevi *O florescer de Violet*. Espero que gostem.

O FLORESCER DE VIOLET:

Um conto

Surrey, Inglaterra
1774

– Violet Elizabeth! Mas o que você pensa que está fazendo?

Ao som da voz indignada de sua professora, Violet Ledger parou, pesando suas opções. Não parecia haver muita chance de alegar completa inocência; tinha sido pega em flagrante, afinal.

Literalmente, com a mão na massa. Ela segurava uma torta de amora incrivelmente cheirosa e o recheio ainda quente começava a se derramar pela borda da forma.

- Violet... - veio a voz séria da Srta. Fernburst.

Ela *poderia* dizer que estava com fome. A Srta. Fernburst sabia bem que Violet era louca por doces. Não era completamente impossível ela querer fugir com uma torta inteira para comer...

Para onde? Violet pensou rapidamente. Para onde alguém *iria* com uma torta inteira de amoras? Não de volta para seu quarto; ela nunca conseguiria esconder a evidência. A Srta. Fernburst jamais acreditaria que Violet fosse burra o suficiente para fazer isso.

Não, se fosse roubar uma torta para comer, iria lá para fora. E era precisamente para onde estava indo. Embora não exatamente para comer uma torta. Ainda podia transformar essa mentira em verdade.

- Gostaria de um pouco de torta, Srta. Fernburst? - perguntou Violet com doçura.

Ela sorriu e piscou, bem consciente de que, apesar de seus 8 anos e meio, não parecia ter mais do que 6. Na maior parte das vezes, achava isso irritante - afinal, ninguém gostava de ser visto como um bebê. Mas não era orgulhosa demais para não usar sua pequena estatura a seu favor quando a situação justificava.

– Vou fazer um piquenique – acrescentou Violet, para esclarecer.

– Com quem? – perguntou a Srta. Fernburst, desconfiada.

– Ah, com as minhas bonecas. Mette, Sonia, Francesca, Fiona Marie e... – Violet desfiou uma lista de nomes, inventando-os na hora.

Tinha mesmo uma quantidade absurda de bonecas. Por ser a única criança de sua geração – apesar de ter vários tios e tias –, ela era coberta de presentes regularmente. Alguém estava sempre indo visitá-los em Surrey – a proximidade com Londres era conveniente demais para alguém resistir – e parecia que bonecas eram o presente da moda.

Violet sorriu. A Srta. Fernburst teria se orgulhado dela, pensando assim em francês. Era realmente uma pena que não houvesse nenhuma maneira de mostrar isso.

– Srta. Violet – disse a Srta. Fernburst com firmeza –, leve essa torta de volta para a cozinha agora.

– Toda?

– É claro que deve levar toda a torta de volta – retrucou a Srta. Fernburst em um tom exasperado. – Nem sequer tem um talher para cortar um pedaço. Ou para comê-la.

Era verdade. Mas o que Violet planejara fazer com a torta não exigia nenhum tipo de talher. Como já estava metida naquilo até o pescoço, se enrolou ainda mais, respondendo:

– Não consegui carregar tudo. Eu planejava voltar para pegar uma colher.

– E deixar a torta no jardim para os corvos atacarem?

– Bem, eu não tinha pensado nisso.

– Não tinha pensado no quê? – disse uma voz forte e retumbante que só podia ser do seu pai. O Sr. Ledger se aproximou. – Violet, mas que diabo você está fazendo na sala de visitas com uma torta?

– É exatamente o que estou tentando descobrir – falou a Srta. Fernburst com severidade.

– Bem... – protelou Violet, tentando não olhar ansiosamente para as portas francesas que levavam ao gramado.

Estava perdida agora. Nunca conseguira mentir para o pai. Ele via através de tudo. Ela não sabia como ele fazia isso; devia ser algo nos olhos dela.

– Ela disse que estava planejando um piquenique no jardim com as bonecas – relatou a Srta. Fernburst.

– Não diga.

Não era uma pergunta, mas uma afirmação. Seu pai a conhecia muito bem.

Violet acenou com a cabeça. Bem, acenou de leve. Ou talvez estivesse mais para um menear do queixo.

– Porque você sempre dá comida de verdade para os seus brinquedos – continuou o pai.

Ela não disse nada.

– Violet, o que você planejava fazer com essa torta? – perguntou ele com ar sério.

– Hã...

Seus olhos não conseguiam deixar um ponto no chão cerca de dois metros à esquerda.

– *Violet?*

– Era para ser só uma pequena armadilha – murmurou ela.

– Uma pequena o quê?

– Uma armadilha. Para aquele garoto dos Bridgertons.

– Para...

O pai riu. Ela podia ver que não tinha sido sua intenção, e depois de ele cobrir a boca com uma das mãos e tossir, seu rosto voltou a ficar sério.

– Ele é horrível – disse ela, antes que ele pudesse repreendê-la.

– Ah, ele não é tão ruim.

– Ele é terrível, pai. O senhor sabe que é. E ele nem mora aqui em Upper Smedley. Está só visitando. Era de esperar que soubesse se comportar de maneira apropriada... O pai dele é um visconde, mas...

– Violet...

– Ele não é um cavalheiro – disse ela, fungando.

– Ele tem 9 anos.

– Dez – corrigiu ela meticulosamente. – E acho que um garoto de 10 anos devia saber como ser um bom hóspede.

– Ele não é nosso hóspede – ressaltou o pai. – Está visitando os Millertons.

– Tanto faz – disse Violet, pensando que adoraria cruzar os braços.

Mas ainda estava segurando aquela maldita torta.

O pai esperou que ela concluísse o pensamento, mas ela não disse mais nada.

– Dê a torta à Srta. Fernburst – ordenou o pai.

– Ser um bom hóspede significa não se comportar de maneira terrível com os vizinhos – protestou Violet.

– A torta, Violet.

Ela a entregou à Srta. Fernburst, que, para falar a verdade, não parecia querer segurá-la.

– Devo levá-la de volta para a cozinha? – perguntou a professora.

– Por favor – disse o pai de Violet.

Violet esperou até que a Srta. Fernburst desaparecesse e então olhou para o pai com uma expressão descontente.

– Ele colocou farinha no meu cabelo, pai.

– Florzinha? – indagou ele. – As meninas não gostam desse tipo de coisa?

– Farinha, pai! Farinha! Do tipo que se usa para assar bolos! A Srta. Fernburst teve de lavar meu cabelo por vinte minutos para tirar tudo. E não ria!

– Não estou rindo!

– Está – acusou ela. – O senhor quer rir. Posso ver isso no seu rosto.

– Só estou me perguntando como ele conseguiu fazer isso.

– Eu não sei – grunhiu Violet.

O que era o pior insulto de todos.

Ele a cobrira de farinha e ela ainda não sabia como tinha feito isso. Em um minuto ela estava andando no jardim e no minuto seguinte tinha tropeçado e...

Puf! Farinha para todos os lados.

– Bem – disse o pai de maneira pragmática –, acho que ele vai embora no fim da semana. Então você não vai ter de suportar a presença dele por muito mais tempo. Isso se chegar a vê-lo novamente – acrescentou. – Não devemos visitar os Millertons esta semana, não é?

– Não íamos visitá-los ontem, mas ainda assim ele conseguiu me cobrir de farinha – respondeu Violet.

– Como você sabe que foi ele?

– Ah, eu sei – disse ela sombriamente.

Enquanto estava cuspindo, tossindo e afastando a nuvem de farinha, ela o ouvira gargalhar em triunfo. Se não tivesse tanta farinha nos olhos, provavelmente o teria visto também, sorrindo daquela maneira terrível *de garoto* dele.

– Ele parecia perfeitamente agradável quando veio com Georgie Millerton para o chá na segunda.

– Não quando o *senhor* não estava na sala.

– Ah. Bem... – O pai dela fez uma pausa, franzindo os lábios, pensativo. – Sinto muito ter de dizer isso, mas é uma lição de vida que você vai aprender em breve. Os meninos são horríveis.

Violet piscou.

– Mas... mas...

O Sr. Ledger deu de ombros.

– Tenho certeza de que sua mãe vai concordar.

– Mas o *senhor* é um menino.

– E eu era horrível, posso lhe asseguar. Pergunte à sua mãe.

Violet olhou para ele, incrédula. Era verdade que seus pais se conheciam desde que eram pequenos, mas ela não podia acreditar que ele algum dia tivesse se comportado mal com relação à sua mãe. Era tão gentil e atencioso com ela agora. Estava sempre beijando sua mão e sorrindo para ela com os olhos.

– Ele provavelmente gosta de você – disse o Sr. Ledger. – O menino dos Bridgertons – esclareceu, como se isso fosse necessário.

Violet soltou um suspiro horrorizado.

– Não gosta.

– Talvez não – disse o pai, concordando. – Talvez ele seja apenas horrível. Mas provavelmente acha você bonita. É isso que os meninos fazem quando acham uma menina bonita. E você sabe que eu a acho extraordinariamente bonita.

– Você é meu pai – retrucou ela, lançando-lhe um olhar perspicaz. Todo mundo sabia que os pais acham as filhas bonitas.

– Vou lhe dizer uma coisa – falou ele, curvando-se e tocando delicadamente o queixo dela. – Se aquele menino dos Bridgertons... como você disse que era o nome dele mesmo?

– Edmund.

– Edmund, certo, é claro. Se Edmund Bridgerton incomodá-la novamente, vou chamá-lo para defender a sua honra.

– Um duelo? – sussurrou Violet, cada centímetro de seu corpo formigando de prazer horrorizado.

– Até a morte – confirmou o pai. – Ou talvez apenas uma repreensão séria. Realmente prefiro não ir para a forca por matar um menino de 9 anos.

– Dez – corrigiu Violet.

– Dez. Você parece saber muito sobre o jovem Sr. Bridgerton.

Violet abriu a boca para se defender, porque, afinal, não podia evitar saber algumas coisas sobre Edmund Bridgerton; fora forçada a se sentar à mesma sala de visitas que ele por duas horas na segunda. Mas podia ver que o pai a estava provocando. Se ela dissesse mais alguma coisa, ele nunca ia parar.

– Posso voltar para o meu quarto agora? – perguntou ela afetadamente.

O pai assentiu.

– Mas não vai haver torta de sobremesa esta noite.

A boca de Violet se abriu.

– Mas...

– Sem discussão, por favor. Você estava bem preparada para sacrificar a torta esta tarde. Não parece justo que possa comer um pedaço agora que teve suas intenções frustradas.

Violet comprimiu os lábios em uma linha rebelde. Acenou com a cabeça rigidamente, em seguida marchou em direção às escadas.

– Eu odeio Edmund Bridgerton – murmurou ela.

– O que foi? – gritou o pai.

– Eu odeio Edmund Bridgerton! – gritou ela. – E não me importo com quem saiba!

O pai riu, o que só a deixou ainda mais furiosa.

Meninos eram realmente horríveis. Mas Edmund Bridgerton era pior que todos.

Londres
Nove anos depois

– Estou lhe dizendo, Violet – falou a Srta. Mary Filloby com uma certeza nada convincente –, é ótimo não termos uma beleza estonteante. Tornaria tudo muito complicado.

Complicado como?, queria perguntar Violet. Porque, de onde ela estava sentada (junto à parede, tomando um chá de cadeira enquanto observava as meninas que *tinham* sido chamadas para dançar), ter uma beleza estonteante não parecia uma coisa assim tão ruim.

Mas não se deu ao trabalho de perguntar. Não precisava. Mary levaria apenas um segundo para continuar:

– Olhe para ela. Olhe para ela!

Violet já estava olhando para ela.

– Ela tem oito homens ao seu lado – disse Mary, a voz uma estranha combinação de espanto e repulsa.

– Eu contei nove – murmurou Violet.

Mary cruzou os braços.

– Eu me recuso a incluir o meu irmão.

Ambas suspiraram, os olhos fixos em Lady Begonia Dixon, que, com sua boca em forma de coração, seus olhos azul-celeste e seus ombros perfeitos, tinha encantado a metade masculina da sociedade de Londres nos poucos dias desde que chegara à cidade. O cabelo provavelmente era glorioso também, pensou Violet, irritada. Graças aos céus pelas perucas. Elas eram as grandes niveladoras, permitindo que as garotas de cabelo louro-escuro competissem com as que tinham sedosos cachos dourados.

Não que Violet se importasse com seu cabelo louro-escuro. Era bem bonito. E brilhoso, até. Só não era cacheado nem dourado.

– Há quanto tempo estamos sentadas aqui? – perguntou Mary.

– Quarenta e cinco minutos – estimou Violet.

– Tudo isso?

Violet assentiu com tristeza.

– Temo que sim.

– Não há homens suficientes – disse Mary.

Sua voz tinha perdido a vivacidade e ela parecia um pouco desanimada. Mas era verdade. Não havia homens suficientes. Muitos tinham ido lutar nas colônias e vários desses não tinham voltado. Acrescente-se a isso a complicação que era Lady Begonia Dixon (nove homens a menos para o restante delas ali, pensou Violet melancolicamente), e a escassez era de fato terrível.

– Só dancei uma vez a noite toda – disse Mary. Então, após uma pausa: – E você?

– Duas – admitiu Violet. – Mas uma vez foi com o seu irmão.

– Ah, bem, essa não conta.

– Conta sim – disparou Violet.

Thomas Filloby era um cavalheiro com as duas pernas e todos os dentes e, no que lhe dizia respeito, ele contava.

– Você nem *gosta* do meu irmão.

Não havia nada a dizer que não fosse rude ou uma mentira, por isso Violet se limitou a acenar ligeiramente com a cabeça de um jeito engraçado que poderia ser interpretado de qualquer maneira.

– Queria que você tivesse um irmão – disse Mary.

– Para que ele a chamasse para dançar?

Mary assentiu.

– Sinto muito.

Violet ficou em silêncio por um instante, esperando Mary dizer: "Não é culpa sua", mas a amiga finalmente tinha deixado de olhar para Lady Begonia Dixon e estreitava os olhos em direção a alguém junto à mesa de limonada.

– Quem é *aquele*? – perguntou Mary.

Violet virou a cabeça de lado.

– O duque de Ashbourne, acho.

– Não, não estou falando dele – disse Mary, impaciente. – O que está do lado.

Violet balançou a cabeça.

– Não sei.

Não conseguia ver direito o cavalheiro em questão, mas tinha certeza de que não o conhecia. Ele era alto, mas não demais, e sua postura tinha a graça atlética de um homem perfeitamente à vontade com seu corpo. Não precisava ver o rosto dele de perto para saber que era bonito. Porque, mesmo que não fosse elegante, mesmo que seu rosto não fosse uma obra de Michelangelo, ele seria bonito.

Ele era confiante, e homens confiantes eram sempre bonitos.

– Ele é novo – disse Mary, observando-o.

– Dê-lhe alguns minutos – falou Violet com uma voz seca. – Ele vai encontrar Lady Begonia no devido tempo.

Mas o cavalheiro em questão não parecia notar Lady Begonia, por mais incrível que isso parecesse. Ele se demorou junto à mesa de limonada, tomando seis copos, em seguida caminhou até a mesa dos petiscos, onde devorou uma quantidade surpreendente de comida. Violet não tinha certeza da razão por que acompanhava o que ele fazia pelo salão, fora o fato de ele ser novo ali e ela estar entediada.

E de ele ser jovem. E bonito.

Mas, principalmente, por estar entediada. Mary tinha sido tirada para dançar por seu primo de terceiro grau, e então Violet ficara sozinha em sua cadeira, sem nada para fazer além de contar o número de canapés que o novo cavalheiro tinha comido.

Onde estava sua mãe? Com certeza era hora de ir embora. O ar estava abafado, ela sentia calor e não parecia que ia conseguir uma terceira dança, então...

– Olá! – ouviu uma voz dizer. – Eu conheço você.

Violet piscou, erguendo os olhos. Era ele! O cavalheiro voraz devorador de doze canapés.

Ela não tinha ideia de quem ele era.

– Você é a Srta. Violet Ledger – disse ele.

Srta. Ledger, na verdade, já que não tinha irmã mais velha, mas ela não o corrigiu. O uso de seu nome completo parecia indicar que ele a conhecia havia algum tempo, ou muito tempo, talvez.

– Sinto muito – murmurou ela, porque nunca fora boa em fingir que conhecia alguém –, eu...

– Edmund Bridgerton – disse ele com um sorriso fácil. – Eu a conheci há vários anos. Estava visitando George Millerton. – Ele olhou ao redor da sala. – Você o viu? Ele devia estar por aqui.

– Hã, sim – respondeu Violet, um tanto surpresa com a amabilidade sociável do Sr. Bridgerton.

As pessoas em Londres geralmente não eram tão amigáveis. Não que ela se importasse, só que não fora criada acostumada com isso.

– Devíamos nos encontrar aqui – disse o Sr. Bridgerton distraidamente, ainda olhando de um lado para outro.

Violet limpou a garganta.

– Ele está aqui. Dancei com ele mais cedo.

O Sr. Bridgerton pensou nisso por um instante, depois se sentou na cadeira ao lado dela.

– Acho que não a vejo desde que eu tinha 10 anos.

Violet ainda tentava se lembrar.

Ele sorriu de lado para ela.

– Peguei você com a minha bomba de farinha.

Ela engasgou.

– Foi *você*?

Ele sorriu novamente.

– Agora você se lembra.

– Eu tinha esquecido o seu nome – disse ela.

– Estou arrasado.

Violet girou em seu assento, sorrindo mesmo sem querer.

– Fiquei com tanta raiva...

Ele começou a rir.

– Você devia ter visto a sua cara.

– Eu não conseguia ver nada. Meus olhos estavam cheios de farinha.

– Fiquei surpreso por você nunca ter se vingado.

– Eu tentei – assegurou ela. – Mas meu pai me pegou.

Ele assentiu, como se tivesse alguma experiência com esse tipo específico de frustração.

– Imagino que fosse algo magnífico.

– Acho que envolvia uma torta.

Ele assentiu de maneira aprovadora.

– Teria sido brilhante – disse ela.

Ele arqueou uma sobrancelha.

– Morango?

– Amora – respondeu ela, a voz diabólica só de lembrar.

– Ainda melhor.

Ele se recostou, ficando à vontade. Parecia tão relaxado, como se pudesse se adaptar perfeitamente a qualquer situação. Sua postura era tão correta quanto a de qualquer cavalheiro, mas ainda assim...

Ele era diferente.

Violet não sabia bem como descrever, mas havia algo nele que a deixava à vontade. Ele a fazia se sentir feliz. Livre.

Porque ele era assim. Bastara um minuto ao seu lado para ela perceber que ele era a pessoa mais livre e feliz que conhecia.

– Você alguma vez teve a chance de usar sua arma? – perguntou ele.

Ela olhou para ele sem entender.

– A torta – lembrou ele.

– Ah. Não. Meu pai teria me matado. E, além disso, não havia ninguém para atacar.

– Você certamente podia ter encontrado uma razão para ir atrás de Georgie – disse o Sr. Bridgerton.

– Eu não ataco sem ser provocada – retrucou Violet com o que esperava ser um sorriso provocador –, e Georgie Millerton nunca jogou farinha em mim.

– Uma dama justa – disse o Sr. Bridgerton. – O melhor tipo.

Violet sentiu o rosto ficar absurdamente quente. Com a graça de Deus, o sol já quase havia se posto e não entrava muita luz pelas janelas. Com apenas as velas tremeluzentes para iluminar o salão, ele podia não ter notado como o rosto dela ficara rosado.

– Nenhum irmão ou irmã para merecer sua ira? – perguntou o Sr. Bridgerton. – Parece mesmo uma pena desperdiçar uma torta perfeitamente boa.

– Se bem me lembro, ela não foi desperdiçada – respondeu Violet. – Todos comeram um pedaço de sobremesa naquela noite, menos eu. E, de qualquer maneira, não tenho irmãos nem irmãs.

– Sério? – Ele franziu o cenho. – É estranho eu não me lembrar disso com relação a você.

– Você se lembra de muita coisa? – perguntou ela. – Porque eu...

– Não lembra? – completou ele. E riu. – Não se preocupe. Não fico ofendido. Nunca esqueço um rosto. É um dom e uma maldição.

Violet pensou em todas as vezes – incluindo aquela – em que não se lembrara do nome da pessoa à sua frente.

– Como isso poderia ser uma maldição?

Ele se curvou na direção dela, inclinando a cabeça com um jeito de quem flerta.

– Você fica com o coração partido, sabe, quando as moças bonitas não lembram o seu nome.

– Ah! – Ela sentiu o rosto corar. – Sinto muito, mas você entende, já faz muito tempo e...

– Pode parar – disse ele, rindo. – Estou brincando.

– Ah, é claro.

Ela cerrou os dentes. É claro que ele estava brincando. Como podia ser tão boba de não perceber? Mas...

Ele tinha acabado de dizer que ela era bonita?

– Você estava me contando que não tem irmãos – continuou ele, voltando habilmente ao ponto anterior da conversa.

E, pela primeira vez, ela sentiu como se tivesse sua total atenção. Ele não estava de olho na multidão, procurando preguiçosamente por George Millerton. Olhava para ela, bem dentro de seus olhos, e era assustadoramente maravilhoso.

Ela engoliu em seco, lembrando-se da pergunta dele dois segundos depois do que seria o natural para continuar tranquilamente a conversa.

– Nenhum irmão – disse ela, a voz saindo rápido demais para compensar o atraso. – Eu fui uma criança difícil.

Os olhos dele se arregalaram, muito interessados.

– É mesmo?

– Não, quero dizer, fui um bebê difícil. O meu nascimento foi difícil. – Deus do céu, para onde tinham ido suas habilidades verbais? – O médico disse à minha mãe que era melhor não ter outro. – Ela engoliu em seco, infeliz, determinada a recuperar o raciocínio. – E você?

– E eu? – provocou ele.

– Tem irmãos?

– Três. Duas irmãs e um irmão.

A ideia de ter mais três pessoas durante sua infância por vezes solitária parecia maravilhosa.

– Vocês são próximos? – perguntou ela.

Ele pensou por um instante.

– Acho que sim. Nunca parei para pensar nisso. Hugo é o oposto de mim, mas ainda assim o considero meu amigo mais próximo.

– E as suas irmãs? São mais novas ou mais velhas?

– Uma de cada. Billie é sete anos mais velha do que eu. Ela finalmente se casou, então não a vejo muito, mas Georgiana é só um pouco mais nova. Provavelmente tem a sua idade.

– Ela não está aqui em Londres, então?

– Vai debutar no ano que vem. Meus pais dizem que ainda estão se recuperando de quando Billie debutou.

Violet sentiu as sobrancelhas se erguerem, mas sabia que não devia...

– Pode perguntar – disse ele.

– O que ela fez? – indagou ela imediatamente.

Ele se curvou com um brilho conspiratório no olhar.

– Eu nunca fiquei sabendo de todos os detalhes, mas ouvi algo sobre fogo.

Violet prendeu a respiração – de choque *e* admiração.

– E um osso quebrado – acrescentou ele.

– Ah, pobrezinha.

– Não *dela*.

Violet sufocou uma risada.

– Ah, não. Eu não devia...

– Pode rir – disse ele.

Ela riu. A gargalhada escapou, alta e adorável, e quando percebeu que as pessoas olhavam para ela, não se importou.

Ficaram ali sentados juntos por alguns instantes, o silêncio entre eles uma companhia tão agradável quanto um nascer do sol. Violet mantinha os olhos nas damas e nos cavalheiros dançando à sua frente; de alguma forma sabia que, caso se atrevesse a se virar para o Sr. Bridgerton, nunca seria capaz de desviar o olhar.

A música chegava ao fim, mas, quando ela olhou para baixo, seus pés batiam no chão. Os dele também, e então...

– Srta. Ledger, gostaria de dançar?

Ela se virou e *olhou* para ele. E era verdade, percebeu: não ia conseguir desviar o olhar. Não do rosto dele, não da vida que se estendia à sua frente, tão perfeita e maravilhosa como aquela torta de amora de tantos anos antes.

Ela pegou a mão dele, e pareceu uma promessa.

– Não há nada que eu gostaria mais de fazer.

Em algum lugar de Sussex
Seis meses depois

– Aonde estamos indo?

Violet Bridgerton era Violet Bridgerton havia precisamente oito horas e, até aquele momento, estava adorando seu novo sobrenome.

– Ah, é surpresa – disse Edmund, sorrindo vorazmente para ela do outro lado da carruagem.

Bem, não exatamente do outro lado da carruagem. Ela estava praticamente em seu colo.

E... então ela *estava* em seu colo.

– Eu amo você – disse ele, rindo do grito de surpresa dela.

– Não tanto quanto eu amo você.

Ele lhe lançou seu melhor olhar de condescendência.

– Você só *acha* que sabe do que está falando.

Ela sorriu. Não era a primeira vez que tinham aquela conversa.

– Muito bem – concedeu ele. – Você pode me amar mais, mas vou amá-la *melhor*. – Ele esperou um momento. – Não vai perguntar o que isso significa?

Violet pensou em todas as maneiras pelas quais ele já demonstrara seu amor. Não haviam antecipado seus votos matrimoniais, mas não tinham sido precisamente castos.

Concluiu que era melhor não perguntar.

– Apenas me diga aonde estamos indo – disse em vez disso.

Ele riu, passando um dos braços em volta dela.

– Para a nossa lua de mel – murmurou ele, as palavras chegando quentes e deliciosas à pele dela.

– Mas *onde*?

– Tudo a seu tempo, minha querida Sra. Bridgerton. Tudo a seu tempo.

Ela tentou fugir de volta para o seu próprio lado da carruagem – era a coisa certa a fazer, procurou se lembrar –, mas ele não concordou e segurou-a com força.

– Aonde você pensa que vai? – rosnou ele.

– Esse é o problema: eu não sei!

Edmund riu, uma risada alta, sincera e perfeitamente, esplendidamente calorosa. Ele estava tão feliz! E fazia *Violet* feliz. A mãe dela dissera que ele era muito jovem, que ela devia procurar um cavalheiro mais maduro, de preferência um que já tivesse assumido seu título. Mas desde aquele momento encantador na pista de dança, quando suas mãos se encontraram e Violet olhou de verdade, pela primeira vez, dentro dos olhos dele, não conseguia imaginar a vida com ninguém além de Edmund Bridgerton.

Ele era sua outra metade, aquele que a completava. Eles seriam jovens juntos e então envelheceriam juntos. Andariam de mãos dadas, se mudariam para o campo e fariam muitos e muitos bebês.

Seus filhos não seriam solitários. Ela queria um monte deles. Um bando. Queria barulho e risadas e tudo o que Edmund fazia com que ela sentisse, acompanhado de ar fresco e tortas de morango e...

Bem, e uma viagem ocasional para Londres. Ela não era tão simplória a ponto de não desejar ter vestidos feitos por madame Lamontaine. E é claro que não poderia ficar um ano inteiro sem ir à ópera. Mas, fora isso – e uma festa aqui e outra ali, realmente gostava de companhia –, queria ser mãe.

Ansiava por isso.

Mas não tinha percebido como desejava isso com força até conhecer Edmund. Era como se algo dentro dela estivesse se contendo, não permitindo que ela quisesse ter bebês até encontrar o único homem com quem poderia imaginar fazê-los.

– Estamos quase lá – disse ele, olhando para fora da janela.

– E esse lugar seria...?

A carruagem já tinha diminuído a velocidade; em seguida parou, e Edmund ergueu os olhos com um sorriso maroto.

– Aqui – completou ele.

A porta se abriu e ele saltou, estendendo a mão para ajudá-la. Ela desceu cuidadosamente – a última coisa que queria era cair de cara no chão em sua noite de núpcias –, então olhou para cima.

– Hare & Hounds? – perguntou ela sem entender.

– A própria – disse ele com orgulho.

Como se não houvesse uma centena de estalagens iguais espalhadas por toda a Inglaterra.

Ela piscou. Várias vezes.

– Uma estalagem?

– Com certeza. – Ele se inclinou para falar conspiratoriamente em seu ouvido. – Suponho que você esteja se perguntando por que escolhi este lugar.

– Bem... sim.

Não que houvesse algo de *errado* com uma estalagem. O lugar certamente parecia bem conservado olhando por fora. E se ele a levara para lá, devia ser limpo e confortável.

– Eis o problema – disse ele, levando a mão dela aos lábios. – Se formos para casa, terei de apresentá-la a todos os criados. É claro que são apenas seis, mas ainda assim... os sentimentos deles ficarão terrivelmente feridos se não lhes dermos a devida atenção.

– É claro – disse Violet, ainda um pouco impressionada com o fato de que, em breve, seria dona de sua própria casa.

O pai de Edmund lhes dera uma confortável propriedade um mês antes. Não era grande, mas era deles.

– Isso sem falar que, quando não descermos para tomar café da manhã no dia seguinte ou no próximo... – Edmund parou por um momento, como se estivesse pensando em algo terrivelmente importante, antes de terminar com – ou no próximo...

– Não vamos descer para tomar café da manhã?

Ele olhou nos olhos dela.

– Ah, não.

Violet corou. Até as pontas dos pés.

– Não por uma semana, pelo menos.

Ela engoliu em seco, tentando ignorar a vertigem de expectativa que sentia.

– Então, veja bem – disse ele com um sorriso lento –, se passarmos uma semana, ou talvez duas...

– Duas semanas? – guinchou ela.

Ele deu de ombros carinhosamente.

– É possível.

– Ah, meu Deus.

– Você ficaria terrivelmente envergonhada diante dos criados.

– Mas não você – disse ela.

– Não é o tipo de coisa que os homens achem constrangedora – admitiu ele modestamente.

– Mas aqui em uma estalagem... – disse ela.

– Podemos ficar no nosso quarto por um mês inteiro, se quisermos, e depois nunca mais voltarmos aqui!

– Um mês? – repetiu ela.

Àquela altura, não tinha certeza se havia corado ou ficado pálida.

– Eu fico se você quiser – disse ele diabolicamente.

– Edmund!

– Ah, tudo bem, acho que teremos que aparecer em um ou dois eventos antes da Páscoa.

– Edmund...

– É Sr. Bridgerton para você.

– Tão formal?

– Só porque assim posso chamá-la de Sra. Bridgerton.

Era incrível como ele podia fazê-la tão absurdamente feliz com uma única frase.

– Vamos entrar? – perguntou, levantando a mão dela como um incentivo. – Está com fome?

– Hã, não – respondeu ela, embora estivesse, um pouco.

– Graças a *Deus*.

– Edmund!

Ela riu, porque ele estava andando tão rápido que ela precisava correr para acompanhá-lo.

– Seu marido é um homem muito impaciente – disse Edmund, parando de repente com o único propósito (Violet tinha certeza) de fazê-la se chocar contra ele.

– É mesmo? – murmurou ela.

Começava a se sentir feminina e poderosa.

Ele não respondeu; já tinham chegado à recepção, e Edmund confirmava a reserva.

– Você se importa se eu não carregá-la pelas escadas? – perguntou ele quando terminou. – Você é leve como uma pena, é claro, e eu sou viril o suficiente...

– Edmund!

– É só que estou com um pouco de pressa.

E os olhos dele – ah, os olhos dele – estavam cheios de milhares de promessas, e ela queria conhecer cada uma delas.

– Eu também – disse ela suavemente, colocando a mão na dele. – Bastante.

– Ah, inferno! – praguejou ele com a voz rouca, e a pegou nos braços. – Não consigo resistir.

– Até a soleira teria sido suficiente – disse ela, rindo durante todo o caminho pelas escadas.

– Não para mim.

Ele abriu a porta do quarto com um chute, então jogou-a na cama para poder fechá-la.

Subiu em cima dela, movendo-se com uma graça felina que ela nunca tinha visto antes.

– Eu amo você – disse, os lábios tocando os de Violet enquanto suas mãos delizavam para baixo da saia dela.

– Eu o amo mais – respondeu ela, arfando, porque as coisas que ele estava fazendo... deviam ser proibidas.

– Mas eu... – murmurou ele, beijando-a por todo o caminho até a perna e então... Deus do céu... de volta novamente. – Eu vou amá-la *melhor*.

Suas roupas pareciam voar para longe, mas ela não sentiu nenhum constrangimento. Era surpreendente ficar deitada embaixo daquele homem, vê-lo olhando para ela, vendo o corpo dela – *todo* – e não sentir nenhuma vergonha, nenhum desconforto.

– Ah, Deus, Violet – gemeu ele, posicionando-se desajeitadamente entre suas pernas. – Eu tenho que lhe dizer que não tenho muita experiência nisso.

– Eu também não – desabafou ela.

– Eu nunca...

Isso chamou a atenção dela.

– Você nunca?

Ele balançou a cabeça.

– Acho que estava esperando você.

Ela ficou sem ar e, em seguida, com um sorriso lento e doce, disse:

– Para alguém que nunca fez isso, você é muito bom.

Por um momento, ela pensou ter visto lágrimas nos olhos dele, mas então, de repente, elas sumiram, substituídas por um brilho malicioso.

– Eu pretendo melhorar com a idade – disse ele.

– Eu também – respondeu ela, com o mesmo ar travesso.

Ele riu, e então ela riu, e os dois estavam felizes juntos.

E, embora fosse verdade que tivessem melhorado com a idade, aquela primeira vez, no melhor colchão de penas da Hare and Hounds...

Foi arrebatadoramente boa.

Aubrey Hall, Kent
Vinte anos depois

No momento em que Violet ouviu Eloise gritar, ela sabia que algo estava terrivelmente errado.

Não que se seus filhos nunca gritassem. Eles gritavam o tempo todo, geralmente um com o outro. Mas aquilo não era um grito comum. E não nascia de raiva ou frustração ou de um senso equivocado de injustiça.

Era um grito de terror.

Violet correu pela casa a uma velocidade que deveria ter sido impossível no oitavo mês de sua oitava gravidez. Desceu depressa as escadas, atravessou o grande salão, passou correndo pela entrada e desceu a escada do pórtico...

E o tempo todo, Eloise não parava de gritar.

– O que houve? – disse ela, arfando, quando finalmente viu o rosto da filha de 7 anos.

Ela estava de pé na beirada do gramado, perto da entrada do labirinto de cerca viva, e ainda estava gritando.

– Eloise – implorou Violet, tomando seu rosto entre as mãos. – Eloise, por favor, me diga o que houve.

Os gritos da menina deram lugar a soluços, e ela cobriu as orelhas com as mãos, balançando a cabeça sem parar.

– Eloise, você precisa...

As palavras de Violet foram interrompidas bruscamente. O bebê que estava esperando era pesado e já estava bem baixo, e a dor que atravessou seu abdômen por ter corrido tanto a atingiu em cheio. Ela respirou fundo, tentando desacelerar a pulsação, e colocou as mãos sob a barriga, tentando lhe dar suporte externo.

– Papai! – gemeu Eloise.

Foi a única palavra que pareceu conseguir formar em meio aos gritos.

Violet sentiu um frio no peito.

– O que você quer dizer?

– Papai – disse Eloise, sem fôlego. – Papaipapaipapaipapaipapai...

Violet lhe deu um tapa. Seria a única vez que bateria em uma criança.

Os olhos de Eloise se arregalaram enquanto respirava fundo. Ela não disse nada, mas virou a cabeça em direção à entrada do labirinto. E foi então que Violet viu.

Um pé.

– Edmund? – sussurrou ela.

E então gritou.

Correu em direção ao labirinto, em direção ao pé com uma bota que aparecia para fora da entrada, ligado a uma perna, que devia estar ligada a um corpo, que estava caído no chão.

Sem se mover.

– Edmund, ah, Edmund, ah, Edmund – disse ela, de novo e de novo, algo entre um gemido e um grito.

Quando chegou a seu lado, ela já sabia. Ele se fora. Estava deitado de costas, os olhos ainda abertos, mas não havia mais nada dele ali. Ele se fora. Tinha 39 anos e se fora.

– O que aconteceu? – sussurrou ela, tocando-o freneticamente, apertando o braço dele, o pulso, o rosto.

A mente de Violet sabia que não podia trazê-lo de volta e o coração dela também, mas de alguma forma suas mãos não conseguiam aceitar. Ela não conseguia parar de tocá-lo... cutucá-lo, puxá-lo, soluçando o tempo todo.

– Mamãe?

Era Eloise, chegando atrás dela.

– Mamãe?

Ela não conseguia se virar. Não podia. Não conseguia olhar no rosto da filha, sabendo que ela agora só tinha mãe.

– Foi uma abelha, mamãe. Ele foi picado por uma abelha.

Violet ficou muito quieta. Uma abelha? Como assim uma abelha? Todo mundo era picado por uma abelha em algum momento da vida. Inchava, ficava vermelho, doía.

Mas não matava.

– Ele disse que não era nada – explicou Eloise, a voz trêmula. – Ele disse que nem tinha doído.

Violet olhou para o marido, sua cabeça se movendo de um lado para outro em negação. Como podia não ter doído? Aquilo o havia *matado*. Ela juntou os lábios, tentando formar uma pergunta, tentando emitir um maldito som qualquer, mas tudo o que conseguiu dizer foi:

– E... e... e...

Ela nem sequer sabia o que estava tentando perguntar. *E* quando isso aconteceu? *E* o que mais ele disse? *E* onde vocês estavam?

E do que adiantava? Alguma daquelas coisas importava?

– Ele não conseguia respirar – disse Eloise.

Violet sentiu a filha se aproximar e então, silenciosamente, a mão de Eloise deslizou para dentro da sua.

Violet a apertou.

– Ele começou a fazer um barulho – Eloise tentou imitar, e parecia horrível –, como se estivesse sufocando. E depois... Ah, mamãe. Ah, mamãe!

Ela se jogou contra a lateral do corpo de Violet, enterrando o rosto onde um dia houvera a curva de um quadril. Mas agora havia apenas uma barriga, uma enorme barriga onde estava uma criança que nunca conheceria o pai.

– Eu preciso me sentar – sussurrou Violet. – Preciso...

Ela desmaiou. Eloise aparou sua queda.

Quando voltou a si, Violet estava rodeada de criados, todos com o rosto coberto de choque e tristeza. Alguns não conseguiam olhar em seus olhos.

– Precisamos levá-la para a cama – disse a governanta rapidamente. Ela ergueu os olhos. – Temos um catre?

Violet balançou a cabeça enquanto deixava um criado ajudá-la a se sentar.

– Não, eu posso andar.

– Realmente acho...

– *Eu disse que posso andar* – disparou.

E então sentiu uma dor por dentro. Respirou fundo, de maneira involuntária.

– Deixe-me ajudá-la – disse o mordomo gentilmente.

Ele passou o braço pelas suas costas e, com cuidado, ajudou-a a se levantar.

– Eu não posso... mas Edmund...

Ela virou para olhar de novo, mas não teve coragem. *Não é ele*, disse a si mesma. *Ele não é assim.*

Ele não *era* assim.

Ela engoliu em seco.

– Onde está Eloise? – perguntou.

– A babá já a levou – disse a governanta, indo para o outro lado de Violet.

Violet assentiu.

– Madame, temos de levá-la para a cama. Não é bom para o bebê.

Violet colocou a mão na barriga. O bebê estava chutando como um louco. O que era bem típico. Aquele chutava, socava, rolava e soluçava e nunca, nunca parava. Era bem diferente dos outros. O que era uma coisa boa, imaginou. Aquele teria de ser forte.

Ela conteve um soluço. Eles teriam de ser fortes.

– Disse alguma coisa? – perguntou a governanta, conduzindo-a para a casa.

Violet balançou a cabeça.

– Eu preciso me deitar – sussurrou ela.

A governanta assentiu, então se virou para um criado com um olhar urgente.

– Vá chamar a parteira.

Não foi preciso parteira. Ninguém podia acreditar, depois do choque que tivera e por estar no fim da gravidez, mas o bebê se recusava a sair. Violet passou mais três semanas na cama, comendo porque precisava e tentando se lembrar de que devia ser forte. Edmund se fora, mas ela ainda tinha sete crianças que precisavam dela, oito incluindo a teimosa em sua barriga.

E então, por fim, depois de um parto rápido e fácil, a parteira anunciou:

– É uma menina. – E colocou um pequeno embrulhinho silencioso nos braços de Violet.

Uma menina. Violet não podia acreditar. Tinha se convencido de que seria um menino. Ia chamá-lo de Edmund, sem se importar com a ordem alfabética de A a G dos nomes de seus primeiros sete filhos. Ele se chamaria Edmund, e seria *parecido* com Edmund, porque com certeza essa era a única maneira de ela conseguir viver com aquilo tudo.

Mas era uma menina, uma coisinha pequena e rosada que não tinha feito nem um barulho sequer desde o gemido inicial.

– Bom dia – disse Violet para ela, porque não sabia o que mais poderia dizer.

Então olhou para baixo e viu seu próprio rosto – menor, um pouco mais redondo –, mas definitivamente nada parecido com Edmund.

A bebê olhou bem nos olhos dela, mesmo que Violet soubesse que não era possível. Bebês não fazem isso logo que nascem. Violet devia saber; aquela era a sua oitava.

Mas aquela... Ela não parecia perceber que não podia olhar para a mãe assim. E então piscou. Duas vezes. E fez isso com a deliberação mais surpreendente, como se dissesse: *Eu estou aqui. E sei* exatamente *o que estou fazendo.*

Violet ficou sem ar, tão completa e imediatamente apaixonada que mal podia aguentar. E então a bebê soltou um grito que não se parecia com nada que ela já tivesse ouvido. E chorou tão alto que a parteira deu um pulo. Ela gritou, gritou e gritou, e mesmo com a parteira toda atrapalhada e as criadas entrando correndo, Violet teve de rir.

– Ela é perfeita – declarou, tentando colocar a pequena chorona em seu peito. – Ela é absolutamente perfeita.

– Que nome vai dar a ela? – perguntou a parteira quando a bebê se ocupou, tentando descobrir como mamar.

– Hyacinth – decidiu Violet. Jacinto em inglês. Era a flor preferida de Edmund, principalmente os pequenos jacintos-uva que apareciam a cada ano para saudar a primavera. Eles marcavam o renascimento da paisagem, e aquele jacinto – sua Hyacinth – seria o renascimento de Violet.

O fato de o seu nome se encaixar perfeitamente depois de Anthony, Benedict, Colin, Daphne, Eloise, Francesca e Gregory... Bem, isso tornava tudo simplesmente ainda mais perfeito.

Então Violet ouviu uma batida na porta, e a babá Pickens colocou a cabeça para dentro do quarto.

– As garotas adorariam ver Sua Senhoria – disse ela à parteira. – Se ela estiver pronta.

A parteira olhou para Violet, que assentiu. A babá conduziu as três para dentro, dizendo com ar sério:

– Lembrem-se do que conversamos. Não cansem a sua mãe.

Daphne se aproximou da cama, seguida de Eloise e Francesca. Elas tinham o cabelo castanho e cheio de Edmund – todos os seus filhos tinham –, e Violet se perguntou se Hyacinth também teria. Por enquanto, tinha apenas um pequeno tufo de cor pêssego.

– É uma menina? – perguntou Eloise abruptamente.

Violet sorriu e mudou de posição para mostrar a nova bebê.

– É, sim.

– Ah, graças a Deus – disse Eloise, com um suspiro dramático. – Precisávamos de mais uma.

Ao lado dela, Francesca assentiu. Ela era o que Edmund sempre chamava de "gêmea acidental" de Eloise. As duas compartilhavam o dia do aniversário, com um ano de diferença. Aos 6 anos, Francesca costumava seguir Eloise em tudo. Eloise era mais ruidosa, mais ousada. Mas de vez em quando Francesca surpreendia a todos fazendo algo que era coisa só dela.

Não daquela vez, no entanto. Ela ficou ao lado de Eloise, segurando sua boneca de pano, concordando com tudo o que a irmã mais velha dizia.

Violet olhou para Daphne, sua filha mais velha. Ela estava com quase 11 anos, com certeza idade suficiente para segurar um bebê.

– Quer vê-la? – perguntou Violet.

Daphne balançou a cabeça. Ela estava piscando rapidamente, como fazia quando estava perplexa, e então, de repente, endireitou o corpo.

– Você está sorrindo – disse ela.

Violet olhou de volta para Hyacinth, que tinha largado seu peito e caído no sono.

– Estou – concordou ela, e podia ouvir em sua voz.

Tinha esquecido como soava sua voz com um sorriso.

– Você não sorri desde que o papai morreu – disse Daphne.

– Não?

Violet olhou para ela. Seria possível? Não sorria havia três semanas? Não parecia estranho. Seus lábios formaram a curva de memória, talvez com um pouco de alívio, como se estivessem se entregando a uma lembrança feliz.

– Não – confirmou Daphne.

Ela devia estar certa, percebeu Violet. Se não tinha conseguido sorrir para os filhos, com certeza não fizera isso por querer. A dor que sentira... tinha crescido diante dela, e a engolira inteira. Era uma coisa física pesada, que a deixava cansada e a subjugava.

Ninguém podia sorrir assim.

– Qual é o nome dela? – perguntou Francesca.

– Hyacinth. – Violet mudou de posição para que as meninas pudessem ver o rosto da bebê. – O que acham?

Francesca inclinou a cabeça para o lado.

– Ela não parece uma Hyacinth – declarou Francesca.

– Parece, sim – disse Eloise rapidamente. – Ela é muito rosa.

Francesca deu de ombros, cedendo.

– Ela não vai conhecer o papai – observou Daphne em voz baixa.

– Não – disse Violet. – Não, ela não vai.

Ninguém disse nada, e então Francesca – a pequena Francesca – disse:

– Podemos falar dele para ela.

Violet se engasgou com um soluço. Não tinha chorado na frente dos filhos desde aquele primeiro dia. Tinha guardado as lágrimas para os momentos em que ficava sozinha, mas não conseguiu contê-las agora.

– Eu acho... acho que é uma ideia maravilhosa, Frannie.

Francesca sorriu e então subiu na cama, se espremendo até encontrar o local perfeito do lado direito da mãe. Eloise foi atrás, em seguida, Daphne, e todas elas – todas as garotas Bridgerton – olharam para o mais novo membro da família.

– Ele era muito alto – começou Francesca.

– Não tão alto – disse Eloise. – Benedict é mais alto.

Francesca ignorou.

– Ele era alto. E sorria muito.

– Ele nos colocava nos ombros – disse Daphne, a voz ficando trêmula – até ficarmos grandes demais.

– E ele gargalhava – disse Eloise. – Ele adorava dar gargalhadas. Ele tinha a melhor gargalhada, o nosso pai...

Londres
Treze anos depois

Violet dedicara a vida a ver todos os oito filhos felizes e bem encaminhados, e em geral não se importava com as inúmeras tarefas que isso exigia. Havia festas, convites, costureiras e chapeleiros, e isso só para as meninas. Os filhos precisavam do mesmo grau de orientação, se não mais. A única diferença era que a sociedade proporcionava aos garotos uma liberdade consideravelmente maior, o que significava que Violet não tinha necessidade de acompanhar cada pequeno detalhe de suas vidas.

Mas é claro que ela tentou. Afinal, era mãe.

Tinha a sensação, no entanto, de que seu trabalho como mãe nunca exigiria tanto dela como naquele exato momento, na primavera de 1815.

Ela sabia muito bem que, no grande esquema da vida, não tinha do que reclamar. Nos últimos seis meses, Napoleão tinha escapado de Elba, um enorme vulcão tinha entrado em erupção nas Índias Orientais e várias centenas de soldados britânicos tinham perdido a vida na Batalha de Nova Orleans – travada por engano *depois* de o tratado de paz com os norte-americanos ter sido assinado. Violet, por outro lado, tinha oito filhos saudáveis, todos com os pés plantados em solo inglês no momento.

Porém.

Havia sempre um *porém*, não é mesmo?

Aquela primavera marcava a primeira (e Violet rezava para que fosse a última) temporada em que tinha duas garotas "no mercado".

Eloise debutara em 1814, e todos diriam que tinha sido um sucesso. Três propostas de casamento em três meses. Violet estava no céu de tanta alegria. Não que fosse deixar que Eloise aceitasse o pedido de dois deles – eram muito velhos. Violet não ligava para o grau de importância dos cavalheiros; nenhuma filha sua ia se prender a alguém que morreria antes que ela chegasse aos 30.

Não que isso não pudesse acontecer com um marido jovem. Doenças, acidentes, abelhas caprichosamente mortais... Várias coisas podiam levar um homem a morrer na flor da idade. Mas, ainda assim, um homem velho tinha mais chances de morrer do que um jovem.

E mesmo que não fosse o caso... Que jovem em seu perfeito juízo iria querer se casar com um homem com mais de 60 anos?

Mas apenas dois dos pretendentes de Eloise tinham sido desqualificados por causa da idade. O terceiro tinha 29 anos, com um título menor e uma fortuna perfeitamente respeitável. Não havia nada de errado com Lorde Tarragon. Violet tinha certeza de que ele daria um ótimo marido.

Mas Eloise, não.

Então agora lá estavam elas. Eloise, em sua segunda temporada, Francesca, na primeira, e Violet, exausta. Não podia nem ao menos pressionar Daphne para servir de acompanhante de vez em quando. Sua filha mais velha se casara com o duque de Hastings dois anos antes e logo ficara grávida, bem durante a temporada de 1814. E depois na de 1815 também.

Violet adorava ter um neto e estava nas nuvens com a perspectiva de mais dois chegando em breve (a esposa de Anthony também estava grávida), mas uma mulher realmente precisava de ajuda às vezes. Aquela noite, por exemplo, tinha sido um completo desastre.

Ah, tudo bem, talvez *desastre* fosse um pouco de exagero, mas, sério, quem tinha achado que um baile de máscaras seria uma boa ideia? Porque Violet tinha certeza de que não fora ela. E definitivamente não tinha concordado em participar como Rainha Elizabeth. Ou, se tinha, não concordara com a coroa. Aquilo pesava pelo menos uns 3 quilos, e ela estava morrendo de medo de que saísse voando de sua cabeça toda vez que a virava para a frente e para trás, tentando ficar de olho em Eloise e Francesca.

Não era de espantar que seu pescoço doesse.

Mas todo cuidado era pouco para uma mãe, principalmente em um baile de máscaras, quando jovens cavalheiros (e às vezes jovens damas) viam suas fantasias como uma oportunidade de se comportar de maneira pouco apropriada. Vejamos, lá estava Eloise, ajeitando sua fantasia de Atena enquanto conversava com Penelope Featherington. Que estava vestida de duende, pobrezinha.

Onde estava Francesca? Deus do céu, aquela menina conseguia ficar invisível em um campo sem árvores. E, a propósito, onde estava Benedict? Ele havia *prometido* dançar com Penelope e depois tinha desaparecido completamente.

Onde ele...

– Uff!

– Ah, perdão – disse Violet, desvencilhando-se de um cavalheiro que parecia estar vestido como...

Como ele mesmo, na verdade. Com uma máscara.

Ela não o reconheceu, no entanto. Nem a voz, nem o rosto sob a máscara. Ele tinha altura mediana, cabelos escuros e um porte elegante.

– Boa noite, Vossa Majestade – disse.

Violet piscou, então se lembrou – *a coroa*. Embora não soubesse como podia ter esquecido aquela monstruosidade de 3 quilos em sua cabeça.

– Boa noite – respondeu ela.

– Está procurando alguém?

Mais uma vez, ela ficou pensando de quem era a voz, e novamente não conseguiu identificar.

– Várias pessoas, na verdade – murmurou ela. – Sem sucesso.

– Minhas condolências – disse ele, pegando sua mão e curvando-se para beijá-la. – Eu tento restringir minhas buscas a uma pessoa de cada vez.

Você não tem oito filhos, Violet quase retorquiu, mas, no último momento, segurou a língua. Se ela não sabia quem era aquele cavalheiro, havia uma chance de ele também não saber quem ela era.

E, é claro, ele *poderia* ter oito filhos. Ela não era a única pessoa em Londres que fora tão abençoada no casamento. Além disso, ele exibia alguns fios de cabelo grisalho nas têmporas, então provavelmente tinha idade suficiente para ter tido tantos filhos.

– Um humilde cavalheiro pode pedir para dançar com uma rainha? – perguntou ele.

Violet pensou em recusar. Quase nunca dançava em público. Não que fosse contra, ou que achasse inadequado. Edmund se fora havia mais de doze anos. Ela ainda sentia sua falta, mas não estava mais de luto. Ele não ia querer isso. Ela usava cores vivas e mantinha uma agenda social intensa, mas, ainda assim, raramente dançava. Simplesmente não tinha vontade.

Mas então ele sorriu e alguma coisa a fez lembrar de como Edmund sorria – aquele curvar de lábios sempre travesso. O sorriso dele sempre fizera seu coração pular, e, ainda que o sorriso daquele cavalheiro não tivesse chegado a fazer *isso*, despertou algo dentro dela. Algo um pouco diabólico, um pouco despreocupado.

Algo *jovem*.

– Eu adoraria – respondeu ela, colocando a mão na dele.

– A mamãe está *dançando*? – sussurrou Eloise para Francesca.

– Mais importante – replicou Francesca –, *com quem* ela está dançando?

Eloise esticou o pescoço, sem se preocupar em disfarçar.

– Não faço ideia.

– Pergunte a Penelope – sugeriu Francesca. – Ela sempre parece saber quem todo mundo é.

Eloise se virou novamente, dessa vez procurando do outro lado da sala.

– Onde *está* Penelope?

– Cadê Benedict? – perguntou Colin, aproximando-se das irmãs.

– Não sei – respondeu Eloise. – Onde está Penelope?

Ele deu de ombros.

– Da última vez que a vi, ela estava se escondendo atrás de um vaso de plantas. Era de esperar que, com aquela fantasia de duende, ela se camuflasse melhor.

– Colin! – Eloise deu um tapa em seu braço. – Vá chamá-la para dançar.

– Já chamei! – Ele piscou. – Aquela é a mamãe dançando?

– É por isso que estávamos procurando Penelope – explicou Francesca.

Colin ficou olhando para ela, os lábios entreabertos.

– Fez sentido quando estávamos conversando – disse Francesca com um aceno da mão. – Você sabe com quem ela está dançando?

Colin balançou a cabeça.

– Eu odeio bailes de máscaras. De quem foi essa ideia, afinal?

– De Hyacinth – disse Eloise amargamente.

– De *Hyacinth?* – ecoou Colin.

Francesca estreitou os olhos.

– Ela é como um titereiro – resmungou.

– Que Deus nos ajude quando ela for adulta – retrucou Colin.

Ninguém precisou dizer, mas seus rostos mostravam um coletivo *Amém*.

– Quem é aquele dançando com a mamãe? – perguntou Colin.

– Nós não sabemos – respondeu Eloise. – É por isso que estávamos procurando Penelope. Ela sempre parece saber essas coisas.

– Sério?

Eloise olhou para ele de cara feia.

– Você nota alguma coisa?

– Muita coisa, na verdade – disse ele, afavelmente. – Em geral não o que *você* quer que eu note.

– Vamos ficar aqui até a dança terminar – anunciou Eloise. – E então vamos interrogá-la.

– Interrogar quem?

Todos ergueram os olhos. Anthony, o irmão mais velho, tinha chegado.

– A mamãe está dançando – disse Francesca, não que tecnicamente isso respondesse a sua pergunta.

– Com quem? – perguntou Anthony.

– Nós não sabemos – disse Colin.

– E planejam interrogá-la a respeito?

– Esse era o plano da Eloise – respondeu Colin.

– Não ouvi você discordando – rebateu Eloise.

Anthony ergueu as sobrancelhas.

– Acho que é o cavalheiro que deve ser interrogado.

– Já lhes ocorreu que uma mulher de 52 anos é perfeitamente capaz de escolher seus próprios parceiros de dança? – perguntou Colin a nenhum deles em particular.

– Não – respondeu Anthony, sua sílaba aguçada cortando Francesca, que disse:

– Ela é nossa *mãe*.

– Na verdade, ela tem apenas 51 anos – disse Eloise. Diante do olhar irritado de Francesca, ela acrescentou: – Bem, é verdade.

Colin olhou perplexo para as irmãs antes de se virar para Anthony.

– Você viu Benedict?

Anthony deu de ombros.

– Ele estava dançando mais cedo.

– Com alguém que *eu não conheço* – disse Eloise, com crescente intensidade. E volume.

Todos os três irmãos se viraram para ela.

– Nenhum de vocês acha curioso tanto a mamãe quanto Benedict dançarem com estranhos misteriosos? – perguntou Eloise.

– Na verdade, não – murmurou Colin.

Houve uma pausa enquanto todos continuavam acompanhando a mãe em seus passos elegantes pela pista de dança, e então ele acrescentou:

– E me ocorre que talvez seja por isso que ela nunca dança.

Anthony arqueou uma sobrancelha imperiosa.

– Estamos aqui parados há minutos, sem fazer nada além de especular sobre o comportamento dela – observou Colin.

Fez-se silêncio e, em seguida, Eloise disse:

– E daí?

– Ela é nossa *mãe* – observou Francesca.

– Vocês não acham que ela merece privacidade? Não, não respondam – concluiu Colin. – Vou procurar Benedict.

– Você não acha que *ele* merece privacidade? – rebateu Eloise.

– Não – respondeu Colin. – Mas, de qualquer forma, ele não corre perigo. Se Benedict não quiser ser encontrado, eu não vou encontrá-lo.

Com uma saudação irônica, ele se afastou em direção aos petiscos, embora fosse bastante óbvio que Benedict não estava em nenhum lugar perto dos biscoitos.

– Aí vem ela – sussurrou Francesca, e, de fato, a dança tinha terminado e Violet voltava para o perímetro da sala.

– Mãe – disse Anthony com firmeza, no momento em que ela se aproximou dos filhos.

– Anthony, não vi você a noite toda – disse ela com um sorriso. – Como está Kate? Sinto muito ela não estar se sentindo bem para participar.

– Com quem você estava dançando? – questionou Anthony.

Violet piscou.

– Perdão?

– Com quem a senhora estava dançando? – repetiu Eloise.

– Sinceramente? – disse Violet com um leve sorriso. – Não sei.

Anthony cruzou os braços.

– Como isso é possível?

– É um baile de máscaras – disse Violet, achando certa graça. – Identidades secretas e tudo mais.

– Vai dançar com ele de novo? – perguntou Eloise.

– Provavelmente não – respondeu Violet, olhando para a multidão. – Vocês viram Benedict? Ele devia dançar com Penelope Featherington.

– Não tente mudar de assunto – disse Eloise.

Violet se virou para ela, e dessa vez seus olhos tinham um suave brilho de reprovação.

– Havia um assunto?

– Estamos apenas cuidando dos seus interesses – respondeu Anthony depois de limpar a garganta várias vezes.

– Tenho certeza de que sim – murmurou Violet, e ninguém se atreveu a comentar o delicado tom de condescendência em sua voz.

– É só que a senhora raramente dança – explicou Francesca.

– Raramente – disse Violet com leveza. – E não nunca.

Em seguida, Francesca perguntou aquilo que todos queriam saber:

– A senhora gosta dele?

– Do homem com quem acabei de dançar? Não sei nem o nome dele.

– Mas...

– Ele tinha um sorriso bonito – cortou Violet – e me chamou para dançar.

– E?

Violet deu de ombros.

– E isso é tudo. Ele falou muito sobre sua coleção de patos de madeira. Duvido que nossos caminhos se cruzem novamente. – Ela acenou com a cabeça em direção aos filhos. – Se me dão licença...

Anthony, Eloise e Francesca observaram a mãe se afastar. Depois de um longo instante de silêncio, Anthony disse:

– Bem.

– Bem – concordou Francesca.

Eles se viraram cheios de expectativa para Eloise, que olhou mal-humorada para os irmãos e finalmente exclamou:

– Não, isso não está *nada* bem!

Houve outro longo silêncio não preenchido, e então Eloise perguntou:

– Vocês acham que algum dia ela vai se casar de novo?

– Não sei – disse Anthony.

Eloise limpou a garganta.

– E como nos sentimos com relação a isso?

Francesca olhou para ela com óbvio desdém.

– Você está falando de si mesma no plural agora?

– Não. Sinceramente quero saber como *nos* sentimos a respeito. Porque não sei como eu *me* sinto.

– Eu acho... – começou Anthony. Mas vários segundos se passaram até ele dizer lentamente: – Acho que nós acreditamos que ela pode tomar suas próprias decisões.

Nenhum dos três notou Violet atrás deles, escondida por uma grande samambaia decorativa, sorrindo.

Aubrey Hall, Kent
Anos depois

Não havia muitas vantagens em envelhecer, mas *aquilo*, Violet pensou com um suspiro feliz enquanto assistia vários de seus netos mais novos brincando no gramado, tinha de ser uma delas.

Setenta e cinco anos. Quem diria que ela chegaria a essa idade? Os filhos tinham perguntado o que ela queria; era um grande marco, segundo eles, e ela devia dar uma grande festa para comemorar.

– Apenas a família – tinha sido a resposta de Violet.

Ainda assim seria algo grande. Tinha oito filhos, 33 netos e *cinco* bisnetos. Qualquer reunião de família seria grande!

– No que está pensando, mamãe? – perguntou Daphne, indo se sentar ao lado dela em uma das confortáveis espreguiçadeiras que Kate e Anthony tinham comprado recentemente para Aubrey Hall.

– Principalmente em como estou feliz.

Daphne sorriu ironicamente.

– A senhora sempre diz isso.

Violet ergueu um dos ombros.

– Eu sempre estou.

– Sério? – Daphne não parecia acreditar nela.

– Quando estou com todos vocês.

Daphne seguiu o olhar da mãe, e juntas elas ficaram observando as crianças. Violet não sabia exatamente quantos estavam lá fora. Tinha perdido a conta quando eles começaram um jogo que envolvia uma bola de tênis, quatro petecas e um tronco. Devia ser divertido, porque ela podia jurar que tinha visto três meninos descerem de árvores para participar.

– Acho que esses são todos – disse ela.

Daphne piscou, então perguntou:

– No gramado? Acho que não. Mary está lá dentro, tenho certeza disso. Eu a vi com Jane e...

– Não, quero dizer que acho que não vou ter mais netos. – Ela se virou para Daphne e sorriu. – Acho que os meus filhos não vão me dar mais nenhum.

– Bem, *eu* com certeza não – afirmou Daphne, com uma expressão que claramente dizia: *Vire essa boca para lá!* – E Lucy *não* pode. O médico a fez prometer. E...

Ela fez uma pausa. Violet gostava de simplesmente ficar olhando para o seu rosto. Era tão divertido ver seus filhos pensarem. Ninguém nunca diz isso quando você se torna pai ou mãe: como é divertido vê-los fazer as coisas mais simples.

Dormir e pensar. Ela podia observar seus filhos fazerem isso para sempre. Mesmo agora, quando sete dos oito já tinham passado dos 40.

– A senhora está certa – Daphne finalmente concluiu. – Acho que nenhum de nós terá mais filhos.

– Salvo as surpresas – acrescentou Violet, porque sinceramente não se importaria se um de seus filhos lhe desse mais um neto.

– Bem, sim – disse Daphne, com um suspiro triste. – Sei tudo sobre isso.

Violet riu.

– E não faria nada diferente.

Daphne sorriu.

– Não.

– Ele acabou de cair de uma árvore – disse Violet, apontando para o gramado.

– De uma árvore?

– De propósito – assegurou Violet.

– Disso eu não tenho nenhuma dúvida. Juro que aquele garoto é parte macaco. – Daphne olhou para o gramado, seus olhos se movendo rapidamente de um lado para outro, procurando Edward, o filho mais novo. – Estou tão feliz por estarmos aqui! Ele precisa de irmãos, coitado. Os outros quatro quase não contam; são muito mais velhos.

Violet esticou o pescoço.

– Ele parece ter entrado em uma disputa com Anthony e Ben.

– Ele está ganhando?

Violet estreitou os olhos.

– Parece que ele e Anthony estão trabalhando juntos... Ah, espere, lá vem Daphne. A pequena Daphne – acrescentou ela, como se fosse necessário.

– Isso deve empatar as coisas – disse Daphne, sorrindo, enquanto via sua homônima bater na cabeça do filho.

Violet sorriu e bocejou.

– Cansada, mamãe?

– Um pouco.

Violet odiava admitir essas coisas; seus filhos ficavam logo preocupados com ela. Nunca pareciam entender que uma mulher de 75 anos podia gostar de tirar cochilos simplesmente porque gostara disso a vida inteira.

Mas Daphne não insistiu no assunto, e elas ficaram deitadas em suas espreguiçadeiras, desfrutando de um silêncio agradável, até que, de repente, Daphne perguntou:

– A senhora está *realmente* feliz, mamãe?

– Claro. – Violet olhou para ela, surpresa. – Por que está perguntando uma coisa dessas?

– É só que... bem... a senhora está *sozinha*.

Violet riu.

– Não estou nem um pouco sozinha, Daphne.

– A senhora *sabe* o que eu quero dizer. Papai já se foi há quase quarenta anos, e a senhora nunca...

Achando graça, Violet esperou que ela terminasse a frase. Quando ficou claro que Daphne não ia conseguir, Violet sentiu pena dela e disse:

– Está tentando me perguntar se eu já tive um amante?

– Não! – disparou Daphne, mesmo que Violet tivesse quase certeza de que ela havia pensado nisso.

– Bem, eu não tive, se você quer saber – respondeu ela com naturalidade.

– Aparentemente eu queria – murmurou Daphne.

– Eu nunca quis – disse Violet.

– Nunca?

Violet deu de ombros.

– Não fiz uma promessa, nem nada tão formal. Suponho que, se a oportunidade tivesse surgido, e o homem certo tivesse aparecido, eu poderia ter...

– Se casado com ele – completou Daphne por ela.

Violet olhou de lado para ela.

– Você realmente é uma puritana, Daphne.

Daphne ficou boquiaberta. Ah, aquilo era divertido.

– Ah, muito bem – disse Violet, sentindo pena dela. – Se tivesse encontrado o homem certo, eu provavelmente teria me casado com ele, nem que fosse apenas para poupá-la de morrer por causa do choque de um caso extraconjugal.

– Devo lembrá-la de que foi a senhora que mal conseguiu falar comigo sobre o leito conjugal na véspera do meu casamento?

Violet acenou com a mão.

– Já deixei para trás aquele embaraço todo, lhe garanto. Com Hyacinth...

– Eu não quero saber – disse Daphne, com firmeza.

– Bem, provavelmente não – admitiu Violet. – Nada é comum com Hyacinth.

Daphne não disse nada, então Violet estendeu o braço e pegou a mão dela.

– Sim, Daphne – disse ela com grande sinceridade. – Eu estou feliz.

– Não consigo imaginar se Simon...

– Eu não conseguia imaginar também – interrompeu Violet. – Mas aconteceu. Pensei que fosse morrer de dor.

Daphne engoliu em seco.

– Mas não morri. E você não morreria. E a verdade é que, com o tempo, acaba ficando mais fácil. E você começa a achar que talvez possa encontrar a felicidade com outra pessoa.

– Francesca encontrou – murmurou Daphne.

– Sim, ela encontrou.

Violet fechou os olhos por um instante, lembrando-se de como ficara terrivelmente preocupada com a terceira filha durante aqueles anos de viuvez. Ela ficara completamente só, não exatamente afastando sua família, mas sem se aproximar deles também. E, ao contrário de Violet, não tinha filhos para ajudá-la a encontrar forças novamente.

– Ela é a prova de que se pode ser feliz duas vezes, com dois amores diferentes – disse Violet. – Mas, sabe, ela não é feliz com Michael da mesma forma que era com John. Não estou dizendo que um amor seja maior que o outro; não é o tipo de coisa que se pode medir. Mas é diferente.

Ela olhou para a frente. Ficava sempre mais filosófica quando olhava para o horizonte.

– Eu não esperava o *mesmo* tipo de felicidade que tive com o seu pai, mas não me contentaria com menos. E nunca encontrei.

Ela se virou para olhar para Daphne, então pegou a mão dela.

– E, no fim das contas, não precisei.

– Ah, mamãe – disse Daphne, os olhos cheios de lágrimas.

– A vida nem sempre foi fácil sem o seu pai, mas *sempre* valeu a pena. Sempre.

CONHEÇA OS LIVROS DE JULIA QUINN

OS BRIDGERTONS

O duque e eu

O visconde que me amava

Um perfeito cavalheiro

Os segredos de Colin Bridgerton

Para Sir Phillip, com amor

O conde enfeitiçado

Um beijo inesquecível

A caminho do altar

E viveram felizes para sempre

QUARTETO SMYTHE-SMITH

Simplesmente o paraíso

Uma noite como esta

A soma de todos os beijos

Os mistérios de sir Richard

AGENTES DA COROA

Como agarrar uma herdeira

Como se casar com um marquês

IRMÃS LYNDON

Mais lindo que a lua

Mais forte que o sol

OS ROKESBYS

Uma dama fora dos padrões

Um marido de faz de conta

Um cavalheiro a bordo

Uma noiva rebelde

TRILOGIA BEVELSTOKE

História de um grande amor

O que acontece em Londres

Dez coisas que eu amo em você